다시 읽고 싶은 명작 **02**

침묵

엔도 슈사쿠 지음
김윤성 옮김

드 림
분당 바오로딸

바오로딸

차례

침묵을 내면서

저자는 이 작품을 쓴 동기를 다음과 같이 말한다.

"몇 년 전 나가사키에서 처음으로 성화판聖畵版(그리스도교 신자에게 예수나 마리아의 성화판을 배교의 뜻으로 밟게 한 것. 후미에踏繪라고 함)을 본 후 이 소설을 조금씩 구상하기 시작했다. 오랜 병상에서 나는 마멸된 성화판의 예수의 얼굴과 그 옆에 분명히 남아 있는 거무스름한 발가락 자국을 몇 번이고 마음에 되살려 보았다. 배교자란 이유로 교회에서도 이야기하기를 꺼리고, 역사에서도 말살된 인간을 그 침묵 속에서 되살아나게 하려는 것이었다."

여기서 저자가 갖는 신에 대한 탐구, 강자와 약자(순교자와 배교자, 선인과 악인, 영웅적 인간과 평범한 인간)

라는 이원론적 입장(신과 인간, 천사와 악마, 천국과 지옥)은 가톨릭 신앙의 존재관의 투영이라 해도 좋을 것이다. 저자는 「침묵」에서 약자에 대한 신의 자비를 구하고, 이러지도 저러지도 못하는 약자의 심경을 나타내는 한편, 이웃을 향한 끝없는 사랑, 고통과 죽음에 대한 공포 때문이 아니라, 배교를 하느냐 아니면 자기 때문에 신자들이 거꾸로 매달려 고통을 받아야 하느냐의 양자택일의 궁지에 몰린 신부가 신자의 죽음을 도저히 묵과할 수 없었던 인간애를 통해 드러나는 이웃사랑을 보여준다.

이렇게 생각해 보면 이 작품은 약자에 대한 신의 자비를 기도하면서, 신을 계속 탐구한 작품이라 말해도 좋을 것이다. 그리고 저자가 어떠한 신을 찾고 또 묘사해 왔는지 저자의 작품 속에서 찾아내는 것이 중요하다. 「침묵」에 나오는 신은 약자인 기치지로를 끝까지 저버리지 않는 신이었다. 약자를 책하고 벌하는 엄한 신이 아니라 상처 입은 자를 위로하고 격려하며, 배반자를 용서하는 자비로운 어머니 같은 신이었다.

"그리스도가 가르친 신은 분노의 신도 벌하는 신도 아니었다. 이는 어머니처럼 넘어진 자를 일으켜 안고, 눈물을 씻어주며, 용서하고, 뉘우칠 때마다 머리를 끄덕이는 사랑하는 신이었다. 사랑은 그리스도의 근본 사상으로 불행한 자를 볼 때, 우는 자를 볼 때, 괴로워하는 자를 볼 때 그의 눈에는 눈물이 글썽거리고, 그의 손은 절로 펴져 그들을 어루만지고 있었다. 나는 성경을 읽을 때 무엇보다도 이 사랑밖에 모르는 '사람'의 모습에 감동한다. 그 '사람'은 인간이 얼마나 슬퍼하는지 뼈에 사무치도록 알고 있었다. 자기를 응시하는 인간의 서글픈 눈을 보고 자기도 눈시울을 적시며 다가갔다. 그는 무엇보다도 사랑을, 모든 것을 초월하여 사랑을 가르쳤다. 그가 가르친 신의 모습은 결코 분노하고 심판하는 신의 모습만은 아니었다."고 저자가 다른 작품에서 말하는 것을 보더라도 그가 지닌 신의 모습을 엿볼 수 있다.

이 작품의 저변에 흐르는 것도 앞에서 말한 것과 같다. 이 작품은 배교를 하게 되는 성직자들의 고뇌의 과정을 쫓으면서도 그 안에 신의 사랑에 찬 자비가 나타나기를 간절히 원하는 저자의 가톨릭적 사랑의 정신을 나타내려 했다. 이러한 저자의 내면의 움직임을 염두에 두고 읽어 내려갈 때, 저자가 의도한 바를 보다 잘 이해하게 될 것이다.

그 어느 때보다 인간 본위로만 생각하고 살아가려는 오늘을 살면서도 신을 부인하지 못하는 많은 이들,

그리고 신앙생활을 하고 있는 모든 이와 더불어 보다 드높은 신앙과 삶의 자세를 탐구하고픈 마음에서 저자의 양해를 얻어 이 책의 출판을 시도했다.

끝으로 이 책은 어디까지나 하나의 문학작품이라는 관점에서 읽어주시기를 부탁드린다.

책머리에

로마 바티칸 교황청에 보고서 하나가 들어왔다. 포르투갈의 예수회에서 일본에 파견된 페레이라 신부가 나가사키에서 '구덩이 속에 달아매는' 고문을 받고 배교背教를 맹세했다는 것이다. 이 신부는 일본에 머무른 지 33년, 관구장이라는 최고의 직위에 있으면서 성직자와 신자들을 통솔하던 고위 성직자였다.

신부는 뛰어난 신학적 재능에다 용기도 있어, 박해 시기에도 교토지방에 잠복하여 전교를 계속하며 보낸 편지에는 언제나 불굴의 신념이 넘쳐흐르고 있었다. 그 신부가 어떠한 사정이 있었든 간에 교회를 배반했다는 것은 믿어지지 않는 일이었다. 그러므로 바티칸과 예수회 본부에서도 이 보고는 이교도인 네덜란드인이나 일본인이 꾸며댄 것이 아니면 오보일 것이라고 생각했다.

물론 일본에서의 선교가 곤란한 상태에 있었음은 성직자들의 편지를 통해 바티칸에도 알려져 있었다. 1587년 이래 일본의 도요토미 히데요시가 종래의 정책을 바꾸어 그리스도교를 박해하기 시작하자 우선 나가사키의 니시사카에서 26명의 성직자와 신자들이 화형에 처해지고, 각지에서 수많은 신자들이 집에서 쫓겨나고, 고문을 받고, 학살당하기 시작했다. 도쿠가와 장군도 이 정책을 답습하여 1614년 모든 가톨릭 성직자를 해외로 추방하기로 했다.

성직자들의 보고에 의하면 이해 10월 6일과 7일 양일간, 일본인을 포함한 70여 명의 성직자들은 규슈 기바치木鉢에 집결되어 마카오와 마닐라로 향하는 다섯 척의 정크에 실려 추방길에 올랐다. 그날은 비가 내려 바다는 회색빛으로 파도가 일고, 포구로부터 먼 앞바다 쪽으로 비를 맞으며 배는 수평선 너머로 사라져 갔는데, 이런 엄중한 추방령에도 사실은 37명의 성직자가 신자들을 차마 버리고 갈 수가 없어 비밀히 일본에 남아 있었다. 페레이라도 이들 잠복 성직자 중의 한 사람이었다. 그는 체포되어 처형되고 있는 성직자나 신자들의 실정을 장상에게 계속 자세히 써 보냈다. 1632년 3월 22일 나가사키에서 그가, 당시 교황 사절이었던 안드레아 발메이로 신부 앞으로 써 보낸 편지가 오늘날에도 남아 있는데, 그것은 당시의 상황을 세세히 전하고 있다.

"지난번 편지에서 신부님께 이곳 가톨릭 교회의 상황을 알려드렸습니다. 계속하여 그 후에 일어난 일들을 전해 드립니다. 모든 것은 새로운 박해, 압박, 고통으로 일관되고 있습니다. 1629년에 체포된 다섯 명의 순교자, 곧 바르톨로메오, 프란치스코, 안토니오 등 세 명의 성아우구스티노수도회 회원과 우리 예수회의 이시다 안토니오 수사, 프란치스코수도회의 가브리엘 신부의 얘기부터 시작해 보겠습니다. 나가사키의 수령 다케나카 우네메竹中采女는 그들을 배교시켜 우리의 성스런 가르침과 그 종을 비웃고 신자들의 용기를 꺾기 위해서는 말만 가지고는 안 된다는 것을 알았습니다. 그래서 다른 수단을 쓰기로 했는데 그것은 다름 아니라 운젠雲仙 온천의 지옥같이 뜨거운 물로 그들을 고문하는 것이었습니다.

그는 다섯 명의 성직자를 운젠으로 데리고 가, 그들이 신앙을 부정할 때까지 뜨거운 물에 담그되 결코 죽이지는 말라고 명령했습니다. 이 다섯 명 외에 실바의 아내 베아트리체와 그의 딸 마리아도 고문을 받았는데, 이 여인들은 오랫동안 배교할 것을 강요당했지만 끝내 응하지 않았기 때문입니다.

12월 3일, 전원은 나가사키를 떠나 운젠으로 향했습니다. 두 여성은 가마를 타고 다섯 명의 신부는 말을 타고 사람들과 작별했습니다. 3마일밖에 떨어져 있지 않은 히미日見라는 항구에 도착하자 팔과 손이 묶이고, 다리에 차꼬가 채워지고, 그러고 나서 배에 타 한 사람씩 양쪽 뱃전에 단단히 묶였습니다.

저녁 무렵 그들은 다시 작은 포구에 도착했는데 그곳은 운젠의 산기슭이었습니다. 다음날 산 위로 올라가 일곱 명이 각각 작은 오두막집에 수용되었습니다. 그들은 밤낮으로 차꼬와 수갑이 채워진 채 파수병에게 둘러싸여 있었습니다. 우네메의 부하들 수효도 많았습니다만, 대관代官도 포졸들을 보내 경계는 엄중했습니다. 산으로 통하는 길은 모두 감시병이 배치되고, 관리의 허가증 없이는 사람들의 통행을 허락하지 않았습니다.

다음날부터 고문이 시작되었습니다. 일곱 명은 한 사람씩 펄펄 끓는 연못가로 가 들끓는 물보라 앞에 서서, 그 무서운 고통을 맛보기 전에 그리스도교를 버리라는 훈계를 들어야 했습니다. 추위 때문에 기온 차가 심한 연못은 무서운 기세로 들끓어, 하느님의 도움이 없다면 보기만 해도 기절할 정도였습니다. 그러나 모두가 하느님의 은총으로 커다란 용기를 얻어, 어서 고문하라, 자신들이 신봉하는 종교를 절대로 버리지 않겠다고 대답했습니다. 관리들은 이 의연한 대답을 듣자 죄수들의 옷을 벗기고 두 손과 두 다리를 밧줄로 묶고 커다란 국자로 뜨거운 물을 퍼서 그들 머리 위에 부었습니다. 그것도 한꺼번에 쏟지 않고 국자 바닥에 구멍을 몇 개 뚫어, 고통이 오래가도록 했습니다.

그리스도의 영웅들은 눈 하나 깜짝하지 않고 이 무서운 고통을 견뎌냈습니다. 아직 나이 어린 마리아만은 너무나 심한 고통 때문에 땅에 쓰러졌습니다. 관리는 그것을 보고 '배교했다, 배교했다.' 하고 외쳤습니다. 그러고는 소녀를 오두막집으로 데려가더니 다음날 나가사키로 돌려보냈습니다. 마리아는 자기는 배교한 게 아니다, 어머니나 다른 사람들과 마찬가지로 고문해 달라고 주장했습니다만 받아들이지 않았습니다.

나머지 여섯 명은 그 산 위에서 33일 동안 지냈습니다. 그동안에 안토니오, 프란치스코 두 신부와 베아트리체는 각각 여섯 번이나 뜨거운 물로 고문을 받았습니다. 다른 안토니오 신부는 네 번, 바르톨로메오 신부와 가브리엘 신부는 두 번씩이었지만 아무도 신음소리 하나 내지 않았습니다.

다른 사람보다 더 긴 고문을 받은 사람은 안토니오 신부와 프란치스코 신부, 베아트리체였습니다. 특히 베아트리체는 여성의 몸이면서도 모든 고문에 있어서나 설득당하는 마당에 있어서나 남자 못지않은 용기를 보였기 때문에 뜨거운 물의 고통 외에도 장시간 조그마한 돌 위에 세워지기도 하고, 욕설도 많이 들었습니다. 그러나 관리가 광포해지면 광포해질수록 그녀는 더욱 의연한 자세로 모든 것을 견뎌냈습니다.

다른 사람들은 몸이 약하고 병이 있었기 때문에 별로 심한 괴로움은 받지 않았습니다. 관아의 정책은 원래 죽이지 않고 배교시키는 것을 바라고 있었기 때문입니다. 또한 이런 이유로 그들의 상처를 치료하기 위해 일부러 의사 한 사람이 산에 와 있기도 했습니다.

마침내 우네메는 아무리 해도 자기가 이길 수 없다는 것을 깨달았습니다. 부하로부터, 신부들의 용기와 힘을 보니 그들을 개심시키기는커녕 오히려 운젠의 온천이 말라붙게 될 것 같다는 보고를 받았으므로, 신부들을 나가사키로 다시 불러들였습니다. 1월 5일 우네메는 베아트리체를 어떤 정체를 알 수 없는 집에 감금시키고, 다섯 명의 성직자는 감옥에 넣었습니다. 그들은 지금도 그 감옥에 있습니다. 이것이 우리의 성스런 가르침이 대중에게 추앙을 받고, 신자들이 용기를 얻고, 폭군이 먼저 계획하고 기대했던 것과 반대로 '패하기에 이른 싸움의 혁혁한 결말'입니다."

이와 같이 편지를 쓴 페레이라 신부가 설혹 어떠한 고문을 받았기로서니, 하느님과 그 교회를 버리고 이교도에게 굴복했다는 것은 생각할 수 없는 일이었다.

1635년 바티칸에 루피노 신부를 중심으로 하여 네 명의 성직자가 모였다. 이들은 페레이라의 배교라는, 교회의 불명예를 설욕하기 위해 무슨 일이 있어도 일본으로 들어가 선교활동을 벌일 계획을 세웠다.

그러나 이 무모한 계획은 처음에는 바티칸 당국의 찬동을 얻지 못했다. 그들의 열의나 선교 정신은 이해할 수 있지만 위험하기 짝이 없는 이교도의 나라에 성직자들을 다시 들여보낸다는 것은 허락할 수 없는 일이었기 때문이다. 그러나 성 프란치스코 하비에르 이래 동양에서 가장 좋은 씨앗이 뿌려진 일본에서, 통솔자를 잃고 점차로 힘을 잃어가고 있는 신자들을 그냥 내버려 둔다는 것도 방관할 수만은 없는 일이었다. 뿐만 아니라 당시 유럽인의 눈으로 본다면 세계의 끝이라고도 할 수 있는 한 작은 나라에서 페레이라가 배교를 강요당했다는 사실은 단순히 한 개인의 좌절이 아니라 유럽 전체의 신앙과 사상의 굴욕적인 패배처럼 그들에겐 생각되었다. 이와 같은 의견이 승리를 거두어, 많은 곡절을 거친 뒤 루피노 신부와 네 명의 성직자의 파견이 허락되었다.

이 밖에 포르투갈에서도, 이들과는 다른 이유로 세

명의 젊은 성직자들이 일본으로의 입국을 꾀하고 있었다. 그들은 캄포리드의 옛 수도원에서 일찍이 신학생 교육을 담당했던 페레이라 신부 밑에서 배운 적이 있는 사람들이다. 프란치스코 가르페, 호안테, 세바스티안 로드리고 등 세 사람에겐, 자기들의 은사였던 페레이라가 눈부신 순교를 했다면 또 몰라도 이교도들 앞에서 짐승처럼 굴복했다고는 아무래도 믿어지지 않았다. 그리고 이 젊은이들의 기분은 포르투갈 성직자들의 공통된 감정이기도 했다. 세 사람은 일본으로 건너가 사건의 진상을 자기네 눈으로 확인하려 생각했다. 여기서도 윗사람들은 이탈리아에서와 마찬가지로 처음엔 승낙하지 않았지만 이윽고 그 열정에 탄복하여 마침내 일본으로의 위험한 선교를 인정했다. 이것이 1637년의 일이었다.

세 사람의 젊은 성직자들은 곧 장거리 여행 준비를 했다. 당시 포르투갈 선교사가 동양으로 가기 위해서는 우선 리스본에서 인도로 향하는 인도 함대에 동승하는 것이 보통이었다. 당시 인도 함대의 출발은 리스본 항구를 떠들썩하게 만드는 최대 행사의 하나였다. 지금까지는 문자 그대로 지구의 끝이라 생각되어 온 동양의 최극단 일본이, 이제 세 사람에겐 선명한 모습을 띠고 떠올랐다. 지도를 펼치면 아프리카 너머에 포르투갈 영토인 인도가 있고, 그 너머에 수많은 섬과 아시아의 나라들이 흩어져 있다. 그리고 일본은 마치 유충과 같은 모양으로 그 동쪽 끝에 조그마하게 그려져 있다. 거기까지 도달하기 위해서는 우선 인도의 고아로 가서, 다시 긴 시간에 걸쳐 바다를 건너가야 했다. 성 프란치스코 하비에르 이래 고아는, 동양 선교의 발판이라 할 만한 도시로서 그곳에 있는 두 개의 성바오로신학교는 동양 각지에서 유학 온 신학생과 함께, 선교를 지망하는 유럽 성직자가 각국의 사정을 알고 각각 그 나라로 향하는 배를 반 년 혹은 일 년씩 기다리는 장소이기도 했다.

　세 사람은 또한 사방으로 손을 써서, 그들이 알 수 있는 한 일본의 상황을 조사했다. 다행히 루이스 프로이스 이래 수많은 포르투갈 선교사들이 일본으로부터 정보를 보내 오고 있었다. 그 정보에 의하면 새로운 장군 도쿠가와 이에미쓰德川家光는 그의 조부와 부친 이상으로 가혹한 탄압 정책을 펴고 있었다. 특히 나가사키에서는 1629년 이래 다케나카 우네메 수령이 포악무도한, 인간으로선 도저히 상상할 수 없는 고문을 신자들에게 가하고, 뜨거운 물이 들끓는 온천에 신자들을 담가놓고 배교를 강요하여, 그 희생자 수는 하루에 60, 70명씩 되는 때도 있다고 했다. 이러한 내용은 페레이라 신부도 본국으로 써 보낸 적이 있으니 확실한 게 분명했다. 어쨌든 자기들이 어렵고 긴 여행 끝에 맞이할 운명은 그 여행 이상으로 가혹한 것임을 그들은 처음부터 각오하지 않으면 안 되었다.

세바스티안 로드리고는 1610년 광산으로 유명한 다스코 시市에서 태어나 열일곱에 수도원에 들어갔다. 호안테와 프란치스코 가르페는 리스본 태생으로, 로드리고와는 캄포리드 수도원에서 함께 교육받은 동료들이다. 소신학교 시절부터 일상생활은 물론 매일 책상을 나란히 했던 그들은 신학을 가르쳤던 페레이라 신부를 잘 기억하고 있었다.

그런데 일본 어디엔가 그 페레이라 신부가 살아 있다는 것이다. 파란 맑은 눈에 부드러운 빛을 담은 페레이라 신부의 얼굴이 일본인들의 고문으로 어떻게 변했을까? 굴욕으로 비뚤어진 표정을 그 얼굴 위에 겹쳐 놓는다는 것은 그들에겐 도저히 있을 수 없는 일이다. 페레이라 신부가 하느님을, 그 온유함을 버렸다는 것은 믿어지지 않는다. 로드리고와 그의 동료들은 무슨 일이 있어도 일본으로 들어가 그의 존재와 운명을 확인해야만 했다.

1638년 3월 25일. 세 사람을 태운 인도 함대는 벨렘 요새의 축포가 울리는 가운데 타요 항구로부터 출발했다. 그들은 요한 다세코 부주교의 축복을 받은 후 산타 이사벨 호에 승선했다. 함선이 노랗게 물든 항구를 벗어나 대낮의 푸른 바다로 나왔을 때 그들은 갑판에 기대어 금빛으로 빛나는 먼 산들을 언제까지나 바라보았다. 농가의 붉은 벽과 교회, 그 교회의 탑에서 울리는 함대를 전송하는 종소리가 바람을 타고 이 갑판에까지 들려왔다.

당시 동인도로 가기 위해서는 아프리카의 남단을 멀리 돌아가지 않으면 안 되었는데, 이 함선은 출발 사흘째에 벌써 아프리카 서해안에서 심한 폭풍을 만나야 했다.

4월 2일. 포르토 산토 섬에, 그리고 곧 마데이라에, 6일에는 카나리아 제도에 도착한 후 끊임없는 비와 무풍 상태를 만났다. 그러고 나서 조류 때문에 북위 3도 선에서 5도 선까지 밀려나 기네아 해안에 닿았다.

무풍 상태일 때의 더위는 견딜 수가 없을 정도였다. 게다가 각 함선마다 전염병이 퍼져, 산타 이사벨 호의 승무원 중에 병자가 속출하여 갑판이나 마룻바닥에서 신음하는 이들의 숫자가 100명을 넘기 시작했다. 로드리고 일행은 선원과 함께 병자들 간호에 뛰어다니고 그들의 사혈瀉血을 도왔다.

7월 25일. 성 야고보 축일에 배는 겨우 희망봉을 돌았다. 희망봉을 돌아선 날에 다시금 심한 폭풍을 만났다. 배의 중심 돛대가 부러져 심한 소리를 내며 갑판 위에 쓰러졌다. 역시 같은 위험에 놓인 앞머리의 돛

을, 병자들과 로드리고 일행까지 동원되어 겨우 바로
잡았을 때 배는 다시 암초에 걸렸다. 만약 다른 배가
곧 구출하러 오지 않았다면 산타 이사벨 호는 그대로
가라앉았을지도 모른다.

  폭풍이 지나간 뒤에 바다는 잔잔했다. 돛대의 돛은
힘없이 축 처지고, 오직 시커먼 그림자만이 갑판에 죽
은 듯 쓰러져 있는 병자들의 얼굴과 몸뚱이 위에 그늘
을 던지고 있었다. 바다는 유리알처럼 번득일 뿐 작은
물결조차 일지 않는 매일매일이었다. 항해가 길어짐
에 따라 식량과 물이 부족해졌다. 이렇게 해서 간신히
목적지인 고아에 닿은 것은 10월 9일이었다.

  고아에서 그들은 본국에서보다 좀 더 상세히 일본
의 정세를 들을 수 있었다. 지난 1월부터 일본에서는
3만 5천 명의 가톨릭 신자들이 궐기하여 시마바라島原
를 중심으로 정부군과 악전고투한 끝에, 한 사람도 남
김 없이 학살당했다는 것이다. 그리고 이 전쟁의 결과
로 그 지방은 거의 사람 그림자를 볼 수 없을 만큼 황
폐되고, 나머지 신자들도 모조리 쫓기고 있다는 것이
었다. 뿐만 아니라 로드리고 신부 일행에게 가장 타격
을 준 소식은 이 전쟁의 결과 일본은 포르투갈과 통상
교역을 단절하고, 모든 포르투갈 선박의 입항을 금지
했다는 것이다.

  일본으로 데려다 줄 모국의 선박이 전혀 없다는 것

을 안 세 명의 신부는 절망적인 기분으로 마카오로 갔다. 이 도시는 극동에 있어서 포르투갈의 최선단 근거지로서 중국과 일본과의 무역 기지였다. 만일의 요행을 기다리면서 여기까지 온 그들은, 도착 즉시 교황사절 바리냐노 신부로부터 엄중한 주의를 받아야 했다. 일본에서의 선교는 이미 절망적이며, 더 이상 위험한 사지로 선교사를 보내는 것을 마카오의 선교회에선 단념하고 있다는 것이었다.

이 신부는 벌써 10년 전부터 일본과 중국으로 갈 선교사들을 양성하기 위해 선교학원을 마카오에 세우고 있었다. 뿐만 아니라 일본의 그리스도교 박해 이래 일본 예수회 관구의 관리는 모두 그의 손으로 이루어지고 있었다.

바리냐노 신부는 세 사람이 일본 상륙 후 찾고자 하는 페레이라 신부에 대해서도 다음과 같이 설명했다. 1633년 이래 잔류 선교사들로부터의 통신도 두절되고 말았는데 페레이라가 체포되었다는 것과 나가사키에서 '구덩이 속에 달아매는' 고문을 받았다는 것은 나가사키에서 마카오로 돌아온 네덜란드 선원으로부터 들었지만 그 후의 소식은 분명하지 않으며 조사해 볼 수도 없는 형편이라는 것이었다. 왜냐하면 네덜란드 선박은 페레이라가 '구덩이 속에 달아매는' 고문을 당한 그날에 출범했기 때문이다. 지금 이곳에서 알고 있는 것은 새로 슈몬宗門 수령에 임명된 이노우에 지쿠고노가미井上筑後守가 페레이라를 심문했다는 것뿐이다. 어쨌든 이러한 상황에 놓여 있는 일본에 건너가는 것을 마카오의 선교회로서는 도저히 찬성할 수 없다는 것이 바리냐노 신부의 솔직한 의견이었다.

오늘날 우리는 포르투갈의 '해외 영토사 연구소'에 소장된 문서 중에 세바스티안 로드리고의 편지를 몇 개 읽을 수 있는데, 그 첫 번째 편지는 이미 말한 바와 같이 그와 두 명의 동료가 바리냐노 신부한테서 일본 정세를 들은 대목으로부터 시작되고 있다.

세바스티안
로드리고의 편지

세바스티안 로드리고의 편지

1

주님의 평화, 그리스도의 영광.

우리가 작년 10월 9일 고아에 도착하고, 5월 1일 마카오에 온 것은 앞에 적은 바와 같습니다만, 힘든 여행에 호안테 신부는 몹시 지쳐 말라리아라는 열병에 자주 걸리고, 나와 프란치스코 가르페만은 이곳 선교학원에서 지극한 환대를 받아 기력은 여전합니다.

다만 이 학원의 원장이며 10년 전부터 이곳에서 활동하고 계신 바리냐노 신부는, 처음엔 우리들의 일본 밀항에 정면으로 반대하셨습니다. 우리는 항구를 한눈에 내려다볼 수 있는 신부님의 거실에서 이 점에 대해 다음과 같은 말을 들어야 했습니다.

"이제 일본에 선교사를 보내는 일을 단념하지 않으

면 안 되네. 포르투갈 상선도 안심할 수 없고, 일본에 무사히 도착할 수 있다는 것을 그 누구도 보증할 수 없어."

이와 같은 신부님의 반대는 당연했습니다. 1636년 이래 일본 정부는 시마바라의 내란 때 포르투갈인이 관련되었다는 것을 이유로 통상을 단절시켰고, 마카오로부터 일본 근해에 이르는 해상에서는 영국과 네덜란드 군함의 포격을 피할 수 없는 형편이었습니다.

"그러나 우리들의 밀항이 하느님의 도움으로 성공할지도 모르는 일 아닙니까?"

호안테 신부가 열정에 넘친 눈을 껌벅이며 말했습니다.

"그 땅에 있는 신자들은 목자를 잃고, 한 떼의 새끼양들처럼 고립되어 있습니다. 그들에게 용기를 주고 그 신앙의 불씨가 꺼지지 않게 하기 위해서는 누군가가 꼭 가야만 합니다."

바리냐노 신부는 얼굴을 찡그리고 잠자코 계셨습니다. 그는 윗사람으로서의 의무와 일본 신자들의 쫓기는 운명 사이에서 깊이 고민하고 있음이 분명했습니다. 늙으신 신부님은 책상 위에 팔꿈치를 괴고 손으로 이마를 짚고서 오랫동안 움직이지 않으셨습니다.

창문으로는 마카오의 항구가 멀리 바라보이는데, 바다는 석양에 붉게 물들고, 정크가 검은 점처럼 떠 있었습니다.

"또 하나 저희들에겐 의무가 있습니다. 그것은 저희 세 사람의 스승이었던 페레이라 신부님의 안부를 확인하는 것입니다."

"페레이라 신부에 대해서는 그 후 아무런 소식도 없네. 그에 관한 정보는 모두가 애매한 것뿐이나 그 진위조차 확인할 길이 없어."

"그렇다면 그분은 생존해 계실까요?"

"그것마저 알 수 없지."

한숨인지 탄식인지 알 수 없는 긴 숨을 몰아쉬더니, 바리냐노 신부는 얼굴을 들었습니다.

"그에게서는 1633년 이후 정기적으로 내게 보내 오던 통신이 아주 끊겼어. 병사했는지, 이교도들의 감옥에 갇혔는지, 자네들이 상상하는 것과 같은 그런 영광스런 순교를 했는지, 아직 살아남아서 통신을 보내고 싶어도 그 방법을 찾지 못하고 있는 것인지, 지금은 아무 말도 할 수 없다네."

바리냐노 신부는 페레이라 신부가 이교도들의 고문 앞에 굴복했다는 소리는 입에 올리지 않았습니다. 이분도 우리와 마찬가지로 그와 같은 오명을 옛 동료에게 뒤집어씌울 수가 없었을 것입니다.

신부님은 다시 천천히 이야기를 시작하셨습니다.

"뿐만 아니라 일본의 신자들에겐 아주 곤란한 인물

이 등장했네. 바로 이노우에가 그 사람이지."

　이노우에라는 이름을 우리가 들은 것은 이때가 처음입니다. 바리냐노 신부는, 이 이노우에에 비한다면 앞서 수많은 가톨릭 신자를 학살한 다케나카 따위는 그저 흉포하고 무지한 인물에 지나지 않는다고 했습니다.

　머지않아 일본에 상륙한 후 혹시 만나게 될지도 모르는 이 일본인의 이름을 기억해 두기 위해서 우리는 서투른 발음을 입속에서 되풀이했습니다.

　바리냐노 신부는 규슈의 일본 신자들이 마지막으로 보내 온 소식을 통해서 이 지방관에 대해 약간의 지식을 갖고 있었습니다. 이노우에는 시마바라의 내란 이후 그리스도교 탄압의 새로운 우두머리가 되었는데, 전임자 다케나카와는 아주 판이한 뱀과 같은 교활함으로, 교묘한 방법을 써서 그때까지 고문이나 협박에 굴하지 않았던 신자들을 속속 배교시키고 있다는 것입니다.

　"더욱 슬픈 것은 그가 세례까지 받은 가톨릭 신자였다는 것일세."

　이 박해자에 대해서는 뒷날 다시 알릴 기회가 있을 것입니다…. 그러나 결국 그토록 신중하셨던 신부님도 우리들의, 특히 가르페 신부의 열성에 꺾여 일본으로의 밀항을 마침내 허락해 주셨습니다. 주사위가 던져진 것입니다.

일본인의 교화와 하느님의 영광을 위해 우리들은 겨우 이 아시아에 도달했습니다. 그러나 앞으로의 길에는 아마도 저 아프리카와 인도양에서 맛본 항해와는 비교도 할 수 없는 곤란과 위험이 기다리고 있을 것입니다. 그러나 나의 마음속에는 늘 "어떤 고을에서 너희를 박해하거든 다른 고을로 피하여라."는 마태오복음의 말씀과 "주님, 저희의 하느님, 주님은 영광과 영예와 권능을 받기에 합당한 분이십니다."라는 묵시록의 구절이 떠오릅니다. 이 구절을 입에 올릴 때 다른 일들은 모두 보잘것없는 것이 됩니다.

마카오는 앞에서도 쓴 바와 같이 광둥 만灣 입구에 흩어져 있는 섬에 세워진 도시입니다만, 동양의 모든 도시와 마찬가지로 여기에도 도시를 둘러싼 성벽이 없습니다. 따라서 어디까지가 도시의 경계인지 알 수 없고, 회갈색의 더러운 중국인의 집들이 널려 있을 뿐입니다. 어쨌든 우리나라의 어떤 도시나 거리의 모습을 여기서 상상하는 것은 맞지 않습니다. 인구는 2만 명 정도라고 합니다만 그것은 믿을 수가 없습니다. 다만 우리에게 고향을 생각나게 하는 것은, 거리 중심에 세워진 총독 관저나 포르투갈식의 상점과 돌을 깐 길입니다. 포대는 만 쪽으로 돌리고 있습니다만 다행히 오늘날까지 한 번도 사용한 적이 없습니다.

그런데 중국인들 태반은 우리의 가르침에 귀를 기울이지 않고 있습니다. 그러므로 일본은 실로 성 프란치스코 하비에르가 말씀한 바와 같이 '아시아 중에서 가장 그리스도교에 적합한 나라'입니다. 그런데 공교롭게도 일본 정부가 자기 나라 선박의 해외 항해를 금지시킨 결과 극동에 있어서의 생사生絲 무역은 모두 마카오의 포르투갈 상인이 독점하게 되었기 때문에, 이 항구의 금년 수출 총액은 40만 세라핀으로 재작년이나 작년보다 10만 세라핀을 상회한다는 것입니다.

오늘 이 편지를 통해 기막힌 보고를 하지 않을 수 없습니다. 우리는 어제 마침내 한 일본인을 만날 수 있었습니다. 일찍이 마카오에는 비교적 많은 일본인 수사나 상인들이 건너오고 있었다고 합니다만, 예의 쇄국鎖國 이래 그들의 방문은 끊기고 남아 있던 자들도 모두 귀국했습니다. 바리냐노 신부에게 물어보아도 이 거리에는 일본인이 없다는 얘기였습니다만, 우연한 기회에 우리는 한 일본인이 중국인들 사이에 섞여 살고 있다는 것을 알았습니다.

어제 비가 내리고 있었지만 우리는 일본으로 갈 배를 구하기 위해 중국인 거리를 찾아갔습니다. 어쨌든 한 척의 배를 구해 선장과 선원들을 고용해야 했기 때문입니다. 비 내리는 마카오, 비는 이 가련한 거리를 더욱 비참하게 만들 뿐이었습니다. 바다도 거리도 모두 회색으로 변하고, 중국인들은 외양간 같은 집 안에 틀어박혀 질척거리는 길에는 사람 그림자 하나 없었습니다. 이런 길을 보고 있노라면 나는 왠지 모르게 인생을 생각하게 되고 슬퍼집니다.

소개받은 중국인을 찾아 용건을 끄집어내니, 그는 즉석에서 한 일본인이 귀국하기를 원하고 있다고 말했습니다. 우리가 그 일본인을 만나고 싶다고 하니, 그의 아들이 일본인을 데려왔습니다.

난생 처음 만난 일본인에 대해 뭐라고 얘기하면 좋을까요? 비틀거리는 주정꾼 하나가 방 안으로 들어왔습니다. 누더기옷을 걸친 이 사나이의 이름은 기치지로라고 하는데 나이는 스물여덟이나 아홉 정도였습니다. 우리들 물음에 겨우 대답을 하는 것에 의하면 그는 나가사키에서 가까운 히젠 지방의 어부로, 저 시마바라의 내란 전에 바다를 표류하다가 포르투갈 선박에 구출되었다는 것입니다. 술에 취한 것과는 달리 아주 교활한 눈을 가진 사나이였습니다. 그리고 우리와 대화 중에 가끔 눈길을 피해 버렸습니다.

"당신은 신자입니까?"

가르페 신부가 이렇게 묻자, 이 사나이는 갑자기 입을 다물어 버렸습니다. 가르페의 질문이 왜 그를 불쾌하게 만들었는지 우리는 잘 알 수가 없었습니다. 오래도록 침묵을 지키던 그는 우리의 재촉에 겨우 입을 열어, 규슈에서의 박해 상황을 주섬주섬 지껄이기 시작했습니다. 이 사나이는 바로 히젠 구라사키 마을에서 스물네 명의 신자들이 수책水磔형에 처해지는 광경을 보았다고 합니다. 수책형은 바다 속에 기둥을 세우고 신자들을 묶어놓는 것입니다. 곧 밀물이 차오면 바닷물이 그 허벅지까지 차오르게 되는데, 그렇게 가만두면 죄수는 일주일쯤 후에 고통 속에서 죽어버린다는 겁니다. 이와 같은 잔인한 방법은 로마시대의 네로도 생각해 내지 못했던 것입니다.

이 무시무시한 광경을 우리에게 중얼대던 기치지로는 얼굴을 찡그리더니 다시 입을 다물어 버리고 말았습니다. 그리고 마치 기억 속에서 그 무서운 추억을 털어버리려는 듯 손을 휘저었습니다. 아마 이 수책형에 처해진 스물 몇 명의 신자들 가운데에 그의 친구나 친지들이 있었는지 모릅니다. 우리가 건드려선 안 될 그의 상처를 건드렸는지도 모릅니다.

"역시 신자로군, 당신은."

가르페는 바짝 다가앉으며 물었습니다.

"그렇지요?"

"그렇지 않습니다."

기치지로는 고개를 저으며 반복해서 말했습니다.

"그렇지 않습니다."

"그러나 당신은 일본으로 돌아가길 원하고 있소. 우리는 다행히 배를 사들이고 선원을 고용할 돈도 갖고 있소. 그러니 우리들과 함께 일본에 돌아가고 싶다면…."

그러자 술에 취해 얼굴이 누렇게 뜬 일본인은 눈을 교활하게 번쩍이면서 고향에 있는 부모 형제가 보고 싶어 귀국하려는 거라고, 마치 변명이라도 하듯 중얼거렸습니다.

우리는 곧 이 겁에 질린 사나이와 거래를 하기 시작했습니다. 방 안에는 파리 한 마리가 소리를 내며 빙빙 돌고 있었고, 마룻바닥에는 그가 마신 술병이 뒹굴고 있었습니다. 우리는 일본에 상륙한 후 우리를 숨겨 주고 여러 가지 편의를 봐줄 신자들에게 연락을 취해야 했고, 그러기 위해서는 이 사나이가 필요했습니다.

기치지로는 얼마 동안 벽을 향해 웅크리고 앉아서 교환 조건을 생각하더니 겨우 승낙을 했습니다. 그로서도 상당히 위험한 모험일 테지만 이 기회를 놓쳤다간 영원히 일본에 돌아갈 수 없을 거라고 체념한 것이겠지요.

바리냐노 신부님 덕택에 우리는 정크 한 척을 손에 넣을 수 있을 것 같습니다. 그런데 인간의 계획은 얼마나 무르고 덧없는 것일까요? 기대했던 그 배가 흰

개미한테 파먹혀 못쓰게 되었다는 보고를 오늘 받았습니다. 여기서는 무쇠와 역청 같은 것은 거의 찾아볼 수 없으므로….

매일 조금씩 이 편지를 쓰고 있어서 날짜 없는 일기처럼 되었습니다. 참고 읽어주십시오. 일주일 전 우리가 입수한 정크가 흰개미에게 상당히 파먹혔다는 것을 말씀드렸습니다만 다행히 하느님의 은혜로 이 난관을 극복할 방법이 발견되었습니다. 우선 아쉬운 대로 안쪽에 판자로 틈을 메우고 대만까지 항해할 작정입니다. 그리고 만약 이 응급 조치가 그 이상을 견딜 수 있다면 일본까지 계속 가려고 생각합니다. 그리고 동지나해에서 큰 폭풍을 만나지 않게 해주시기를 하느님께 기도하고 있습니다.

이번에는 슬픈 소식을 쓰지 않을 수 없습니다. 호안테 신부가 그 고생스런 긴 여행으로 기진하여 말라리아에 걸렸다는 것은 말씀드렸습니다만, 요즘 그는 다시금 심한 열과 오한으로 선교학원의 한 방에 누워 있습니다. 신부님은 전에 그렇게도 건장했던 그가 지금 얼마나 비참한 모습으로 변해 버렸는지 상상조차 하시지 못할 겁니다. 눈은 항상 충혈된 상태이고, 그의 이마 위에 올려놓은 찜질 수건은 순식간에 뜨거워질 정도로 열이 높습니다. 그러한 그를 데리고 일본에 간다는 것은 도저히 생각도 할 수 없습니다. 바리냐노 신부도 그를 여기에 남겨놓지 않는다면 다른 두 사람의 도항도 허가할 수 없다고 말씀하셨습니다.

 "우리가 먼저 가서 자네가 올 수 있도록 준비를 해 두겠네."

하고 가르페는 호안테를 위로했습니다만 과연 그가 목숨을 부지할지, 또 우리도 다른 신자들과 마찬가지로 이교도들에게 잡히지 않는다고 누가 장담할 수 있겠습니까?

 뺨에서 턱까지 수염이 자라고, 양볼의 살이 쪽 빠진 호안테 신부는 묵묵히 창을 바라보고 있었습니다. 여기서는 창문으로 저녁 해가 마치 물기 어린 붉은 유리알처럼 바다 속으로 가라앉는 것이 잘 보입니다. 이때 우리 동료가 무엇을 생각했는지, 오랫동안 그를 알아온 신부님이시니 아마 짐작하실 줄 믿습니다. 타요 항구에서 다세코 부주교님과 신부님의 축복을 받으며 승선했던 그날, 길고 고생스런 뱃길, 갈증과 병으로 시달리던 항해생활. 그것을 우리는 무엇 때문에 참아 왔던가. 이 아시아의 다 찌그러져 가는 도시에 어떻게 도달했던가. 우리 성직자들은 오직 인간을 위해 봉사하기 위해서 이 세상에 태어난 불쌍한 족속입니다만, 그 봉사를 할 수 없는 성직자만큼 고독하고 비참한 존재도 없을 것입니다. 특히 호안테 신부의 경우 고아에 도착한 이래, 성 프란치스코 하비에르에 대한 존경의 깊이가 더해 가고 있었습니다. 그는 무슨 일이 있어도 일본에 도착할 수 있게 해 달라고, 인도에서 돌아가신 그 성인의 무덤을 매일 참배했습니다.

우리들도 매일 그의 병이 하루속히 회복되기를 기도드리고 있습니다만, 증세는 시원스럽지 않습니다. 하지만 하느님은 우리의 지혜로 통찰할 수 없는 최선의 것을 우리에게 내려주실 것입니다. 출발 날짜는 앞으로 2주일 후로 다가오고 있습니다만, 하느님은 전능하신 기적으로 모든 것을 이루어 주실 것이 분명합니다.

우리가 사들인 배의 수리는 상당히 진척되고 있습니다. 흰개미가 갉아먹은 자리는 새로 입수한 판자로 말끔히 손질이 되었습니다. 바리냐노 신부님의 힘으로 모은 스물다섯 명의 중국인 선원이 어쨌든 우리를 일본 근해까지 데려다 줄 것입니다. 이 중국인 선원들은 마치 몇 개월씩이나 먹지 못한 병자처럼 여위어 있습니다만, 그 철사 같은 팔의 힘은 놀라웠습니다. 그들은 가느다란 팔로 어떤 무거운 짐도 거뜬히 운반합니다. 그것은 마치 무쇠로 만든 화젓가락을 연상시킵니다. 다음은 항해에 필요한 바람을 기다릴 뿐입니다.

그 일본인 기치지로도 중국인 선원들 사이에 섞여

짐을 운반하고 돛을 손질하고 있습니다. 우리는 어쩌면 앞으로 우리의 운명을 좌우할지도 모르는 이 일본인의 성격을 가만히 관찰하는 일을 게을리하지 않고 있습니다. 현재 우리가 알아낸 것으로는, 그에겐 비교적 교활한 성격이 있으나 그것도 이 사나이의 약한 마음에서 나오고 있다는 점입니다.

얼마 전 우리는 어떤 광경을 우연히 목격했습니다. 중국인 감독이 있을 때는 그야말로 열심히 일하는 척하던 기치지로가 감독이 현장을 떠나면 곧 게으름을 피우기 시작하여, 처음엔 잠자코 있던 선원들도 보다 못해 기치지로를 야단치기 시작했습니다. 그런데 그는 세 명의 선원한테 떠밀리고 발길로 차일 정도가 되자 얼굴이 새파랗게 질려 모래사장에 무릎을 꿇고 보기 흉하게도 두 손으로 싹싹 빌고 있었습니다. 그 태도는 그리스도교적인 인내의 덕과는 너무나 거리가 먼 겁쟁이의 비겁함뿐이었습니다. 그는 모래톱에 파묻었던 얼굴을 들고 뭐라고 일본말로 외치고 있었는데, 그의 코와 뺨은 모래투성이고, 입에서도 더러운 침이 흐르고 있었습니다. 처음 만났을 때 일본 신자들 얘기를 하다가 갑자기 입을 다물어 버린 이유도, 이때 나는 알 것 같았습니다. 그는 그 얘기를 하면서 얘기 자체에 완전히 겁을 집어먹었는지도 모릅니다. 어쨌든 이 일방적인 싸움은 황급히 그 사이에 끼어든 우리들에 의해 간신히 진압되었습니다만, 기치지로는 그 이후 우리만 보면 비굴한 웃음을 지었습니다.

"정말 일본 사람인가, 당신은?"

가르페가 불쾌하게 묻자, 기치지로는 놀란 듯이 그렇다고 주장했습니다. 가르페는 그 많은 선교사들이 '죽음도 두려워하지 않는 백성'이라고 했던 일본인의 모습만을 생각하고 있었던 것입니다. 한편으로는 바닷물이 허벅지를 적시고, 닷새 동안이나 이런 고문을 가해도 절조를 굽히지 않는 일본인이 있습니다. 그러나 기치지로 같은 겁쟁이도 있는 것입니다. 그런 사나이에게 우리는 일본 상륙 후의 운명을 맡기지 않으면 안 됩니다. 그는 우리를 숨겨줄 신자들과 연락을 취하겠다고 약속을 했습니다만, 이제 와서는 이 약속도 얼마만큼 믿어야 좋을지 모르겠습니다.

그러나 이렇게 썼다고 해서 우리들의 사기가 저하되었다고는 결코 생각하지 말아주십시오. 나는 기치지로 같은 사나이에게 우리의 앞날을 맡긴 것을 생각하면 웬일인지 즐거워지기까지 합니다. 생각해 보면 우리들의 주님, 그리스도도 자신의 운명을 믿을 수 없는 자들에게 맡기시지 않으셨습니까? 어쨌든 이런 경우 기치지로를 믿을 수밖에 딴 방법이 없으니 믿기로 하겠습니다.

또 한 가지 곤란한 것은 그가 대단한 술꾼이란 점입

니다. 하루 일이 끝난 뒤 감독한테서 받은 돈을 모두 술값으로 쓰고 있는 것 같습니다. 그의 술 취한 꼴도 형편없는데, 이 사나이는 어떤 결정적인 기억이 마음 속에 있어, 그것을 잊기 위해 술을 마시고 있다고밖엔 생각되지 않습니다.

마카오의 밤은 포대를 지키는 병사들의 길고 서글 픈 나팔소리로 시작됩니다. 우리나라와 마찬가지로 이곳 수도원에서도 저녁 식사를 마친 뒤 성당에서 성 체강복이 끝나면, 신부도 수사도 촛불을 손에 들고 각 자 자기 방으로 돌아가는 것이 규칙입니다. 지금 안마 당 돌바닥 위를 서른 명의 수사들이 걸어갔습니다. 가 르페와 호안테의 방도 불이 꺼졌습니다. 이곳은 진정 지구의 끝입니다.

촛불 아래, 나는 무릎 위에 손을 얹고 꼼짝 않고 있 습니다. 가만히 앉아서 내가 지금, 당신네들이 모르 는, 당신네들이 평생 보지도 못한 이 극지에 와 있다 는 감각을 조용히 맛보고 있습니다. 그것은 신부님에 겐 도저히 설명할 수 없는, 쑤시는 듯한 감각—망막 뒤에 저 길고 너무나도 두려웠던 바다와 여러 항구들 이 한꺼번에 떠오르고, 가슴은 아프게 죄어듭니다. 확 실히 이 아무도 모르는 아시아의 거리에 지금 내가 있 다는 것이 꿈만 같고, 아니 꿈이 아니라고 생각하니,

이것은 기적이라고 큰 소리로 외치고 싶어집니다. 정말 나는 마카오에 있는 것일까? 내가 꿈을 꾸고 있는 것은 아닌가? 하고 아직도 믿기지 않을 정도입니다.

벽에 커다란 바퀴벌레가 기어가고 있습니다. 바스락거리는 그 소리가 밤의 고요를 깨뜨리고 있습니다.

"너희는 온 세상에 가서 모든 피조물에게 복음을 선포하여라. 믿고 세례를 받는 이는 구원을 받고 믿지 않는 자는 단죄를 받을 것이다."

사도들이 함께 음식을 나누고 있던 장소에 부활하신 모습을 나타내시어 이렇게 말씀하신 그리스도. 나는 지금 그 말씀을 쫓고 그 얼굴을 머리에 떠올립니다. 그분이 어떠한 얼굴을 하고 계셨는지, 성경에는 아무 데도 씌어 있지 않습니다. 신부님도 아시다시피 초기 그리스도인들은 양을 치는 목자의 모습으로 그리스도를 상상했습니다. 짤막한 망토, 짧은 바지를 입고, 한 손으로 어깨에 멘 양의 다리를 잡고, 다른 손에는 지팡이를 든 그 모습은 우리나라에서 흔히 볼 수 있는 젊은이들의 모습입니다. 이것이 초기 신자들이 품고 있던 그리스도의 모습이었습니다. 그 후 동방의 문화가 기다란 코, 곱슬거리는 머리, 검은 수염을 늘어뜨린 약간 동양적인 그리스도의 얼굴을 만들어 내고, 다시 왕자다운 위엄에 넘친 얼굴이 중세기의 여러 화가들에 의해 그려졌습니다. 하지만 오늘 밤의 나에겐, 보르고 산세폴크로에 소장되어 있는 그 얼굴이 떠오르고 있습니다. 신학생 때 본 그 그림은 아직도 생생하게 기억에 남아 있습니다. 그리스도는 무덤에 한 발을 걸치고 오른손에 십자가를 들고 정면으로 이쪽을 바라보고 있는데 그 표정은 티베리아의 호숫가에서 사도에게 "내 어린 양들을 잘 돌보아라, 내 양들을 잘 돌보아라, 내 양들을 잘 돌보아라." 하고 세 번 명령하셨을 때의 그 격려하는 듯한 씩씩하고 힘찬 얼굴입니다. 나는 그 얼굴에 사랑을 느낍니다. 사나이가 애인의 얼굴에 이끌리듯, 나는 그리스도의 얼굴에 언제나 이끌리고 있습니다.

출발은 마침내 닷새 후로 다가왔습니다. 우리는 자기 마음 외에는 하나도 일본에 갖고 갈 짐이 없으므로 그 마음의 정리에만 몰두하고 있습니다. 호안테 신부에 대한 것은 더 이상 쓰고 싶지 않습니다. 가엾은 우리의 동료를 위해 하느님은 '병의 회복'이라는 기쁨을 내려주시지 않았습니다. 그러나 하느님께서 하시는 일은 모두가 선한 일, 그에게도 머지않아 꼭 해야 할 사명을 하느님은 비밀히 준비하고 계실 것입니다.

2

주님의 평화, 그리스도의 영광.

한정된 지면 안에 최근 2개월 동안 겪은 여러 가지 일들을 어떻게 얘기해야 좋을지 모르겠습니다. 게다가 이 편지가 신부님의 수중에 들어갈 수 있을지 그것마저 알 수 없는 상황입니다. 그러나 나는 역시 쓰지 않을 수 없는 기분이며, 써서 남겨둘 의무를 느끼므로 써두겠습니다.

마카오를 출발한 우리 배는 8일째까지는 신기할 정도로 좋은 날씨였습니다. 하늘은 파랗게 개고, 돛은 만족스럽게 부풀고, 날치 떼가 은빛으로 번득이며 파도 사이를 날아가는 것이 보였습니다. 나와 가르페는 매일 아침 미사를 드리며 항해의 안전을 하느님께 청했습니다. 곧 첫 번째 폭풍이 닥쳐왔습니다. 5월 6일 밤이었습니다. 강풍이 동남쪽에서 불어오기 시작했습니다. 익숙한 스물다섯 명의 선원들은 활대를 내리고 뱃머리의 돛대에다 작은 돛을 올렸지만, 풍파가 너무나 거세 배를 그대로 풍파 속에 내맡길 수밖에 없었습니다. 그러는 동안 배 앞머리에 금이 가면서 물이 스며들기 시작했습니다. 우리들은 거의 밤새도록 이 금 간 곳에 헝겊을 찔러 넣고 물을 밖으로 퍼내는 작업을 계속했습니다.

날이 새기 시작할 무렵 폭풍은 겨우 가라앉았습니

다. 선원들도 나도 가르페도 모두 녹초가 되어 짐 사이에 몸을 눕히고서 비를 품은 검은 구름이 동쪽으로 흘러가는 것을 멍하니 쳐다보고 있었습니다. 그때, 지금으로부터 80년 전에 우리들보다 더 큰 곤란을 겪으면서 이 나라에 상륙하려 했던 프란치스코 하비에르 신부의 일이 머리에 떠올랐습니다. 그분도 또한 이처럼 폭풍이 가라앉은 새벽에 젖빛 하늘을 보았음이 분명합니다. 그분만이 아닙니다. 그 후 몇십 년 동안 수십 명의 선교사와 신학생들이 아프리카를 돌아 인도를 거쳐서 이 바다를 건너 일본에 도착하곤 했습니다. 셀리케라 주교, 비리냐 신부, 오르간티노 신부, 고메스 신부, 포메리오 신부, 로페스 신부, 그레고리오 신부, 헤아려 보면 한이 없습니다. 그들 중에는 맛타 신부와 같이 일본을 눈앞에 바라보면서 난파선과 운명을 함께한 분들도 많이 있습니다. 무엇이 그들을, 이 커다란 고통을 견디게 하고 그 크나큰 정열을 쏟게 했는지 나는 지금 알 것 같습니다. 그들도 모두 이 젖빛 하늘과 동쪽으로 흘러가는 검은 구름을 응시했을 것입니다. 그들이 그때 무엇을 생각했는지 그것도 나는 알 것 같습니다.

짐 곁에서 기치지로의 괴로워하는 신음소리가 들려오고 있습니다. 이 겁쟁이는 폭풍이 부는 동안 선원들을 돕기는커녕 짐 사이에서 파랗게 질린 얼굴로 부들부들 떨고만 있었습니다. 허연 토사물이 흩어져 있는 그 가운데에서 일본말로 계속 중얼대고 있는 그의 모습은 비참하기 짝이 없었습니다.

처음엔 우리도 선원들과 마찬가지로 그러한 그를 경멸의 시선으로 보았습니다. 그가 중얼대는 말도 지쳐버린 귀에는 잘 들리지도 않았습니다. 그러다가 문득 나는 그의 중얼거림 속에서 '은총', '성모 마리아'라는 말을 들었습니다. 돼지처럼 자기가 토해 낸 오물 속에 얼굴을 파묻은 채 이 사나이는 '성모 마리아'라는 말을 확실히 두 번 이어서 말했습니다.

가르페와 나는 서로 얼굴을 쳐다보았습니다. 이 항해 도중, 모든 사람들에게 도움은커녕 방해만 되어왔던 그가 우리와 똑같은 신앙을 지닌 인간이라니 그럴 수 있습니까? 아니, 그럴 수는 없습니다. 신앙은 결코 한 인간을 이런 겁쟁이나 비겁자로 만들지 않습니다.

기치지로는 토사물로 더럽혀진 얼굴을 들고는 괴로운 듯 이쪽을 쳐다보았습니다. 그러고 나서 교활하게도 그는 우리의 의아함은 모르는 척하면서 비굴한 웃음을 입가에 떠올렸습니다. 그 누구에게 아첨하는 듯한 웃음은 이 사나이의 버릇입니다. 나만 아니라 가르페도 이런 웃음을 몹시 기분 나빠했습니다. 저 강직한 호안테라면 진짜로 화를 냈을지도 모릅니다.

"나는 들었어. 똑똑히 말해 봐. 당신은 분명히 신자

야."

가르페가 소리쳤습니다.

기치지로는 고개를 흔들었습니다. 중국인 선원들은 짐을 쌓아 올린 틈에서 호기심과 경멸이 섞인 눈으로 이쪽을 바라보고 있었습니다. 기치지로가 신자라면 왜 성직자인 우리에게까지 그것을 감추고 있는지 알수 없는 일입니다. 이 겁쟁이는 일본에 돌아갔을 때우리 입으로 그가 신자라는 것을 관리에게 말할까 두려워하고 있는 게 아닌가 생각됩니다. 하지만 만약 그가 정말 신자가 아니라면 '은총'이라든가 '성모 마리아'라는 말을 왜 입 밖에 내었을까요? 어쨌든 이 사나이는 나의 흥미를 끄는 것이 사실이고, 곧 그의 비밀도 조금씩 밝혀질 것이라고 생각합니다.

그날까지 육지도 섬그림자도 전혀 보이지 않았습니다. 하늘은 회색으로 펼쳐져 있고, 가끔 눈꺼풀 위에 무겁게 느껴지는 흐린 햇살이 배를 비추고 있었습니다. 우리는 항해에 지쳐 흰 이빨 같은 파도가 으르렁대고 있는 차디찬 바다에 그저 눈길을 보낼 뿐이었습니다. 하지만 하느님은 우리를 버리진 않으셨습니다.

뱃머리에 시체처럼 쓰러져 있던 선원 하나가 갑자기 부르짖었습니다. 그가 손으로 가리키는 수평선 쪽에서 작은 새 한 마리가 날아왔습니다. 바다 위를 가로질러 온 이 작은 새는 어젯밤 폭풍으로 돛이 찢어진 활대 위에 검은 점처럼 날개를 쉬었습니다. 바닷물결 사이로도 많은 나뭇조각이 흘러가고 있었습니다. 이 것은 육지가 우리를 기다리고 있다는 것을 보여주는 것이었습니다. 그러나 기쁨은 금세 불안으로 변했습니다. 만약 이 육지가 일본이라면 우리는 그 어떤 작은 배한테도 발견되어서는 안 되기 때문입니다. 작은 배에 탄 어부들은 당장 관헌에게 이국인을 태운 정크가 표류하고 있다는 것을 알리러 급히 달려갈 것이 뻔하기 때문입니다.

어두워질 때까지 가르페와 나는 두 마리의 개처럼 짐 틈에 기어 들어가 몸을 숨겼습니다. 선원들은 뱃머리 돛대에 작은 돛만 올리고 되도록 육지를 멀리 우회하듯 떨어져 있게 해주었습니다.

한밤중, 배는 다시금 되도록 조용히 움직이기 시작했습니다. 다행히 달이 없어서 하늘은 캄캄하고 아무에게도 발견되지 않았습니다. 1.5마일 정도의 거리에 다다르니 높다란 육지가 조금씩 보이기 시작했습니다. 우리는 어느 사이에 양쪽에 산이 치솟아 있는 조그마한 포구에 들어와 있다는 것을 깨달았습니다. 모래사장 저쪽에 납작한 집들이 한곳에 뭉쳐 있는 것이 보인 것도 바로 이때입니다.

우선 기치지로가 얕은 여울에 내리고, 이어서 내가, 마지막으로 가르페가 차디찬 바닷물에 몸을 잠갔습니다. 이곳이 일본인지 아니면 다른 나라 섬인지 사실상 세 사람에겐 짐작도 가지 않았습니다.

기치지로가 사정을 살피고 올 때까지 움푹 파인 모래사장 속에 가만히 숨어 있었습니다. 모래톱을 밟는 소리가 그 구덩이 옆으로 다가왔습니다. 젖은 옷을 거머쥐고 숨을 죽이고 있는 우리들 앞을, 머리에 수건을 쓰고 광주리를 둘러멘 노파 한 사람이 우리를 보지 못한 채 지나갔습니다. 그녀의 발소리가 멀리 사라진 뒤 다시금 침묵이 밀려왔습니다.

"돌아오지 않을 거야. 돌아오지 않을 거야. 그 겁쟁이는 어디론가 도망쳐 버렸어."

가르페가 울상이 되어 말했습니다.

그러나 나는 더 나쁜 운명을 생각하고 있었습니다. '그는 도망친 게 아니라 유다처럼 밀고하러 간 것이다. 그리고 관헌들이 곧 그를 앞세우고 머지않아 나타날 것이다.'

"…성전 경비병들을 데리고 그리로 갔다. 그들은 등불과 횃불과 무기를 들고 있었다."

가르페도 성경 말씀을 중얼거렸습니다.

"예수께서는 당신께 닥쳐오는 모든 일을 아시고…"

그렇습니다. 우리는 이때 저 겟세마니에서의 밤, 자기의 모든 운명을 인간들에게 그대로 내맡기신 주님을 생각해야만 했습니다. 그러나 지금 이 순간은 가슴이 터질 정도로 긴 시간이었습니다. 나는 한 패의 군사들의 발소리를 들었습니다. 횃불이 어둠 속에서 기분 나쁘게 타오르며 다가왔습니다.

누군가가 횃불을 내밀자 조그마한 노인의 추한 얼굴이 그 불빛 속에 검붉게 떠오르고, 그 주위에 대여섯 명의 젊은 사나이들이 어쩔 줄 몰라 하는 눈으로 우리를 내려다보고 있었습니다.

"파드레, 파드레." 노인이 십자성호를 그으면서 중얼대는 그 소리에는 우리들을 위로하는 부드러움이 있었습니다. 우리는 '파드레(신부님)'라는 그리운 포르투갈 말을 여기서 듣게 되리라고는 꿈에도 생각지 못했습니다. 물론 노인은 그 이외의 포르투갈 말을 알고 있을 턱이 없었습니다. 그러나 우리들의 공통적 표식인 십자성호를 긋는 눈앞에서 우리도 십자성호를 그어 보임으로써 대화는 충분했습니다. 그들은 일본인 신자였습니다. 나는 현기증마저 느끼면서 모래톱에서 간신히 일어났습니다. 이곳이 일본에서 처음으로 밟는 땅이라는 느낌을 그때 똑똑히 실감할 수 있었습니다.

기치지로는 모든 사람 뒤에 그 비굴한 웃음을 띠고서 숨어 있었습니다. 마치 생쥐처럼 무슨 일만 일어나면 언제든 도망치려는 자세입니다. 부끄러움에 나는 입술을 깨물었습니다. 주님께서는 자기의 운명을 언제든지, 어떠한 사람에게든지 맡기셨습니다. 그것은 그분이 인간을 사랑하셨기 때문입니다. 그러나 나는 기치지로라는 한 인간마저도 의심하고 있었습니다.

"빨리 가십시다요. 젠쵸(이교도)들에게 들키면 큰일이니까요."

노인은 작은 소리로 우리를 재촉했습니다.

젠쵸(이교도)라는 포르투갈 말을 이 신자들은 알고 있는 것입니다. 성 프란치스코 신부 이래, 우리의 여러 선배들이 그들에게 이런 말들을 가르친 게 분명합니다. 불모의 땅을 일궈 비료를 주고, 여기까지 갈아온 것은 얼마나 힘든 일이었을까요? 그러나 뿌려 놓은 씨앗에서 이렇게 반가운 싹이 돋아나고 있고, 그것을 키우는 것이 나와 가르페의 커다란 사명이라고 생각했습니다.

그날 밤 천장이 얕은 그들의 집에서 쉬었습니다. 외양간이 옆에 있어 구린내가 풍겨 왔습니다만, 여기마저도 위험하다는 말을 들었습니다. 이교도들은 우리를 찾아내면 은전 3백 냥을 받기 때문에, 어떤 사람의 말도 믿을 수 없다는 것입니다.

그런데 기치지로는 어떻게 이처럼 빨리 신자들을 찾아낼 수 있었을까요?

다음날 아침이 채 밝기도 전에 어젯밤에 만난 젊은 사나이들에게 이끌려, 나와 가르페는 농군옷으로 갈아입고 부락 뒤에 있는 산으로 올라갔습니다. 신자들은 우리를 보다 안전한 장소인 숯 굽는 오두막에 숨기고 싶어했습니다. 안개가 숲과 오솔길을 덮더니 곧 이슬비로 변했습니다.

　숯 굽는 오두막에서 우리는 비로소 우리가 도착한 장소가 어디인지 알게 되었습니다. 이곳은 나가사키에서 48마일 정도 떨어진 '도모기'라는 어촌입니다. 가구 수는 2백 가구도 안 되는 마을입니다만 전에는 마을 사람 거의가 세례를 받은 적도 있었던 곳입니다.

　"지금은…?"

　"네, 신부님. 지금 저희는 아무 일도 못 합니다. 저희가 가톨릭 신자라는 것이 알려지면 죽음을 당합니다."

　우리를 데려온 모키치라는 젊은 사나이는 친구를 돌아보면서 말했습니다.

　우리가 목에 걸고 있던 조그마한 십자가를 주었을 때 그들의 기뻐하는 모습은 도저히 글로 표현할 수 없을 정도입니다. 두 사나이는 다 같이 공손히 땅에 엎드려 그 십자가를 이마 위로 치켜들고 한참 동안 경배를 거듭했습니다. 그들은 이미 오랫동안 이런 십자가 하나조차 손에 넣을 수 없었던 것입니다.

"신부님은 계신가요?"

모키치는 주먹을 꼭 쥔 채 고개를 흔들었습니다.

"수사님은?"

이 사람들은 신부는 물론 수사도 벌써 6년째나 만나보지 못하고 있다는 것입니다. 6년 전까지는 그래도 미카엘 마쓰다라는 일본인 신부와 예수회의 마태오 신부가 비밀히 이 근처 마을과 부락에 연락을 하고 있었습니다만, 두 사람은 모두 1633년 10월, 피로에 지쳐 세상을 떠나고 말았답니다.

"그래, 그 6년 동안 어떻게 했습니까? 세례라든가 그 밖의 성사들은?"

가르페가 이렇게 묻자 모키치가 대답한 얘기의 내용만큼 우리의 마음을 감동시킨 것은 없습니다. 우리가 듣게 된 이 사실을 신부님을 통해 우리 어른들에게 꼭 알리고 싶습니다. 아니, 어른들뿐 아니라 로마의 바티칸에도 꼭 알리고 싶습니다. "어떤 씨앗은 좋은 땅에 떨어져 열매를 맺었는데, 어떤 것은 백 배, 어떤 것은 예순 배, 어떤 것은 서른 배가 되었다."라는 마태오복음의 말씀이 떠오릅니다. 신부도 수사도 없이, 관헌들의 박해를 받아가며 그들은 비밀조직을 만들었습니다.

도모기 부락의 조직은 다음과 같았습니다. 신자들 중에서 뽑힌 한 장로가 신부의 역할을 대행하는 것입니다. 나는 모키치에게 들은 얘기를 그대로 여기에 적습니다.

어제 해변에서 만난 노인은 '노인장'이라 불리는 분으로 마을에서 제일 윗분이며, 몸을 늘 경건히 하고, 부락에서 어린이가 태어나면 세례를 줄 수 있습니다. '노인장' 밑에는 '아바이'라는 사람들이 있어 비밀히 기도와 교리를 신자들에게 가르칩니다. 그리고 '제자님'이라 불리는 부락민들은 꺼져가는 신앙의 불씨를 필사적으로 지키고 있습니다.

"도모기 마을뿐만 아니라 다른 마을에서도 그러한 조직을 가지고 있습니까?"

나의 물음에 모키치는 고개를 흔들었습니다.

"네, 신부님. 우리 마을 사람들만 믿을 수가 있습지요. 그러나 다른 부락 사람들에게 이런 일이 알려지면 관헌에게 고소를 당합니다. 포졸들이 하루에 한 번씩 마을을 돌아다니고 있답니다."

나중에 가서 안 일입니다만, 혈연을 중히 여기는 이 나라에서는 하나의 부락이 마치 친족처럼 굳게 뭉쳐 있어서 다른 부락과는 때로 원수지간처럼 되기도 합니다.

그러나 나는 모키치에게 다른 마을의 신자들도 찾아내 주지 않겠느냐고 부탁했습니다. 황폐되고 버림받은 이 땅에 성직자가 다시금 십자가를 높이 들고 돌아왔다는 것을 하루라도 빨리 알리고 싶었기 때문입니다.

　다음날부터 우리의 생활은 다음과 같이 이어졌습니다. 한밤중에 마치 카타콤 시대처럼 미사를 올리고 새벽녘 산으로 찾아오는 신자들을 조용히 기다립니다. 매일 그들은 약간의 음식을 가져다줍니다. 우리는 고해성사를 주고 기도와 교리를 가르칩니다. 낮에는 오두막 문을 굳게 닫고, 만일 그 곁을 지나는 자가 있어도 눈치채지 않게 아무 소리도 내지 말아야 합니다. 물론 불을 피우거나 연기를 내는 것도 금지입니다. 만일의 경우를 예상하여 모키치 일행은 오두막 마루 밑에다 구덩이를 파주었습니다.

　도모기 마을 서쪽에 있는 인가와 섬에는 신자들이 아직도 남아 있을 것으로 생각됩니다만, 이러한 사정이라 우리는 외출도 못 하는 형편입니다. 그러나 우리는 어떤 방법을 써서라도 버림받은 고립된 신자들을 하나하나 찾아내지 않으면 안 될 것입니다.

3

이 나라에서는 6월이 되면 장마철로 접어든다고 합
니다. 비가 한 달도 넘게 계속해서 내린다고 들었습니
다. 장마철에 접어들면 포졸들의 탐색도 약간 늦춰질
것이므로 그 기간을 이용하여 나는 이 근처를 돌아다
니며 아직도 숨어 있는 가톨릭 신자들을 찾아낼 작정
입니다. 그들이 결코 버려진 것이 아니라는 것을 하루
속히 알려주고 싶습니다.

성직자가 이만큼 보람 있는 존재란 것을 일찍이 생
각해 본 적이 없었습니다. 해도海圖를 잃고 폭풍의 바
다를 떠도는 배, 이것이 아마도 오늘의 이곳 신자들의
기분일 것입니다. 그들은 자기네들을 격려하고 용기
를 가져다주는 신부나 수사를 한 사람도 만나지 못하
여, 점차 희망을 잃고 어둠 속을 방황하고 있는지도
모릅니다.

어제도 비가 내렸습니다. 물론 이 비는 곧 닥쳐올
장마의 예고는 아닙니다. 그러나 하루 종일 이 오두막
을 둘러싼 잡목 숲에 침울한 소리를 내고 있습니다.
그럴 때마다 가르페와 나는 판자 틈으로 밖을 내다보
게 됩니다. 그 소리가 바람 탓이란 것을 알게 되면 노
여움과 같은 기분이 솟아납니다. 앞으로 또 얼마나 이
러한 생활이 계속될지 모릅니다만 우리 두 사람은 조
급해져서 신경질적이 되고, 상대방의 조그마한 과실

에도 심한 눈총을 보내곤 합니다. 매일 당겨진 활처럼 신경을 팽팽히 하고 지내야 하기 때문입니다.

신부님에게 이 도모기 마을의 신자들에 대해 좀 더 자세히 이야기해 보겠습니다. 그들은 3헥타르도 안되는 밭에서 보리와 감자를 재배하고 있는 가난한 농부들로, 논을 가지고 있는 사람은 한 사람도 없습니다. 바다 쪽으로 향한 산 중턱까지 일궈놓은 경작지를 보면, 그 근면성에 감탄하기보다 비참한 생활의 괴로움이 가슴을 무겁게 만듭니다. 그런데도 나가사키의 수령은 그들에게 가혹한 세금을 부과하고 있답니다. 정말로 오랫동안 이 백성들은 소나 말처럼 일하다가 그렇게 죽어가고 있습니다. 우리의 종교가 이 지방 농민들에게 물이 스며들듯 퍼져간 것은 다름 아닌, 난생처음으로 이 사람들이 따뜻한 인정을 맛보았기 때문입니다. 인간으로 대해 주는 사람을 만났기 때문입니다. 성직자들의 그 친절한 인정에 마음이 움직였기 때문입니다.

나는 아직 도모기 마을의 모든 신자들과 만난 것은 아닙니다. 왜냐하면 포졸들에게 발각되지 않기 위해 한밤중에 두 사람씩 짝을 지어 오기 때문입니다. 이 무식한 백성들 입에서 '데우스神'라든가 '앙쇼' '베아토' 같은 포르투갈 말이 튀어나올 때 저도 모르게 미소를 짓지 않을 수 없습니다. 고해성사도 '콘페시

온'이라 부르고, 천국은 '파라이소', 지옥은 '인페르노'라고 말합니다. 우리는 그들의 이름을 기억하기 힘들고, 게다가 얼굴이 누구나 비슷비슷하게 보여 난처할 때가 많습니다. 우리들은 자주 이치조를 세이스케로, 오마쓰라는 여인을 사키라는 여성과 혼동하는 실수를 하곤 합니다.

모키치에 대해서는 이미 썼습니다만, 나는 또 두 사람 정도의 신자를 더 소개하고 싶습니다. 쉰 살쯤 되는 이치조는 늘 화가 난 얼굴을 하고서 밤중에 오두막을 찾아오는 사나이입니다. 미사에 참여할 때도 참여한 후에도 거의 입을 연 적이 없습니다. 그러나 정말로 화가 나 있는 것은 아니고 그의 얼굴 바탕이 그렇게 생긴 것입니다. 그는 호기심이 많은 사람인 듯 주름투성이의 실눈을 뜨고서, 나와 가르페의 일거일동을 가만히 지켜보고 있습니다.

오마쓰는 이치조의 누님이라 하는데 오래전에 남편을 여읜 과부입니다. 그녀는 등에 짊어지는 광주리에 우리의 식사를 담아가지고 조카딸 센과 함께 두 번쯤 찾아왔습니다. 그녀도 이치조와 마찬가지로 호기심이 몹시 강해, 나와 가르페가 식사하는 것을 조카딸과 함께 끝까지 지켜보곤 합니다. 솔직하게 말해서 음식이란 신부님은 상상조차 할 수 없는 초라한 것인데, 몇 개의 구운 감자와 물을 먹고 있으면, 그들의 얼굴에는 만족스러운 웃음이 떠오릅니다.

"그렇게 이상한가? 우리가 식사하는 것이…."

가르페 신부가 어느 날 신경질적으로 말했습니다만 이 말뜻을 알아듣지 못한 그녀들은 종잇조각처럼 얼굴을 꾸미며 웃고 있었습니다.

나는 신부님에게 신자들의 비밀 조직에 대해서도 좀 더 자세히 이야기해 보겠습니다. 이 조직 속에 '노인장'과 '아바이'라 부르는 직책이 있어, '노인장'이 세례성사를 담당하고 '아바이'는 기도와 교리를 신자들에게 가르친다는 것은 이미 말씀드렸습니다. 이 '아바이'는 또한 달력을 보고 교회의 축일을 신자들에게 알리는 일도 맡고 있습니다. 그들의 얘기에 의하면 성탄절도 사순절도 부활절도 모두 이 '아바이'의 지시에 따라서 행한다는 것입니다. 물론 그러한 축일에 신부가 없는 그들은 미사를 올릴 수 없습니다. 그래서 다만 어느 집에서 옛날 성화를 비밀히 돌리며 기도를 올릴 뿐이라고 했습니다. (그들이 주로 바치는 기도는 '주님의 기도', '성모송'이었고,) 기도를 드릴 때에도 그 사이사이에 잡담들을 합니다. 포졸들이 언제 어느 때 덮쳐올지 모르니 그저 모여 앉아서 놀고 있다고 꾸며대기 위해서입니다.

시마바라의 내란 이후 이 지방의 군주는 숨어 있는 그리스도교 신자들을 철저하게 탐색하기 시작하여,

포졸들은 하루에 한 번씩 각 부락을 돌아다니고, 때로는 불쑥 집 안으로 들어오는 수가 많다고 했습니다.

그리고 작년부터는 이웃집과의 사이에 판장이나 울타리를 쳐서는 안 된다는 명령이 내려졌다고 합니다. 서로서로 집 안이 훤히 들여다보이게 하고서, 만약 수상한 짓을 하고 있는 이웃이 있으면 당장 밀고케 하기 위해서입니다. 우리들 신부의 거처를 알린 자에겐 은전 3백 냥이 지불됩니다. 수사는 은전 2백 냥, 신자일 경우에는 은전 1백 냥이 상금으로 지불되는 것입니다. 이 같은 돈이 가난한 농민들에게는 얼마나 큰 유혹이 되겠는지 헤아려 보십시오. 그러니 신자들은 다른 부락 사람들을 믿지 않는 것입니다. 모키치나 이치조는 물론, 저 '노인장'도 거의 인형과 같은 표정 없는 얼굴을 하고 있다는 것은 이미 적은 바와 같습니다만, 그 이유를 이제 와서야 나는 확실히 알게 되었습니다. 그들은 기쁨이나 슬픔마저도 얼굴에 나타내서는 안 됩니다. 오랜 비밀 생활이 이 신자들의 얼굴을 가면처럼 만들어 버린 것입니다. 그것은 괴롭고 슬픈 일입니다. 하느님은 왜 이 같은 고난을 신자들 위에 내리시는지, 저는 의문이 들 때가 더러 있습니다.

우리가 찾고 있는 페레이라 신부의 운명과 이노우에(잊으셨는지요? 마카오의 바리냐노 신부가 일본에서 가장 무서운 인간이라고 한 사나이입니다)에 대해서는 다음 편지에서 쓰겠습니다. 부원장 룬지우스 신부님께 저의 기도와 존경을 늘 받아주십사고 전해 주셨으면 합니다.

오늘도 비가 내렸습니다. 나와 가르페는 잠자리 대용으로 쓰는 볏짚 속에 들어가 어둠 속에서 몸을 긁적이고 있습니다. 목덜미와 잔등에 조그마한 벌레가 기어다녀 별로 잠을 자지 못합니다. 일본의 이(虱)는 낮에는 꼼짝 않다가도 밤만 되면 우리 몸을 염치없이 기어다니는 버릇없는 놈입니다.

이런 비 오는 날 밤은 여기까지 찾아올 사람이 없으므로, 잔뜩 긴장되었던 몸뚱이뿐만 아니라 마음과 신경도 풀려버립니다. 잡목림이 흔들리는 소리를 들으면서 페레이라 신부님을 생각하고 있습니다.

도모기 마을의 농민들은 그분의 소식에 대해서는 전혀 모릅니다. 그러나 신부님이 1633년까지 여기서 48마일쯤 떨어진 나가사키에 숨어 계셨던 것은 사실입니다. 그리고 그분과 마카오의 바리냐노 신부와의 연락이 뚝 끊어져 버린 것도 그해입니다. 그분은 살아 계신 걸까요? 소문과 같이 이교도들 앞에서 개처럼 기고, 자기가 평생을 건 것을 헌신짝처럼 내버린 것일까요? 그리고 만약 그분이 살아 계신다면 지금, 이 답답한 빗소리를 어디서 어떠한 기분으로 듣고 계실까요?

열심히 이(蝨)와 격투하고 있는 가르페 신부에게 말했습니다.

"가령… 나가사키에 가면 페레이라 신부를 알던 신자들을 만나게 될지도 몰라."

어둠 속에서 가르페가 긁적거리던 손을 멈추고 가벼운 기침을 두서너 번 하고 나서 말했습니다.

"붙잡히면 마지막이야. 이건 우리 두 사람만의 문제가 아니야. 우리들을 숨겨준 이곳 농민들에게까지 위험이 닥친다. 어쨌든 우리는 이 나라에서 선교의 마지막 섬돌이란 걸 잊어선 안 돼."

나도 모르게 한숨이 새어 나왔습니다. 그가 볏짚 속에서 몸을 일으켜 이쪽을 가만히 건너다보고 있다는 것을 똑똑히 알 수 있었습니다. 나는 모키치와 이치조와 그 밖에 다른 젊은이들의 모습을 일일이 머릿속에 그려보았습니다. 누군가가 우리들 대신 나가사키에 다녀와 줄 수 없을까? 아니 그것도 안 될 일입니다. 이 사람들에겐 그들을 의지하고 있는 가족들이 있습니다. 아내도 자식도 없는 우리들 성직자와는 살아가는 방법이 다릅니다.

"기치지로에게 부탁해 볼까?"

그러자 가르페는 조그마한 소리로 웃었습니다. 나의 뇌리에도 배 안에서 오물 속에 얼굴을 파묻고 있던, 스물다섯 명의 선원들에게 두 손으로 싹싹 빌고 있던 그 겁쟁이의 모습이 떠올랐습니다.

"바보 같은 소리, 믿을 수 있겠는가?"

그러고 나서 두 사람은 한참 동안 잠자코 있었습니다. 비가 오두막 지붕으로 마치 모래시계에서 규칙적으로 모래가 흘러내리듯 쏟아지고 있었습니다. 여기서는 밤과 고독이 하나로 합쳐집니다.

"우리들도… 언젠가는 페레이라 신부처럼 붙잡힐까?"

가르페는 다시 웃기 시작했습니다.

"그런 생각보다 나는 내 잔등에 기어다니는 이風에 더 관심이 있네."

일본에 온 뒤로 그는 늘 명랑했습니다. 어쩌면 명랑한 체함으로써 나와 자기 자신에게 용기를 주려는 것인지도 모릅니다. 나 역시 정직하게 말해서 우리들이 붙잡히리라고는 생각하고 있지 않습니다. 인간이란 묘한 존재로, 남은 어찌 됐건 자기만은 어떠한 위험으로부터도 벗어날 것이라고 마음 한구석에서 생각하는 것 같습니다. 비 내리는 날에 멀리 엷은 햇살이 비치고 있는 어떤 언덕을 상상할 때처럼, 자기가 일본인들에게 포박된 순간이나 그 모습은 도무지 머리에 떠오르지 않는 것입니다. 우리는 이런 오두막에 있습니다만, 언제까지든지 안전할 것 같은 기분이 듭니다. 왠지 모르지만 정말 묘한 얘기입니다.

사흘째 계속 내리던 비가 겨우 그쳤습니다. 오두막 판자 틈으로 훤한 햇살이 한 가닥 비쳐 들어 똑똑히 알 수 있습니다.

"잠깐 밖에 나가볼까?"

내가 이렇게 말하자 가르페도 기쁜 듯 미소를 띠고 고개를 끄덕였습니다. 축축한 문을 조금 밀기만 해도 잡목림 속에서 새들이 재재거리고 있는 것이 마치 넘쳐 나는 샘물소리처럼 들려왔습니다. 살아 있다는 것이 이렇게 행복스럽게 느껴짐은 지금까지 경험해 보지 못한 기분입니다. 오두막 근처에 나와 앉아 우리는 옷을 벗었습니다. 실로 꿰맨 솔기에 허연 먼지처럼 이가 숨어 있어, 그 하나하나를 돌로 눌러 죽일 때 말할 수 없는 쾌감까지 느낍니다. 이런 쾌감을 포졸들은 신자를 죽일 때마다 맛보고 있는지도 모르지요.

숲 속에는 아직도 약간 안개가 흐르고 있었는데, 그 안개 틈 사이로 파란 하늘과 먼 바다가 보였습니다. 도모기 마을 같은 부락이 그 바닷가에 마치 게딱지처럼 붙어 있었습니다.

오랫동안 오두막 속에 갇혀 있던 우리는 이를 잡던 손을 멈추고 그리운 듯 인간이 사는 세계를 바라보고 있었습니다.

"아무 일도 없지 않나?"

가르페는 노란 가슴털이 빛나는 상체를 햇빛 속에 기분 좋게 드러낸 채 허연 이빨을 보이며 웃었습니다.

"아무래도 지나치게 위험을 두려워한 것 같아. 앞으로는 가끔 일광욕 정도는 즐기기로 하세."

매일 청명한 날이 계속되고, 조금씩 대담해진 우리는 새잎과 축축한 흙냄새가 풍기는 숲 속 비탈길을 걸었습니다. 가르페는 이 숯 굽는 오두막을 가리켜 수도원이라 부르고 있었습니다. 적당히 산책을 마치면 그는 이렇게 말하며 나를 웃겼습니다.

"수도원으로 돌아갑시다. 그리고 따뜻한 빵과 기름진 수프로 식사합시다. 그러나 이 고장 사람들에겐 이런 것은 알리지 맙시다."

우리는 리스본에서 신부님과 함께 보낸 성하비에르 수도원 생활을 회상하고 있었습니다. 우리의 식사는 도모기 마을 농민들이 가져다주는 구운 감자와 찐 야채 정도입니다. 그러나 모든 것은 안전하며 하느님께서 지켜주신다는 확신이 마음속에서 솟아나고 있습니다.

어느 날의 일입니다. 우리는 언제나처럼 잡목림과 오두막 사이에 있는 바위에 앉아 얘기를 하고 있었습니다. 황혼의 햇살이 숲 속에 얼룩무늬를 만들고, 어두워 가는 하늘빛 속에 한 마리의 큰 새가 검은 원을 그리며 건너편 언덕으로 날아갔습니다.

"누군가가 보고 있다."

갑자기 가르페가 고개를 숙인 채 짤막하고 날카로운 소리로 말했습니다.

"움직이면 안 된다. 이대로 가만히 있어야 해."

방금 새가 날고 있던 숲 하나를 사이에 둔 건너편, 석양빛이 비치는 언덕에 두 사나이가 서서 이쪽을 보고 있었습니다. 물론 우리가 알고 있는 도모기 마을의 농민들이 아니란 것은 분명했습니다. 석양이 우리의 얼굴을 뚜렷하게 비추지 않기를 바라면서 우리는 돌처럼 몸을 꼼짝 않고 있었습니다.

"어—이, 누구요?"

저쪽 두 사람은 언덕 위에서 소리를 질러 말을 걸어 왔습니다.

"어—이, 게 누구시요?"

뭐라고 대답해야 할지 망설였습니다만, 만약 그 때문에 도리어 상대편에게 의심받게 될까 겁이 나 입을 꼭 다물고 있었습니다.

"언덕을 내려 이쪽으로 온다…."

하고 가르페는 바위에 앉은 채 나직이 말했습니다.

"아니, 그렇지 않다. 그들은 돌아간다."

그들이 산골짜기로 내려가는 것이 조그마하게 보였습니다. 그러나 저 석양이 비친 언덕에 섰던 두 사나이가 우리를 얼마 동안 보고 있었는지 알 수가 없었습니다.

그날 밤 오두막으로 이치조가 마고이치라는 '아바이'에 속하는 사나이를 데리고 올라왔습니다. 우리가 오늘 저녁 일어난 일을 얘기하자, 이치조는 가느다란 눈으로 방 한구석을 가만히 노려보더니 이윽고 잠자코 일어서서 마고이치에게 뭐라고 말하고는 두 사람은 마루청을 뜯기 시작했습니다. 어유등魚油燈에 나방이 빙빙 돌고 있었습니다. 판자에 세워놓은 괭이를 집어 그는 땅을 파기 시작했습니다. 괭이를 휘두르는 그들의 모습이 벽에 비쳤습니다. 우리 두 사람이 들어갈 만한 구덩이를 파자, 그들은 그 밑에다 짚을 깔고 그 위를 널판으로 덮었습니다. 앞으로는 이 구덩이를 여차할 때 우리가 숨는 장소로 한다는 것입니다.

그날 이후 만사에 더욱 조심하며 다시는 오두막 밖으로 나가지 않도록 힘쓰고 밤에도 불을 켜지 않도록 했습니다.

다음과 같은 사건이 생긴 것은 그로부터 닷새 후의 일입니다. 그날 밤 늦게까지 우리들은 '아바이'에 속하는 사나이 둘과 마쓰가 데리고 온 젖먹이에게 세례를 주었습니다. 이것은 우리가 일본에 온 후 처음으로 행한 세례성사였지만 물론 촛불도 없고 음악도 없는 이 오두막에서는 성수를 담은 조그마한 이 빠진 종지만이 예식 도구의 전부였습니다. 그러나 그 비참한 오두막에서 젖먹이가 울고, 마쓰가 그 아기를 달래고, 한 사나이가 밖에서 망을 보고, 가르페가 엄숙한 목소리로 외는 세례 기도를 들었을 때만큼 나에게 기쁨을 준 적은 없었습니다. 그것은 이국에 온 선교사들만이 맛볼 수 있는 행복일 것입니다. 세례수로 이마를 적신 아기는 얼굴을 찡그리며 울음을 터뜨렸습니다. 머리가 작고, 눈이 가늘고, 머지않아 모키치나 이치조와 마찬가지로 농민이 될 얼굴. 이 아이도 그의 부모나 조부모처럼 이 어두운 바닷가의 가난하고 좁은 토지에서 소처럼 일하고 소처럼 죽어가지 않으면 안 됩니다. 그러나 그리스도는 아름다운 것과 선한 것을 위해서 죽은 것이 아닙니다. 아름다운 것과 선한 것을 위해 죽기는 쉽지만, 비참한 것과 부패한 것을 위해서 죽기는 어렵다는 말씀의 의미를 나는 그때 확실히 알았습니다.

그들이 돌아간 뒤 피로에 지쳐 볏짚 속에 들어갔습니다. 오두막 안에는 사나이들이 갖고 온 어유魚油 냄새가 아직도 풍기고 있습니다. 이가 또다시 천천히 등과 허벅지 근처를 기어다니기 시작했습니다. 얼마만큼 잤을까요. 가르페가 언제나처럼 낙천적으로 커다랗게 코를 고는 바람에, 나는 눈을 뜨게 되었습니다. 그때 오두막 문을 누군가가 조금씩 흔들고 있는 것 같앴습니다. 처음엔 저 아래 산골짜기에서 불어오는 바람이 삽목림을 지나 문에 부딪히고 있는 줄로만 알았습니다. 나는 볏짚 속에서 기어 나와, 어둠 속에서 마루청에 가만히 손을 대었습니다. 그 밑에는 이치조가 파준 비밀 구덩이가 있었기 때문입니다.

문 흔드는 소리가 그치고, 사나이의 나직한 슬픈 소리가 들렸습니다.

"신부님, 신부님."

도모기 마을 농민들의 신호는 아니었습니다. 도모기 마을 신자라면 문을 가볍게 세 번 두드리는 것이 약속이었습니다. 간신히 눈을 뜬 가르페도 꼼짝 않고 가만히 귀를 기울이고 있었습니다.

슬프게 들리는 그 소리는 계속되었습니다.

"신부님, 우리는 수상한 자가 아닙니다."

어둠 속에 숨을 죽이고 잠자코 있었습니다. 아무리 바보 같은 포졸도 이 정도의 함정은 파놓고 덤벼들 것입니다.

"믿어주시지 않겠습니까? 저희들은 후카자와 마을의 농민인데… 저희들은 오랫동안 신부님을 뵙지 못했어요. 고해성사를 받고 싶습니다."

이쪽 침묵에 체념한 듯 문을 흔드는 소리가 그치고, 슬픈 듯한 발소리가 멀어져 갑니다. 나는 문을 열고 밖으로 나가려 했습니다. 그렇습니다. 그들이 포졸이고, 함정이라 해도 상관없다고 생각했습니다. 만약 신자라면 너는 어찌할 셈이냐는 소리가 마음속에 강하게 울렸기 때문입니다. 나는 사람들에게 봉사하기 위해 태어난 성직자입니다. 그 봉사를, 비굴한 육체 때문에 게을리한다는 것은 수치였습니다.

"안 돼! 바보같이…."

가르페가 엄하게 내게 말했습니다.

"바보라도 좋다. 의무 때문만은 아니다."

문을 열었습니다. 달빛이 그날 밤 얼마나 창백하고, 대지도 숲도 얼마나 해맑은 은빛으로 떠오르고 있었던지요.

거지같이 누더기 옷을 걸친 두 사나이가 개처럼 웅크리고 있다가 이쪽을 돌아보고서 말했습니다.

"신부님, 믿어주시는 겁니까?"

한 사나이의 발이 피투성이가 되어 있는 것을 알았습니다. 산에 올라오는 도중 나무뿌리에 걸려 상처를 입었는지도 모릅니다. 그들은 쓰러질 정도로 지쳐 있었습니다.

무리도 아닙니다. 60마일이나 떨어진 고토五島라는 외딴 섬에서 이틀이나 걸려 여기로 찾아온 것입니다.

"며칠 전부터 이 산에 있었습죠. 닷새 전에 저 언덕에 숨어 이쪽을 보고 있었습니다."

그중 한 사나이가 오두막 건너편 언덕을 손으로 가

리켰습니다. 그날 황혼 무렵, 언덕에서 우리를 가만히 관찰하고 있던 사람은 바로 이 사람들이었던 겁니다.

　오두막 안으로 들어오게 하고, 이치조가 우리를 위해 가져다준 말린 감자를 주니 두 손을 입에 대고 굶주린 짐승처럼 먹었습니다. 그들은 최근 이틀 동안 거의 아무것도 먹지 못했다는 것을 알 수 있었습니다.

　그들의 얘기를 겨우 알아들을 수 있었습니다만 대관절 누가 그들에게 우리의 존재를 가르쳐 준 것일까요? 이 점이 제일 묻고 싶은 것이었습니다.

　"우리 고장 사람으로 가톨릭 신자인 기치지로가 말해 주었습니다."

　"기치지로."

　"네, 신부님."

　어유등 불빛 속에 그들은 감자를 입에 문 채 짐승처럼 웅크리고 앉아 있었습니다. 한 사나이의 이빨은 거의 다 빠져 있었습니다. 하지만 두 개밖에 안 남은 이를 드러내며 그는 어린아이처럼 웃었습니다. 다른 또 한 사나이는 우리들 이국인 신부 앞이 몹시 어려운지 긴장해 있었습니다.

　"그러나 기치지로는 신자가 아닐 텐데…."

　"아닙니다, 신부님. 기치지로는 신자입니다."

　이건 좀 뜻밖의 대답이었습니다만 우리도 그 사나이가 혹 그리스도교 신자는 아닐까 하는 상상은 하고 있었습니다.

사정이 조금씩 밝혀졌습니다. 역시 기치지로는 한 번 배교한 일이 있었던 가톨릭 신자였습니다. 8년 전, 그와 그의 형과 누이는 그들에게 원한을 품은 밀고자 때문에 고발을 당해 취조를 받았던 것입니다. 그때 기치지로의 형제들은 주님의 얼굴이 들어 있는 성화판을 발로 밟으라는 강요 앞에서 이것을 거절했습니다만, 기치지로는 관리의 위협하는 말만 듣고도 그만 배교하겠다고 외쳤습니다. 형과 누이는 곧 투옥되고, 석방된 그는 끝내 마을에 돌아오지 않았던 것입니다.

화형에 처해지던 날, 형장을 둘러싼 군중 속에 이 겁쟁이의 얼굴을 보았다는 사람도 있었습니다. 그러나 들개처럼 흙투성이가 된 그의 얼굴은 형과 누이의 순교 모습을 지켜보지도 못하고 곧 사라져 버렸다는 것입니다.

우리는 또한 그들로부터 놀랄 만한 보고를 받았습니다. 그들의 부락 오도마리에서는 부락민 전체가 관리들의 눈을 피해 가며 지금도 그리스도교를 믿고 있다는 것입니다. 그리고 오도마리뿐만 아니라 그 부근의 미야하라, 도자키, 에가미 같은 부락에도 겉으로는 불교 신자로 꾸민 가톨릭 신자들이 많이 숨어 있다는 것이었습니다. 그들은 언젠가는 먼 바다로부터 다시금 우리들 신부가 자기네들을 축복하고 도와주기 위해 찾아오리라는 희망을 갖고 오랫동안 기다리고 있었다는 것입니다.

"그래서 저희들은 미사도 고해성사도 받지 못하면서 그저 모두들 기도만 하고 있을 뿐입니다."

발을 다친 사나이가 다시 말했습니다.

"빨리 저희 마을로도 와주십시오. 신부님. 저희들은 어린아이들에게도 기도를 가르치며 신부님이 오실 날을 기다리고 있었습지요."

누런 이가 몽땅 빠진 사나이도 굴속 같은 입을 열고 고개를 끄덕였고, 어유등은 콩 볶는 듯한 소리를 내며 타올랐습니다. 가르페와 내가 어떻게 이 애원을 거절할 수 있었겠습니까? 우리는 오늘날까지 너무나 비겁했습니다. 발을 다치고 산에서 노숙까지 해가며 우리를 찾아온 이들에 비해 너무나도 겁이 많았습니다.

날이 새자, 젖빛 새벽의 차디찬 공기가 오두막으로 스며들어 왔습니다. 그들은 아무리 우리가 권해도 짚속에는 들지 않고, 무릎을 껴안고 잠을 잤습니다. 이윽고 아침 햇살이 판자 틈으로 새어들어 왔습니다.

그로부터 이틀이 지난 날, 도모기 마을의 신자들과 고토로 가는 것에 대해서 의논했습니다. 결국 가르페가 여기 남고, 나는 약 닷새 동안 고토의 신자들을 만나보기로 결정했습니다. 그들은 이 얘기에 별로 좋은 낯을 보이지 않았습니다. 위험한 함정이 아니냐고 말하는 사람도 있었습니다.

약속한 날 밤, 고토의 신자 한 사람이 도모기 마을의 해안까지 몰래 마중을 나왔습니다. 이쪽에서는 모키치와 또 한 사람의 젊은이가, 농군옷을 입은 나를 해안에서 지켜주고 있다가 배에 태워주었습니다. 달 없는 캄캄한 바다에 노 젓는 소리만 규칙적으로 울립니다. 그리고 노 젓는 사나이는 내내 침묵만 지키고 있었습니다. 먼 바다로 나오자 파도가 크게 물결치기 시작했습니다.

갑자기 나는 두려워졌습니다. 의혹이 스쳐갔습니다. '어쩌면 이 사나이는 도모기 마을 사람들이 근심한 것처럼 나를 팔아넘기기 위한 앞잡이인지도 모른다. 왜 발을 다친 사나이와 이 빠진 사나이는 따라오지 않았을까?' 이러한 때 불상佛像처럼 표정 없는 일본인의 얼굴은 더욱 기분이 나쁩니다. 뱃머리에 쭈그리고 앉아 나는 추위보다도 공포 때문에 몸을 떨었습니다. 그러나 가지 않으면 안 된다고 스스로에게 타일렀습니다.

밤바다는 끝없이 검게 펼쳐져 있고 하늘에는 별조차 보이지 않았습니다. 그 캄캄한 밤 속을 두 시간쯤 가자 시커먼 섬 그림자가 배 곁에서 천천히 움직이는 것을 느꼈습니다. 그곳이 고토에 가까운 가바시마樺島라는 것을, 나는 그 사나이에게 들어서 겨우 알았습니다.

해변가에 당도하자, 배멀미와 피로와 긴장 때문에 현기증을 느꼈습니다. 나는 기다리고 있던 세 사람의 어부들 속에서 기치지로의 비굴해 보이는 웃음을 오래간만에 발견했습니다. 부락은 불이 꺼져 있었고, 개가 어디선지 몹시 짖어대고 있었습니다.

고토의 농민과 어부들이 얼마나 신부를 기다리고 있었던가는 그 이 빠진 사나이가 말한 대로였습니다. 어찌해야 좋을지 모르겠습니다. 잠을 잘 틈도 없습니다. 그들은 나라의 금지령 따위는 아랑곳없는 듯 내가 숨어 있는 집으로 속속 몰려들었습니다. 어린이에게 세례를 주고 어른들에게는 고해성사를 줍니다. 하루 온종일 해도 사람들은 줄어들지 않습니다. 마치 사막 속을 계속 걷던 대상들이 간신히 오아시스의 물을 발견한 듯 그들은 나를 마구 퍼마시려 합니다. 성당 대용으로 쓰고 있는 허물어져 가는 농가에 잔뜩 들어앉아 있어 공기가 탁한 데다가, 구토증이 날 정도로 구린내 나는 입을 가까이 대고서 자기네들의 죄를 참회합니다. 병자들까지 기어서 찾아오는 형편입니다.

"신부님… 제 말을 들어주십시오."

"신부님… 제 말 좀 들어주십시오, 신부님."

그리고 우습게도 그들 가운데서 기치지로가 전과는

달리, 마치 영웅처럼 부락민에게 존경을 받고, 자랑스럽게 돌아다니고 있는 것입니다. 뭐니 뭐니 해도 이 사나이가 없으면 신부인 내가 여기까지 올 수 없었으므로 그가 으스대는 것도 무리는 아닙니다. 과거의 일도, 한 번 배교했다는 사실도, 이 때문에 완전히 망각된 것 같습니다. 아마도 이 술주정꾼은 신자들에게 마카오와 긴 항해를 과장해서 말하고, 두 사람의 신부를 이 나라에 데려온 것도 마치 자기 힘인 것처럼 말했을 것입니다.

그러나 나는 그를 책하려고는 생각지 않습니다. 기치지로의 가벼운 입에는 좀 당황스러워집니다만, 그의 은혜를 입은 것도 사실입니다. 나는 그에게 고해성사를 권했고, 그는 솔직하게 자기의 옛날 죄를 모두 고백했습니다.

그에게는 다음의 주님 말씀을 늘 생각하라고 명했습니다. "누구든지 사람들 앞에서 나를 안다고 증언하면, 나도 하늘에 계신 내 아버지 앞에서 그를 안다고 증언할 것이다. 그러나 누구든지 사람들 앞에서 나를 모른다고 하면, 나도 하늘에 계신 내 아버지 앞에서 그를 모른다고 할 것이다."

내가 그렇게 말할 때 기치지로는 마치 매 맞은 개처럼 쭈그리고 앉아 자기 머리를 손으로 때렸습니다. 성격 그 자체는 선량합니다만, 이 천성적으로 겁 많은 사나이는 용기라는 것을 아무리 해도 가질 수 없는 것 같습니다. 나는 의지의 나약과 사소한 폭력에도 겁을 집어먹는 비겁을 고치는 것은 네가 마시고 있는 술이 아니고 오직 신앙의 힘뿐이라고 그에게 엄하게 말해 주었습니다.

내가 오랫동안 상상한 것은 틀리지 않았습니다. 이곳의 농민들은 그동안 무엇에 굶주리고 있었던가? 소처럼 일하고 소처럼 죽어가지 않으면 안 되었던 이 사람들은 그 차꼬를 버릴 수 있는 한 가닥 길을 우리의 가르침 속에서 발견했던 것입니다.

오늘까지 30명의 어른과 아이들에게 세례를 주었습니다. 여기뿐만 아니라 미야하라, 그즈시마, 하라즈카 등에서도 뒷산을 넘어 몰래 신자들이 찾아왔습니다. 50명 이상을 상대로 고해성사도 주었습니다. 주일미사가 끝난 뒤에 신자들과 함께 처음으로 일본말로 기도를 하고, 얘기도 했습니다. 농민들은 호기심에 찬 눈으로 나를 바라보았습니다. 나는 이야기를 하면서 뇌리에 자주 산상설교를 하는 그분의 얼굴과, 앉거나 무릎을 껴안고 그 말씀을 듣고 있는 이들의 모습을 머리에 그려보았습니다. 그런데 왜 이처럼 나는 그분의 얼굴을 머리에 떠올릴까요? 아마도 그분의 얼굴이 성경 어디에도 씌어 있지 않기 때문일 것입니다. 씌어 있지 않기 때문에 그것은 나의 상상에 맡겨져 나는 어려서부터 수없이 그분의 얼굴을 마치 애인의 모습을 미화시키듯 가슴속에 간직했습니다. 신학생 때, 수도 원에 있을 무렵 나는 잠 못 이루던 밤, 그분의 아름다운 얼굴을 언제나 마음속에 떠올렸습니다. 어쨌든 이러한 모임이 얼마나 위험한가는 잘 알고 있습니다. 머지않아 우리들의 동태는 포졸들에게 탐지될지도 모릅니다.

페레이라 신부님의 소식은 여기서도 아직 모릅니다. 나는 그를 보았다고 하는 늙은 신자를 두 사람 만났습니다. 그래서 페레이라 신부가 나가사키의 신마치라는 곳에서, 길에 버려진 아기와 병자를 위한 집을 세웠다는 것만 알았습니다. 물론 이것은 아직 박해가 그렇게 심하기 전의 일입니다만, 얘기를 듣기만 해도 스승님의 옛 모습이 마음속에 역력히 떠올랐습니다. 밤색 턱수염과 움푹 파인 눈초리로 일찍이 우리들 신학생에게 해주시던 것처럼 이 나라의 비참한 신자들 어깨에도 그는 손을 얹었을 것입니다.

"그 신부님은 엄하셨습니까?"

나는 두 사람에게 일부러 이렇게 물어보았습니다.

노인은 나를 쳐다보며 열심히 고개를 흔들었습니다. 그렇게 다정한 분은 본 일이 없다고 그 떨리는 입술이 말하는 것 같았습니다.

도모기로 돌아오기 전날, 나는 이 부락 사람들에게

앞서 말한 조직을 만들도록 가르쳤습니다. 그렇습니다. 도모기 마을에서 신자들이 신부 없는 동안 비밀히 만들고 있던 조직입니다. '노인장'을 선출하고 '아비이'를 내세우고, 교리가 젊은이와 어린이 그리고 새로 태어나는 생명 속에 끊기지 않게 하기 위해서 지금과 같은 정세 하에서는 이런 방법에 의지할 수밖에 없습니다. 이곳 부락민은 이 방법에 흥미를 보였습니다만 막상 누구를 '노인장'과 '아바이'로 뽑느냐 하는 단계에 이르자, 마치 리스본의 선거민들처럼 말다툼을 하기 시작했습니다. 그중에서도 기치지로는 특히 자기가 그 직책에 올라야 한다고 완강히 주장하고 있었습니다.

또 한 가지 주의하지 않으면 안 될 것이 있는데 도모기 마을 사람들도 그러했습니다만, 이곳 농민들도 나에게 자꾸 조그마한 십자가라든가 메달, 성화 등을 갖고 있지 않느냐고 졸랐습니다. 그런 물건은 배 안에 모두 놓고 왔다고 하자 대단히 슬픈 표정을 지었습니다. 그래서 나는 내가 갖고 있던 묵주의 알을 하나하나 풀어서 나누어 주지 않을 수 없었습니다. 이러한 것을 일본 신자들이 숭배하는 것은 그다지 나쁜 일은 아닙니다만 왠지 묘한 불안이 생겨납니다. 그들은 뭔가 잘못 생각하고 있는 것이 아닐까요?

엿새 후의 밤, 다시 아무도 모르게 배를 타고 밤바

다로 빠져나왔습니다. 노 젓는 소리와 뱃전을 때리는 바다소리가 단조롭게 들리고, 뱃머리에 선 기치지로는 작은 소리로 노래를 부르고 있었습니다. 닷새 전, 같은 배로 이곳을 지날 때 갑자기 뭐라 말할 수 없는 공포를 느낀 것을 생각해 내고는 나는 미소를 지었습니다. 모든 것은 순조롭게 잘 돼가고 있다, 그렇게 생각했습니다. 사실 이곳에 온 뒤 상상했던 것 이상으로 잘 되어가고 있습니다. 우리들은 스스로 위험한 모험을 할 필요도 없이 속속 새로운 신자들을 찾아낼 수 있었으며, 포졸들에게 오늘날까지 발각되지 않고 있습니다. 마카오에서 바리냐노 신부님은 이 나라의 탄압에 너무나 겁을 먹고 있는 것이 아닌가, 그런 기분마저 듭니다. 기쁨인지 행복감인지 알 수 없는 감정이 갑자기 가슴을 뿌듯하게 했습니다. 그것은 내가 쓸모 있다는 기쁨의 감정이었습니다. 당신이 전혀 모르고 있는 이 극지의 나라에서 나는 사람들을 위해 쓸모가 있는 것입니다.

그래서 그런지 돌아오는 길은 갈 때만큼 지루하게 느껴지지 않았습니다. 그리고 배가 삐걱대고, 배 밑에 무엇인가 부딪힌 듯한 느낌이 들었을 때, 벌써 도모기에 돌아왔나 하고 놀랄 정도였습니다.

바닷가 모래톱에 몸을 숨기고 나는 모키치 일행이 마중 나올 때까지 혼자서 기다리고 있었습니다. 이런 경계마저도 어쩌면 이젠 헛수고가 아닌가 생각하고, 가르페와 내가 이 나라에 도착한 밤의 일들을 만족스런 기분으로 회상하고 있었습니다.

발소리가 들리면서 누군가의 목소리가 들렸습니다.

"신부님."

내가 기쁨을 참지 못해 벌떡 일어나 모래가 묻은 손을 잡으려 할 때,

"도망가셔요, 어서 도망가셔요."

재빨리 모키치는 이렇게 말하고 내 몸을 떼밀었습니다.

"포졸들이 마을에…."

"포졸들이?"

"네, 신부님. 포졸들이 눈치챈 모양입니다."

"우리 일까지도?"

모키치는 아니라고 고개를 흔들었습니다. 우리가 숨어 있다는 것은 아직 눈치를 채지 못한 것 같았습니다.

나는 모키치와 기치지로에게 손을 잡히듯 하여, 부락과는 반대 방향으로 뛰었습니다. 밭으로 나오자, 되도록 보리밭 속에 몸을 숨기면서 우리의 오두막이 있는 산쪽으로 기어갔습니다. 이때 조금씩 가랑비가 뿌리기 시작했습니다. 마침내 장마가 시작된 것입니다.

4

또 당분간 신부님께 편지를 쓸 수 있을 것 같습니다. 고토에서 선교하고 돌아왔을 때, 포졸들의 수색이 마을에서 행해지고 있었다는 것은 이미 말씀드렸습니다만, 가르페도 나도 무사한 것을 생각하면 진심으로 감사를 드리지 않을 수 없습니다.

다행히 포졸들이 밀어닥치기 전, '아바이'들이 재빨리 성화라든가 십자가 등 위험한 것을 모두 숨기게 했습니다. 이러한 때 조직이 얼마나 도움이 됐는지 모릅니다. 다들 시치미를 뚝 떼고서 밭에 나가 일을 계속하고, '노인장'이 멍청한 얼굴로 관리들 질문에 대답을 했습니다. 농민들은 위정자 앞에서는 바보인 체하는 것이 가장 현명한 것임을 알고 있었던 것입니다. 오랜 문답 끝에 그들은 결국 지쳐 떨어져 체념을 하고서 돌아갔습니다.

이 얘기를 나와 가르페에게 들려준 이치조와 오마쓰는 자랑스럽게 이를 드러내면서 웃었습니다. 그 표정에는 그야말로 학대받아 온 자의 교활성이 그대로 드러나고 있었습니다.

다만 아직까지도 납득이 가지 않는 것은, 누가 우리의 존재를 관헌에게 고소한 것일까 하는 것입니다. 설마 도모기 마을 사람이라고는 생각되지 않습니다만, 마을 사람들 사이에서도 조금씩 서로 의혹을 품고 있는 것 같습니다. 내부 분열이 생기지 않을까, 나는 걱정하고 있습니다.

그러나 이 점을 제외하면 오래간만에 돌아온 마을은 아주 평화롭습니다. 이 오두막에도 대낮에 산기슭 쪽에서 닭소리가 들립니다. 붉은 꽃이 융단처럼 피어 있는 것이 내려다보입니다.

도모기 마을에 우리와 함께 돌아온 기치지로는 여기서도 아주 인기를 독차지하고 있습니다. 경솔하고 기분파인 그는 이리저리 마을을 돌아다니며 의기양양하게 고토의 상황을 과장해서 지껄이는 듯합니다. 내가 얼마나 그 섬사람들에게 환영을 받았는지, 그리고 그러한 나를 데리고 간 자기가 얼마나 대접을 잘 받았는지 퍼뜨리고 다닐 때마다 이곳 부락민은 그에게 식사를 대접하고 때로는 술까지 먹여주었습니다.

기치지로가 한번은 술에 취한 채 두서너 명의 젊은이를 데리고 우리 오두막으로 찾아왔습니다. 그는 검붉은 얼굴을 연방 손으로 문지르면서 코를 벌름거리며 말했습니다.

"신부님, 제가 있습니다. 제가 옆에 있기만 하면 근심할 건 하나도 없습니다."

젊은이들에게서 존경의 눈길을 받자 그는 점점 기분이 좋아져 노래를 부르기 시작했습니다. 노래를 다

부르고 나자 "제가 옆에 있기만 하면 조금도 근심할 필요가 없습니다."라고 다시 중얼거리더니 다리를 뻗고 정신없이 곯아떨어졌습니다. 사람은 나빠 보이지 않는 그의 이런 모습은 밉게만 볼 수 없는 그런 느낌을 줍니다.

일본 사람들의 생활에 대해 좀 알려드리겠습니다. 물론 이것은 내가 본 도모기 마을의 농민들에 대해, 또 그들로부터 들은 얘기를 그대로 보고하는 것이므로 이것만으로 일본 전체를 생각할 수는 없습니다.

우선 농민들은, 당신이 포르투갈의 그 어떤 궁벽한 지방에서 볼 수 있는 이상으로 가난하고 비참하다는 점을 알려드리지 않을 수 없습니다. 부유한 농민마저도, 일본의 상류계급이 먹는 쌀을 일 년에 두 번 먹을 뿐입니다. 평소에는 감자나 무 같은 야채가 그들의 식량이며, 음료는 물을 끓여서 먹습니다. 때로는 풀과 나무뿌리를 캐어 먹기도 합니다. 그들의 앉는 방법은 특별한데 우리와 아주 판이합니다. 무릎을 땅이나 마루 위에 대고, 우리가 웅크릴 때처럼 발 위에다 엉덩이를 붙이는 것입니다. 그들에겐 이것이 휴식이 됩니다만, 나나 가르페에겐 익숙해질 때까지 이 자세가 매우 고통스러웠습니다.

가옥은 거의가 짚으로 지붕을 얹고, 불결하여 악취가 코를 찌릅니다. 소나 말을 가진 집은 도모기 마을에선 두 집밖에 없습니다.

영주는 주민들에 대해 모든 권리를 갖고 있으며, 그 권리는 그리스도교를 믿는 나라의 국왕이 갖고 있는 것보다 훨씬 강력합니다. 연공年貢의 징수는 매우 엄격하여 태만한 자에게는 사정없이 형벌이 가해집니다. 시마바라의 내란도 이 연공 징수의 부담을 견디지 못한 농민들이 영주에게 반항한 것입니다. 예를 들면 도모기 마을에서도 5년 전, 모자에몬이라는 사나이가 다섯 섬의 쌀을 바치지 않았기 때문에 그 처자를 인질로 삼아 빈 물구덩이 속에 가두었다는 얘기를 들었습니다. 또 이 나라에는 무사武士들이 있어 이들이 농민을 지배하고 무사 위에는 영주가 군림하고 있습니다. 무사는 무기를 대단히 소중히 하고, 그 지위를 불문하고 열세 살이나 열네 살쯤 되면 모두 단도와 큰 칼을 허리에 찹니다. 영주는 무사에 대해 절대적인 군주로서, 제 마음대로 누구의 눈치도 살필 필요 없이 그들을 죽일 수도 그 재산을 몰수할 수도 있습니다.

일본인은 겨울이나 여름에도 머리 부분을 가리지 않으며, 추위에 몸을 그냥 드러내는 복장을 하고 있습니다. 머리는 털뽑기를 가지고 머리카락을 뽑기 때문에 완전 민둥머리가 되고, 오직 목덜미 부분에만 한 줌의 머리카락을 남겨 이것을 땋아 늘어뜨립니다. 중은 머리를 죄다 깎습니다만 중이 아니더라도 아들에게 집안일을 넘겨준 사람이라든가 무사 중에는 머리를 깎는 자가 상당히 있다고 합니다….

…갑작스럽습니다만 이제부터 6월 5일에 일어난 사건에 대해 되도록 사실 그대로 적어보고자 하는데, 어쩌면 그저 짤막한 보고로 그칠지도 모릅니다. 이제 우리에게도 언제 위험이 닥쳐올지 예상할 수 없게 되었습니다. 자세한 긴 얘기를 늘어놓을 여유가 없습니다.

5일 정오 조금 못 되어, 저 아래 부락에서 심상치 않은 사건이 벌어진 듯한 기분이 들었습니다. 개가 계속 짖는 소리가 잡목림을 통해 들려왔기 때문입니다. 날이 개고 조용한 날에는 개 짖는 소리, 닭 우는 소리가 여기까지 희미하게 들려오는 일은 드물지 않은 일이며, 그것은 이 오두막에 숨어 있는 우리에겐 일종의 위로이기도 했는데 오늘 그 소리는 웬일인지 불안을 느끼게 하여 우리는 잡목림 동쪽까지 가서 내려다보았습니다. 여기서는 비교적 산 아래 부락이 한눈에 바라다보이기 때문입니다.

부락으로 통하는, 바다를 낀 채 뻗어 있는 길에 허연 흙먼지가 일어나고 있는 것이 눈에 띄었습니다. 어찌 된 일인지 미친 듯한 한 마리의 말이 안장도 없이 부락에서 달려나오고 있었습니다. 부락 입구에는 다섯 명쯤 되는 사나이들―분명히 농민이 아닌 사나이들이 서서, 마을로부터 아무도 도망치지 못하게 지키고 있는 것이 보였습니다.

포졸들이 부락을 수색하러 왔다는 것을 곧 깨달았습니다. 가르페와 나는 뒹굴 듯이 오두막으로 들어와 우리 생활을 발각당할 일체의 물건을 끄집어내 전에 이치조가 파준 구덩이에 묻었습니다. 그 일이 끝나자 용기를 내어 숲을 내려와 부락을 좀 더 똑똑히 보기로 했습니다.

부락에서는 아무 소리도 들리지 않았습니다. 대낮의 해가 길에도 부락에도 내리쬐고 있어 초라한 농가의 그림자가 길에 드리워져 있는 것만 뚜렷이 보였습니다. 웬일인지 사람 그림자 하나 없고 조금 전까지 들려오던 개 짖는 소리도 뚝 그치고, 마치 문자 그대로 도모기 마을은 버림받은 폐허 같았습니다. 그런데도 나는 부락을 에워싸고 있는 어떤 무서운 침묵을 느꼈습니다. 열심히 기도를 드렸습니다. 기도가 이 지상에 행복이나 요행을 주지 않는다는 것을 잘 알고 있었습니다만, 그렇다 해도 나는 대낮의 이 무서운 침묵이 마을에서 빨리 사라지기를 기도드리지 않을 수 없었습니다.

개가 다시금 짖기 시작하고 부락 입구를 지키고 있던 사나이들이 뛰어갔습니다. 그리고 그들 중에 섞여 '노인장'이라 불리는 노인이 밧줄에 묶여 모습을 나타냈습니다. 검정 삿갓을 쓴 무사가 말 위에서 뭐라고 외치자 사나이들이 노인 뒤에 한 줄로 늘어서서 경계하며 걷기 시작했습니다. 말채찍을 휘두르던 무사가 먼저 흰 먼지를 피워올리며 한길을 달리다가 뒤를 돌아보았습니다. 두 다리를 번쩍 치켜든 말의 모습과, 비틀거리며 사나이들에게 끌려간 노인의 뒷모습을 나는 아직도 뚜렷이 기억하고 있습니다. 그들은 대낮의 한길을 달려 개미처럼 조그맣게 사라져 갔습니다.

자세한 사정은 밤에 기치지로를 데리고 산으로 올라온 모키치로부터 들었습니다. 관리들이 모습을 나타낸 것은 정오 전이었습니다. 이번에는 전과 달리 그들의 수색을 부락민은 전혀 눈치채지 못했습니다. 놀란 부락민은 이리저리 도망치고 무사는 포졸들을 호령하면서 부락 끝에서 끝까지 말을 타고 뛰어다녔습니다.

그들은 어느 집에서도 그리스도교 신자라는 증거를 발견하지 못했지만, 그전처럼 체념하고 돌아가려 하지 않았습니다. 무사는 농민들을 한자리에 모아놓고, 만약 모든 것을 자백하지 않는다면 인질을 잡아가겠다고 공고했습니다. 그러나 누구 한 사람 입을 여는 자는 없었습니다.

"저희들은 한 번도 연공을 바치지 않은 적이 없습니다. 또 공역公役도 잘 이행하고 있습니다. 장례식도 모두 절에 가서 하고 있습니다."

'노인장'은 무사에게 열심히 말했습니다.

무사는 거기에 대답하지 않고 채찍 끝으로 '노인장'을 가리켰습니다. 순간 사람들 뒤에 서 있던 포졸들이 재빨리 '노인장' 앞으로 나와 밧줄로 그를 묶었습니다.

"잘 듣거라. 구차하게 따지진 않겠다. 최근 너희들 중에 금지된 그리스도교를 비밀히 믿고 있다고 고소해 온 사람이 있다. 누가 그런 괘씸한 짓을 하고 있는지 똑바로 말하는 자에게는 은전 백 냥을 주겠다. 그러나 너희가 자백하지 않으면 사흘 후 다시 인질을 잡아갈 텐데 어쩔 작정이냐? 잘 생각해 두어라."

몸을 똑바로 한 채 농민들은 잠자코 있었습니다. 남자도 여자도 어린이도 잠자코 있었습니다. 한참 동안 그런 식으로 신자들은 적과 대치하고 있었습니다. 이제 와서 생각하니 우리는 그 조용한 시간에 산에서 부락을 내려다보고 있었음이 틀림없습니다.

무사는 말 머리를 돌려 채찍을 들고 돌아갔습니다. 말 뒤에 잡아매인 '노인장'은 한 번 쓰러졌다가 다시 일어나고, 또 쓰러지고 질질 끌리자 사나이들이 그의 몸을 부축하여 겨우 일으켜 세웠습니다.

이것이 우리가 들은 6월 5일의 사건입니다.

"신부님, 저희들은 신부님 얘기는 하지 않았습니다.

또다시 포졸들이 오더라도 말하지 않을 것입니다. 무슨 일이 있더라도 그런 짓은 하지 않습니다."

모키치는 무릎 위에 두 손을 단정히 올려놓고 말했습니다.

그가 그런 말을 한 것은, 나나 가르페의 얼굴에 조금이라도 겁먹은 빛이 떠올랐기 때문이 아니었을까요? 만약 그렇다면 부끄러운 일이었습니다. 그러나 평소 무슨 일에도 명랑했던 가르페까지 괴로운 듯 모키치를 바라본 것이 무리는 아니었습니다.

"그러나, 그렇게 되면 언젠가는 당신들도 모두 인질로 잡혀가게 될 텐데…."

"네, 신부님, 그렇게 되더라도 저희들은 말하지 않겠습니다."

"그건 안 될 말, 그보다는 우리 두 사람이 이곳을 떠나는 게 좋겠소."

가르페는 나와 모키치 곁에서 벌벌 떨며 앉아 있는 기치지로 쪽으로 돌아앉았습니다.

"예를 들면 이 사나이가 사는 섬으로 피해 갈 수는 없을는지?"

이 말에 기치지로는 공포에 질린 얼굴을 하고서 입을 열지 않았습니다. 이 마음 약한 겁쟁이 사나이는 우리를 여기까지 데리고 와서 사건이 벌어졌기 때문에 어찌할 바를 모르고 있는 것이 분명했습니다. 그는 신자로서 자기 체면을 유지하고 게다가 자기가 살 수 있는 방법을 조그마한 머리로 열심히 생각하고 있는 것 같았습니다. 조금 후에 그는 교활한 눈을 반짝이며 두 손을 파리처럼 비비면서, 고토에도 머지않아 이와 똑같은 수색이 있을지 모르니 이 근처보다는 좀 더 먼 지방으로 가시는 게 좋을 것이라고 말했습니다. 결론을 보지 못한 채 그날 밤 그들은 산을 내려갔습니다.

다음날이 되자 도모기 부락민들의 생각이 동요되기 시작했습니다. 이제 나는 새삼스럽게 그들을 책하려고 하지는 않습니다만 모키치의 보고에 의하면, 그들은 우리 두 사람을 어디 딴 곳으로 옮겨야 할 것이라고 주장하는 사람과, 끝까지 자기네들 손으로 숨겨야 한다고 주장하는 사람들로 갈라졌다고 합니다. 부락에 재난을 가져온 것은 결국 나와 가르페라고 말한 사람까지 있었다는 것입니다. 그러나 그중에서 모키치나 이치조나 오마쓰는 의외로 강한 신앙을 보여주었습니다. 그들은 무슨 일이 있어도 신부를 지키려 생각하고 있습니다.

이 동요야말로 관리들이 노리는 점이었습니다. 6월 8일, 이번에는 말을 탔던 그 사나운 무사가 아닌 늙수그레한 무사가 네다섯 명의 부하를 데리고 나타나 미소를 띠어가면서 마을 사람들에게 손실과 이득을 분별하라고 말했습니다. 이번에는, 만약 정직하게 사교

(가톨릭)를 믿고 있는 자를 알려주는 사람에겐 앞으로의 연공을 경감해 주겠다고 제의했습니다. 연공의 경감은 이곳 농민들에게 얼마나 크고 달콤한 유혹이었는지 모릅니다. 그런데도 가난한 농민들은 그 유혹을 이겨냈습니다.

"이렇게까지 말하는데도 고개를 가로젓는다면, 나로서도 너희들의 말을 그대로 믿을 수밖에 없다."

늙수그레한 무사는 부하들을 돌아보고 웃었습니다.

"그러나 너희들과 고소인, 그 어느 쪽 말을 더 믿느냐 하는 것은 상사에게 여쭈어 보지 않으면 안 된다. 그런 다음에야 인질도 집으로 보내주겠다. 너희들 중에서 세 사람쯤 내일 나가사키에 출두하라. 나쁘게는 하지 않을 테니 걱정할 필요는 없다."

음성이나 말에 위협적인 데는 없었습니다만, 그럴수록 이것이 함정이란 것을 부락민들은 잘 알고 있었습니다. 이날 밤, 도모기 마을의 남자들은 내일 나가사키 관아에 누구를 보내느냐 하는 문제로 장시간 서로 의논을 했습니다. 어쩌면 인질로 잡힐지도 모르는 이번 취조에 나선 자는 살아서 돌아오지 못할지도 모릅니다. 그것을 생각하면 '아바이'들까지도 뒷걸음질을 칩니다. 어두운 농가에 모여든 농민들은 서로 상대편 얼굴을 살피고, 되도록 자기는 이 역할에 끼지 않았으면 하는 눈치들 같았던 모양입니다.

기치지로가 지명된 것은 이런 이유에서였습니다. 기치지로라면 도모기 출신도 아니고 객지 사람이며 게다가 원인을 말하자면 이런 재난이 일어난 것도 이 사나이 때문이 아닌가 하는 기분이 누구에게나 들었기 때문이 아니었겠습니까? 가엾게도 겁이 많은 그는 이성을 잃고서 눈물까지 글썽거리다가 끝내는 여러 사람들에게 욕까지 퍼부었습니다만, 마을 사람들이 "제발 살려주게. 우리는 아내도 자식도 있다네. 자네는 객지 사람이니 관헌들도 엄하게 따지진 않을 걸세. 우리를 대신해서 가주게나." 하고 손을 싹싹 비벼가며 부탁하자 그는 워낙 마음이 약해 거절하지 못했음이 분명합니다.

"나도 가겠네." 하고 그때 갑자기 이치조가 입을 열었습니다. 평소 말이 없고 고집쟁이라 불리던 이 사나이가 갑자기 이런 말을 했기 때문에 모두들 깜짝 놀랐습니다. 그러자 모키치마저 자기도 그 속에 끼겠다고 말했습니다.

9일. 아침부터 가랑비가 내리는 날이었습니다. 오두막 앞에 있는 잡목림은 가랑비에 싸여 보이지 않았습니다. 그들 세 사람은 숲 속 길을 걸어 올라왔습니다. 모키치는 약간 흥분돼 있는 것 같았으나 이치조는 여전히 눈을 가늘게 뜨고 시무룩해 있었습니다. 두 사람 뒤에서 기치지로는 주인에게 매를 맞은 개처럼 슬픈 눈으로 우리를 원망스러이 보고 있었습니다.

"신부님, 저희는 성화를 밟으라 할 때 그걸 밟지 않으면…."

모키치는 고개를 숙이고 자기 자신에게 타이르듯 말했습니다.

"발로 밟지 않으면 저희들뿐만 아니라 마을 사람 전체가 같은 취조를 받게 됩니다. 아, 저희가 어떻게 하면 좋겠습니까?"

연민의 정이 가슴에 치솟아, 나는 나도 모르게 신부님 같으면 결코 입 밖에 내지 않았을 대답을 하고 말았습니다. 일찍이 운젠 박해 때, 가브리엘 신부는 이나라 사람으로부터 성화 밟기를 강요당했는데 그때 "그걸 밟기보다 이 다리를 잘라버리는 것이 더 낫다."고 했다는 얘기가 머리를 스쳤습니다. 수많은 일본 신자와 신부가 같은 기분으로 자기 발 앞에 놓인 성화를 대했다는 것을 알고 있었습니다. 그러나 그것을 어떻게 이 불쌍한 세 사람에게 요구할 수 있겠습니까?

"밟아도 좋아요, 밟아도 좋아요."

이렇게 소리친 뒤에야 나는 내가 신부로서 입 밖에 내서는 안 될 말을 한 것을 깨달았습니다.

가르페가 꾸짖듯 나를 바라보고 있었습니다.

기치지로는 아직도 눈물을 글썽거리고 있었습니다.

"하느님은 무엇 때문에 이런 형벌을 내리시는 겁니

까? 신부님, 저희들은 별로 나쁜 짓을 한 적이 없는데 말씀입니다."

우리는 잠자코 있었습니다. 모키치와 이치조도 입을 다문 채 허공만 바라보고 있었습니다. 우리는 여기서 다 같이 입을 모아 마지막 기도를 드렸습니다. 기도가 끝나자 세 사람은 산을 내려갔습니다. 안개 속에 사라져 가는 그 모습을 나와 가르페는 언제까지나 바라보고 있었습니다만, 이제 와서 생각하니 이것이 모키치와 이치조를 본 마지막이었습니다.

다시 오랫동안 붓을 들지 않았습니다. 도모기 마을이 관헌에게 습격당한 것은 앞서 쓴 바와 같습니다만 나가사키에서 취조받은 그 세 사람에 대한 것을 알기 위해서는 오늘까지 계속 기다리지 않으면 안 되었기 때문입니다. 그들이 무사히 '노인장'과 함께 돌아오기를 우리는 얼마나 기도드렸는지 모릅니다. 부락의 신자들도 매일밤 남몰래 드리는 기도를 그들을 위해 바쳤습니다.

하느님께서 이 시련을 그저 무의미하게 내리셨다고는 생각하지 않습니다. 주님께서 하시는 일은 모두가 선하므로 이 박해나 형벌도 나중에 가면 왜 우리를 위해 내려졌나 뚜렷이 이해할 날이 올 것입니다. 하지만 내가 이렇게 쓰는 것은 출발하던 그날 아침, 기치지로가 고개를 떨구고 중얼거리던 말이 마음속에서 차츰 무거운 짐으로 변해 갔기 때문입니다.

"하느님께선 무엇 때문에 이런 괴로움을 내려주십니까?"

그러고 나서 그는 원망스러운 눈길을 내게 보내며 말했습니다.

"신부님, 저희들은 별로 나쁜 짓을 한 것이 없는데 말입니다."

그냥 들어 넘기면 아무렇지도 않은 겁쟁이의 이 어리석은 한탄이 왜 예리한 바늘 끝처럼 가슴을 이렇게 아프게 찌르는지요. 주님은 무엇 때문에 이 비참한 농민들에게, 이 일본인들에게 박해와 고문이라는 시련을 내려주시는지요. 아니, 기치지로가 말하고 싶었던 것은 좀 더 다른 무서운 얘기였습니다. 그것은 하느님의 침묵입니다. 박해가 일어나 오늘까지 20년, 이 땅에 많은 신자들의 신음소리가 가득 차고, 신부의 붉은 피가 흐르고, 교회의 탑이 무너져 가는데도, 하느님은 자기에게 바쳐진 너무나도 참혹한 희생을 앞에 두고도 여전히 침묵만 지키고 계십니다. 기치지로의 어리석은 한탄에는 그에 대한 질문이 포함되어 있는 것처럼 나는 느꼈습니다.

그러나 지금은 그들이 그 후 겪은 운명만 알려드리겠습니다. 사쿠라마치櫻町에 있는 관아에 출두한 세 사람은 그 후 이틀 동안 뒤쪽 옥사에 갇혔다가 겨우 관헌의 취조를 받았습니다. 취조는 웬일인지 이상하리만큼 사무적인 문답으로 시작되었습니다.

"너희들은 가톨릭이 사교라는 것을 알고 있겠지?"

모키치가 일동을 대표해서 고개를 끄덕이자 다시 물었습니다.

"그 사교를 너희들이 신봉한다는 고발이 있는데 그게 사실인가?"

"우리는 어디까지나 불교도이며 단나사檀那寺 스님의 가르침을 따르고 있습니다."

하고 세 사람이 대답하자, 이번에는

"그렇다면 여기서 성화를 발로 밟아보아라."

하고 말했습니다. 아기 예수를 안은 성모 마리아상이 박힌 널판이 발 앞에 놓였습니다. 성화를 밟아도 좋다고 한 나의 권고대로 기치지로가 우선 거기에 발을 대고, 다음에 모키치와 이치조가 그 뒤를 따랐습니다. 하지만 이걸로 용서받을 줄 안 것이 잘못이었습니다. 나란히 앉은 관헌들 입가에 엷은 웃음이 천천히 떠올랐습니다. 그들은 세 사람이 성화를 밟았다고 하는 그 결과보다도 그때의 안색을 가만히 살피고 있었던 것입니다.

"너희들은 그걸로 우리를 속였다고 보는가?"

하고 관리 중 가장 나이 많은 자가 말했습니다. 그 노

인이 전날 도모기 마을을 방문한 늙은 무사라는 것을
세 사람은 비로소 알았습니다.

"방금 너희들의 숨소리가 거칠어진 것은 무슨 까닭
이냐?"

"아닙니다. 저희들은 흥분한 일이 없습니다. 저희들
은 가톨릭 신자가 아닙니다."

모키치가 한사코 외쳤습니다.

"그렇다면 다음에 또 시키는 일을 해보아라."

그 성화에 침을 뱉고, 성모 마리아는 남자들에게 몸
을 팔아온 매음부라고 말해 보라는 것이었습니다. 이
것은 얼마 후 곧 알게 된 것입니다만, 바리냐노 신부
가 가장 위험한 인물이라고 한 이노우에가 발명한 방
법이었습니다. 전에 출세를 위해 세례까지 받았던 이
노우에는 일본의 가난한 농민 신자들이 무엇보다도
먼저 성모 마리아를 숭배하고 있다는 것을 잘 알고 있
었던 것입니다. 사실 나도 도모기에 와서 농민들이 때
로는 그리스도보다 성모 쪽을 더 숭배하고 있는 것을
보고 걱정할 정도였습니다.

"왜 침을 뱉지 못하는가? 왜 시킨 대로 말하지 못하
는가?"

이치조는 두 손에 성화를 들고 포졸한테 등을 찔리
면서 용기를 내어 침을 뱉으려고 했지만 도저히 그렇
게 하지 못했습니다. 기치지로도 고개를 숙인 채 꼼짝

을 하지 않았습니다.

"어찌 된 거냐?"

관리에게 엄한 재촉을 받자 모키치의 눈에서는 마침내 눈물이 솟아 뺨을 흘러내렸습니다. 이치조도 괴로운 듯 고개를 저었습니다. 두 사람은 이로써 마침내 자기들이 가톨릭 신자라는 것을 몸 전체로 자백해 버린 것입니다. 기치지로만이 관리의 위협을 받아 헐떡거리듯 성모를 모독하는 말을 토했습니다. 그리고

"침…."

하는 말에, 그는 성화 위에 씻을 길 없는 굴욕의 침까지 뱉었습니다.

취조가 끝나자 사쿠라마치에 있는 감옥에 모키치와 이치조 두 사람은 열흘 동안 방치된 채 버려져 있었습니다. 두 사람이라고 하는 것은, 배교한 기치지로는 쫓기듯 감옥에서 풀려나 그대로 자취를 감춰버렸기 때문입니다. 물론 그는 오늘에 이르기까지 이곳엔 돌아오지 않고 있습니다. 도저히 돌아올 수 없었을 것입니다.

장마가 시작되었습니다. 매일 쉴 새 없이 가랑비가 내립니다. 이 장마가 모든 지표도 뿌리도 썩게 할 정도로 음침하다는 것을 비로소 알았습니다. 부락은 마치 폐허처럼 황량합니다. 두 사람의 운명이 어떻게 될

지는 누구나 다 알고 있었습니다. 곧 자기네들도 그들과 마찬가지로 취조를 받게 되지나 않을까 두려워하여 밭일을 나오는 사람도 거의 없었습니다. 쓸쓸한 밭 너머로 바다가 검게 보입니다.

20일. 관리가 다시금 말을 타고 부락에 알리러 왔습니다. 모키치와 이치조는 나가사키의 거리를 끌려다닌 후, 이 도모기 해안에서 수책형에 처해지기로 되었다는 것입니다.

22일. 부락민들은 비 내리는 회색 길 저 멀리 콩알만한 행렬이 이쪽을 향해 오는 것을 보았습니다. 이윽고 그들의 모습이 차츰 커졌습니다. 한가운데 안장 없는 말에 두 손을 묶인 이치조와 모키치가 사나이들에게 둘러싸여 고개를 떨구고 있었습니다. 부락민들은 문을 잠근 채 밖으로 나오지도 못했습니다. 행렬 뒤에는 다른 마을에서 참가한 구경꾼들이 줄줄 따라 오고 있었습니다.(이 행렬은 우리 오두막에서도 보였습니다.)

바닷가에 이르자, 관리는 사나이들을 시켜 불을 피우게 하고 이치조와 모키치의 젖은 몸을 말리게 했습니다. 그러고 나서 특별한 자비심을 베풀어 조그마한 종지에다 술을 한 잔 따라주었습니다. 이 얘기를 들었을 때, 나는 죽음 직전의 그리스도에게 해면에다 신 포도주를 묻혀 마시게 하려 했던 사나이의 얘기가 문득 머리에 떠올랐습니다.

십자로 엮은 두 개의 나무가 바다 속에 세워졌습니다. 이치조와 모키치는 거기에 묶이는 것입니다. 밤이 되어 조수가 밀려오면 두 사람의 몸은 턱 있는 데까지 물속에 잠기게 될 것입니다. 그리고 두 사람은 당장엔 절명하지 않고 이틀 사흘씩 걸려 심신이 다 지쳐서 숨을 거두게 되는 것입니다. 그러한 장시간의 고통을 도모기 부락민이나 다른 농민들에게 충분히 보여줌으로써, 그들이 두 번 다시 가톨릭에 근접하지 못하도록하는 것이 관리들이 노리는 점이었습니다. 모키치와 이치조가 나무에 묶인 것은 정오가 지나서였습니다. 관리는 네 명의 감시인을 남기고 다시 말에 올라 돌아갔습니다. 비와 추위 때문에 바닷가에 모인 구경꾼들도 하나 둘씩 돌아가기 시작했습니다.

밀물이 들어오기 시작했습니다. 두 사람의 모습은 꼼짝도 안 합니다. 파도가 그들의 발과 하반신을 적시면서, 어두운 바닷가를 단조로운 소리로 철썩이며 밀려왔다가는 밀려가곤 했습니다.

저녁 무렵, 오마쓰가 조카딸과 함께 감시하는 사나이한테 식사를 들고 가서, 두 사람에게 음식을 줘도 괜찮다는 허락을 받고 나서 작은 배로 겨우 두 사람 곁으로 다가갔습니다.

"모키치, 모키치."

오마쓰가 이렇게 말을 걸자,

"네."

하고 모키치는 대답을 했습니다. 이번에는 "이치조, 이치조." 하고 불렀습니다만 나이 먹은 이치조는 이미 아무 대답도 하지 못했습니다. 그러나 그가 아직 죽지 않았다는 것은 가끔 고개를 조금씩 움직이는 것으로 알 수 있었습니다.

"괴롭겠지, 그래도 참아야 해. 신부님도 우리도 모두 기도하고 있으니까 두 사람은 천국에 가게 될 거야."

오마쓰가 이렇게 열심히 격려하며 갖고 온 말린 감자를 입에 넣어주려고 하자 모키치는 고개를 흔들었습니다.

"할머니, 이치조 씨에게 먹여주셔요. 저는 이제 더 이상 견딜 수 없습니다."

하고 모키치는 말했습니다. 어차피 죽는다면 한시바삐 이 고통에서 벗어나려고 생각한 모양입니다.

오마쓰와 조카딸은 울면서 하는 수 없이 바닷가로 돌아왔습니다. 바닷가에 돌아와서도 그녀들은 비를 맞으며 소리 내어 울었습니다.

밤이 되었습니다. 감시하는 사나이들이 지피는 모닥불은 우리 오두막에서도 희미하게 보였습니다. 그때 그 해안에는 도모기 부락민들이 몰려들어 하염없이 어두운 바다를 바라보고 있었다고 합니다. 하늘도 바다도 캄캄하여 모키치와 이치조가 어디 있는지도 알 수 없었고, 살아 있는지 죽었는지도 알 수 없었으나 모두들 울면서 마음속으로 기도하고 있었습니다. 그때 파도소리에 섞여 그들은 모키치의 목소리 같은 소리를 들었습니다. 이 청년은 자기 생명이 아직 사라지지 않은 것을 부락민에게 알리기 위해서인지, 아니면 자기의 기력을 격려하기 위해서인지, 숨이 끊어질 듯한 목소리로 끊어질 듯 가톨릭 성가를 불렀습니다.

"어서 가자, 어서 가자.

천국의 궁전으로.

천국의 궁전이라 하지만….

넓고 넓은 궁전이라 하지만."

모두들 잠자코 모키치의 그 소리를 듣고 있었습니다. 감시하는 사나이도 듣고 있었습니다. 그 노랫소리는 비와 파도소리에 자주 끊겼다가는 또 들려왔습니다.

24일. 가랑비는 하루 종일 내렸습니다. 도모기 부락민은 또 먼발치에서 한 덩어리가 되어 모키치와 이치조의 말뚝을 계속 바라보고 있었습니다. 빗속에 해안은 움푹 파인 사막처럼 쓸쓸히 펼쳐져 있고, 오늘은 딴 마을에서 구경 온 이교도들도 없었습니다. 밀물이 빠져 간조가 되었을 때 두 사람이 묶여 있는 말뚝만이 멀리 외롭게 우뚝 서 있었습니다. 이제는 말뚝과 사람을 구별조차 할 수 없습니다. 마치 모키치도 이치조도 말뚝에 찰싹 달라붙어서 말뚝 자체가 되어버린 것 같습니다. 다만 그들이 살아 있다는 것은 모키치의 소리인 듯싶은 어두운 신음소리가 들려와서 알 수 있을 뿐입니다.

신음소리는 가끔 끊겼습니다. 모키치에겐 어제처럼 자기를 격려하기 위해 노래를 부를 기력조차 없었습니다. 끊겼다가는 한 시간쯤 지나 다시 바람을 타고 흘러 이쪽 해안에 있는 부락민에게 전해져 옵니다. 짐승이 으르렁대는 듯한 그 소리를 들을 때마다 농민들은 온몸을 떨며 울었습니다. 오후에 다시금 밀물이 들어오기 시작하여 바다가 그 검고 차디찬 빛을 더하고, 말뚝은 그 속에 가라앉은 듯합니다. 흰 물거품이 이는 파도가 가끔 그 말뚝을 넘어 해변가로 밀려오고, 한 마리의 새가 바다에 닿을 듯 닿을 듯 스치면서 멀리 날아갔습니다. 이것으로 모든 것은 끝났습니다.

순교였습니다. 그러나 얼마나 기막힌 순교입니까? 나는 오랫동안 성인전에 쓰인 그런 순교를—예를 들면 그 사람들의 영혼이 하늘로 돌아갈 때, 하늘에는 영광의 빛이 감돌고 천사들이 나팔을 부는 그런 혁혁한 순교를 꿈꾸어 왔습니다. 하지만 지금, 신부님에게 이렇게 보고하고 있는 이곳 신자들의 순교는 그와 같은 혁혁한 것이 아니고, 이토록 비참하고 이토록 아픈 것이었습니다. 아, 비는 쉴 새 없이 바다에 내립니다. 그리고 바다는 그들을 죽인 뒤에도 무섭게 침묵만 지키고 있습니다.

저녁 무렵 말을 탄 관리가 다시 왔습니다. 그의 지시로 감시하던 사나이들이 축축한 나무토막을 주워다 말뚝에서 끌어내린 모키치와 이치조의 시체를 불태우기 시작했습니다. 신자들이 순교자의 유물을 소중히 갖고 가는 것을 방지하기 위해서입니다. 시체는 재로 만들어 바다에 뿌립니다. 그들이 붙인 불길은 검붉게 바람에 흔들리고, 연기는 모래사장 위를 기고, 부락민은 꼼짝도 않고 멍한 눈으로 오직 연기가 흘러가는 것을 바라보고 있었습니다. 모든 일이 끝나자 그들은 소처럼 고개를 숙인 채 무거운 다리를 끌고 돌아갔습니다.

오늘 이 편지를 쓰면서 나는 가끔, 우리를 믿어준 저 두 사람의 무덤이라고도 할 바다를 내려다보기 위해 오두막에서 밖으로 나와보았습니다. 바다는 오직 끝없이 침울하게 펼쳐져 있고, 잿빛 구름 아래 섬 그림자 하나 없습니다.

아무것도 변한 게 없습니다. 하지만 신부님 같으면 이렇게 말할 것입니다. 그들의 죽음은 결코 무의미하지는 않다고, 그것은 이윽고 교회의 기초가 되는 돌이었다고, 그리고 주님께서는 뛰어넘지 못할 시련은 주시지 않는다고, 모키치도 이치조도 지금 주님 곁에서 그들을 앞서서 떠난 수많은 이 땅의 순교자들과 마찬가지로 영원한 지복을 누리고 있을 거라고. 나 역시 물론 그런 것은 잘 알고 있습니다. 알고 있으면서도 이제 와서 왜 이런 비애와도 같은 감정이 마음에 남습니까? 내 머릿속에, 왜 말뚝에 묶인 모키치가 숨이 끊길 듯 끊길 듯 노래하던 그 소리가 고통을 수반하면서 되살아나는 것입니까?

"어서 가자, 어서 가자.

천국의 궁전으로."

나는 도모기 마을 사람들로부터 수많은 신자들이 형장으로 끌려갈 때, 이 노래를 불렀다는 얘기를 들었습니다. 어딘지 슬픈 어두운 선율이 넘치는 노래. 이 지상은 그들에게 너무나도 고통스럽습니다. 고통스럽기 때문에 오직 천국의 궁전을 의지하여 살아온 백성들의 그러한 슬픔이 이 노래 속에 담뿍 담겨 있는 것 같습니다.

무엇을 더 말하고 싶겠습니까. 저 스스로도 잘 모르겠습니다. 다만 나에게는 모키치나 이치조가 주님의 영광을 위해 신음하고 고통을 겪고 죽은 바다가 오늘도 어둡고 단조로운 소리만 내며 바닷가에 철썩이고 있는 것이 견딜 수가 없습니다. 이 바다의 무서운 침묵 위에 하느님이 사람들의 비통해하는 소리에도 아랑곳없이 그저 침묵만 지키고 계시는 것 같아서….

　아마도 이것이 마지막 보고가 될 것 같습니다. 오늘 아침 우리는 내일 관리들이 사람들을 모아 마침내 산을 뒤진다는 기별을 받았던 것입니다. 산을 뒤지게 되면, 그 전에 오두막을 예전처럼 해놓고 우리가 숨어 있던 흔적을 모두 지워버리지 않으면 안 될 것입니다. 오두막을 버리고 오늘 밤부터 어디를 헤매게 될지, 아직 가르페도 나도 결정을 내리지 못하고 있습니다. 오랫동안 우리는 토론을 했습니다. 둘이서 함께 도망할까, 아니면 따로따로 헤어지는 것이 좋을까 하고. 마침내 만약 어느 한쪽이 이교도들에게 희생당하더라도 다른 한 사람이 남아 있도록 따로따로 헤어질 것을 결심했습니다. 하지만 남아 있다는 것은 대관절 무엇을 뜻할까요. 가르페도 나도 아프리카를 우회하여 인도양을 건너서 마카오로부터 이 나라에 당도한 것은 이런 식으로 그저 도망하고 숨기 위해서는 아니었습니다. 들쥐처럼 산속에 숨어 가난한 농민들로부터 무엇인가 얻어먹으면서, 가만히 오두막 속에만 틀어박히기 위한 것도 아니었습니다. 우리의 꿈을 어디까지 버려야 할지….

　그러나 한 신부가 아직도 이 땅에 남아 있다고 하는

것은 마치 로마시대 카타콤의 성촉대聖燭臺에 불이 하나 계속 타고 있다는—그런 정도의 뜻은 있을 것입니다. 그러므로 가르페도 나도, 서로 헤어진 뒤에도 되도록 오래오래 살아 있자고 맹세했습니다.

그러므로 차후에 나의 보고가 끊어지더라도(지금까지의 보고가 신부님 수중에 들어갈지 어떨지도 의심스럽습니다만) 두 사람이 반드시 죽었을 것이라고는 생각지 말아주십시오. 이 황폐된 땅에 오직 하나, 조그마하지만 땅을 팔 수 있는 괭이를 꼭 남기지 않으면 안 되기 때문에….

어디까지가 바다이고 어디까지가 밤의 어둠인지 알 수가 없습니다. 어디에 섬이 있는지도 분별할 수 없습니다. 다만 뒤에서 배를 젓고 있는 젊은이의 숨소리와 삐걱거리는 소리, 뱃전에 부딪히는 파도소리로 내가 지금 바다에 있다는 것을 느낄 뿐입니다.

1시간 전에 가르페와 헤어졌습니다. 두 사람은 따로따로 배를 타고 도모기를 떠났는데, 그의 배는 조용히 삐걱거리면서 히라도平戶 쪽으로 떠나갔습니다. 어둠 속에서는 그의 모습도 보이지 않고 작별 인사를 할 틈도 없었습니다.

혼자가 되었을 때, 몸은 내 의지와 관계 없이 떨리기 시작했습니다. 무섭지 않다고 하면 그건 거짓말입니다. 아무리 신앙을 갖고 있다 해도 육체의 공포는 의지와 관계 없이 엄습해 오는 것입니다. 가르페가 있었을 때는 빵을 두 조각으로 나누듯 공포까지도 서로 나누었습니다만, 이제는 혼자서 이 밤바다 속에서의 추위와 어둠을 모두 감당하지 않으면 안 됩니다. (이 두려움은 이 나라에 온 모든 선교사들이 느꼈던 것일까? 그 사람들은 어떻게 했을까?) 그러자 웬일인지 기치지로의 겁먹은 생쥐 같은 조그마한 얼굴이 마음속에 떠올랐습니다. 나가사키에서 성화를 밟고 도망친 그 겁쟁이 말입니다. 만약 나도 신부가 아니고 한 사람의 신자였다면 이대로 도망쳤을지도 모릅니다. 나로 하여금 이 어둠 속을 가게 하는 것은 신부로서의 자존심과 의무였습니다.

노를 젓고 있는 젊은이에게 물을 좀 달라고 했습니다만 대답이 없었습니다. 처형이 있은 뒤 도모기 마을의 부락민들은 아무래도 자기네들에게 재난을 가져다 준 이국인들을 무거운 짐처럼 느끼고 있음을 조금씩 알게 되었습니다. 이 젊은이도 할 수만 있다면 이렇게 나와 함께 있고 싶지 않았을 것입니다. 마른 입술을 축이기 위해 바닷물을 묻힌 손가락을 빨면서, 십자가 위에서 그리스도가 맛본 초맛을 생각했습니다.

배는 조금씩 방향을 바꾸어 왼쪽에서 파도가 바위에 부서지는 소리가 들려옵니다. 어두운 북소리와 같은 파도소리는 언젠가 전에 이렇게 섬을 건너갔을 때 들은 기억이 있습니다. 여기서부터 바다는 깊숙한 포구가 되고 물결이 섬의 모래사장을 철썩이고 있을 것입니다. 그러나 섬 전체는 어둠에 싸여 어디가 부락인지 알 수 없었습니다. 몇 사람의 선교사들이 지금의 나와 같이 이런 작은 배로 저 섬에 건너갔을까요? 하지만 그 사람들과 나와는 모든 사정이 다릅니다. 그들이 이 땅에 있었을 때는 모든 게 운 좋게 미소를 짓던 시대, 도처에 안전한 장소가 있었고 편히 잠들 수 있는 집과 환영해 주는 신자들이 있었습니다. 영주들은 진정한 신앙에서가 아니라 무역의 이익을 위해 다투어 그 사람들을 보호했으며, 그들도 그것을 이용하여 신자수를 불릴 수 있었습니다. 나는 왠지 갑자기 마카오에서 바리냐노 신부가 하던 말을 생각해 냈습니다. "그때 우리 선교사들은 이 나라에서 비단 수도복을 입어야 할 것이냐, 무명 수도복을 입어야 할 것이냐를 가지고 진지하게 서로 토론했었지."

그 말을 갑자기 생각해 낸 나는 무릎을 문지르며 어둠 속에서 작은 소리로 웃었습니다. 오해하진 말아주십시오. 나는 그 시절의 선교사들을 얕본 것이 아닙니다. 다만 벌레가 기어다니는 이 작은 배 안에서 도모기 마을의 모키치한테서 농군옷을 얻어 입은 이 사나이도 역시 그 사람들과 마찬가지로 신부라는 점이 갑자기 우스웠던 것뿐입니다.

시커먼 벼랑이 차츰 눈앞에 다가왔습니다. 해변가에서 썩은 해초냄새가 흘러오고 배 밑바닥이 땅에 닿자, 젊은이는 배에서 뛰어내려 물속에 들어가 두 손으로 뱃머리를 밀기 시작했습니다. 나도 얕은 물속에 내려 짭짤한 공기를 깊이 들이마시며 간신히 육지에 올라섰습니다.

"고맙소, 부락은 저 위지, 아마."

"신부님, 저는…."

표정은 보이지 않아도 목소리만으로 나는 이 젊은이가 이제 더 이상 나하고 함께 있기 싫어한다는 것을 느꼈습니다. 손을 흔들자 그는 안심한 듯 급히 바다쪽으로 달려가고, 배에 뛰어오르는 소리가 어둠 속에서 둔하게 들렸습니다.

떠나가는 노 젓는 소리를 들으며 가르페는 지금쯤 어디 있을까 하고 생각했습니다. 뭘 그렇게 두려워하느냐고 어린아이를 달래는 어머니처럼 나 스스로에게 타이르며 썰렁한 모래톱을 걷기 시작했습니다. 길은 알고 있습니다. 여기로 곧장 가면 언젠가 나를 맞아준 그 부락이 나올 것입니다. 멀리서 무엇인가 나직이 으르렁대는 소리가 들렸습니다 고양이 울음소리입니다. 그러나 그때 나는 이제는 몸을 좀 쉬게 되었구나, 공복을 채울 음식을 조금이라도 얻게 되겠구나, 생각하고 있었습니다.

고양이의 나직한 울음소리는 마을 입구 가까이에 이르자 아까보다도 더욱 똑똑히 들렸습니다. 구역질이 날 정도의 비린내가 그쪽에서 바람을 타고 흘러옵니다. 생선이 썩는 냄새였습니다. 그리고 마을에 발을 들여놓았을 때, 어느 집이고 모두 무섭게 잠잠하고 거기에는 사람 그림자 하나 없다는 것을 깨달았습니다.

폐허라기보다 전쟁으로 방금 유린당한 부락 같았습니다. 불을 놓아 태우지는 않았습니다만, 길바닥에는 깨진 접시라든가 나무 그릇이 여기저기 흩어져 있고, 집이란 집은 모두 문이 활짝 열려 있거나 문짝이 떨어져 있었습니다. 고양이는 나직이 으르렁대면서 그 빈 집에서 무엇인가 입에 물고 멋대로 돌아다니고 있었습니다.

꽤 오랫동안 그 부락 한가운데 서서 가만히 바라보고 있었습니다. 이상하게도 이때는 불안도 공포도 없었습니다. 그보다도 머릿속에서 '이게 어찌 된 일일까, 이게 어찌 된 일일까?' 하는 소리가 감정과는 아무 상관 없이 되풀이되고 있었습니다.

부락 끝에서 끝까지 소리 나지 않게 걸어보았습니다. 어디서 모여들었는지 도처에 우글거리는 들고양이들이 발밑을 태연히 스쳐가는가 하면, 땅에 웅크린 채 눈을 번뜩이며 이쪽을 노려보고 있었습니다. 갈증과 공복을 느껴, 어떤 빈집에 들어가 먹을 것을 찾았습니다만 입에 넣은 것은 결국 대접에 담긴 물뿐이었습니다.

하루의 피로가 나를 그 자리에 쓰러지게 했습니다. 낙타처럼 벽에 기대어 잠들어 버렸습니다. 고양이가 내 몸 주위를 걸어다니고, 썩은 생선을 입에 물고 돌아다니는 것을 꿈결 속에 느꼈습니다. 가끔 눈을 뜨면 부서진 문 틈으로 별도 없는 캄캄한 밤하늘이 보였습니다.

새벽 냉기 때문에 몹시 기침을 했습니다. 하늘은 훤히 밝고, 부락 뒤에 있는 산들이 이 집에서도 희미하게 보입니다. 언제까지나 여기 있다간 위험합니다. 일어나서 길을 찾아, 이 무인 부락을 떠났습니다. 길에는 접시와 나무 그릇, 누더기 등이 흩어져 있는 것이 보였습니다.

어디로 가면 좋은가? 어쨌든 바다를 끼고 가는 것보다 산을 넘어가는 것이 안전하다고 생각했습니다. 어디엔가 한 달 전의 이 부락과 마찬가지로 신자들이 숨어 사는 장소가 있을 것입니다. 그곳을 찾아가 모든 상황을 듣고 나서 내가 할 일을 생각해 보는 것이 좋겠다고 결정했습니다. 그리고 이때 어젯밤 헤어진 가르페가 지금 대관절 어떠한 운명에 놓여 있을까 하고 생각했습니다.

마을 집들을 돌아다니다가 발 디딜 자리도 없이 폐허가 된 그 속에서 겨우 한 줌의 쌀을 찾아내어, 그것을 길바닥에 떨어져 있던 누더기 옷에 싸가지고 산으로 향했습니다.

이슬 먹은 진흙에 발을 더럽히면서 언덕 위까지 층층으로 된 밭을 올라갔습니다. 기름지지 못한 땅이나마 정성 들여 갈고, 낡은 돌담으로 구획을 지어놓은 밭은 신자들의 가난을 더욱 뚜렷이 느끼게 합니다. 바닷가의 이 협소한 토지만 가지고는 그들은 살아가지도 연공을 낼 수도 없습니다. 볼품없는 보리밭과 조밭에서 거름냄새가 풍기고 있었습니다. 그리고 그 냄새를 맡고 모여든 파리들이 얼굴 주위를 스치며 귀찮게 날아들었습니다. 겨우 밝기 시작한 하늘 저 멀리 산들이 삐죽삐죽 솟아 있고, 오늘도 희뿌연 구름 속에 까마귀 떼가 목쉰 소리로 울며 날고 있었습니다.

언덕 위에서 잠깐 걸음을 멈추고 발밑에 깔린 부락을 내려다보았습니다. 갈색의 한 줌 흙덩이처럼 초가지붕이 옹기종기 모인 부락, 흙과 나무로 만든 초라한 집들, 그러나 길에도 또 검은 바닷가에도 사람 그림자 하나 없습니다. 언덕 위 나무에 기대어 나는 골짜기에 뽀얗게 낀 우윳빛 안개를 바라봅니다. 아침 바다는 여전히 아름다웠습니다. 바다는 몇 개의 작은 섬들을 점점이 깔아놓고, 엷은 햇살을 받아 바늘처럼 반짝이고,

해변에는 철썩이는 파도가 하얗게 부서지고 있었습니다. 나는 이 바다를 하비에르 신부, 카프랄 신부, 바리냐노 신부를 비롯한 수많은 선교사들이 신자들의 전송을 받으며 왕복했겠구나 하고 생각했습니다. 히라도에 상륙한 하비에르 신부는 틀림없이 이곳을 지나가셨을 것입니다. 덕망이 높은, 이 나라의 선교 책임자였던 토르레스 신부도 이 섬들을 여러 번 방문했을 것이 틀림없습니다. 그때 그들은 도처에서 신자들의 환영을 받고, 꽃으로 장식된 조그마하나마 아름다운 성전도 갖고 있었습니다. 나처럼 정처 없이 산으로 숨어 다니며 걸을 필요는 없었습니다. 그것을 생각하면 웬일인지 모르게 웃음이 나옵니다.

하늘은 오늘도 흐렸습니다만 날씨는 매우 더워질 것 같습니다. 까마귀 떼가 집요하게 머리 위를 맴돌고 있습니다. 그 어둡고 강요하는 듯한 울음소리는 발길을 멈추면 그치고 걷기 시작하면 다시 뒤쫓아 옵니다. 가끔 그중 한 마리가 가까운 나뭇가지에 앉아 날개를 퍼덕이며 이쪽을 엿보고 있습니다. 한두 번 나는 이 저주받은 까마귀에게 돌을 내던졌습니다.

정오쯤 되어서 뾰족한 칼처럼 솟은 산등성이에 닿았습니다. 바다와 해안을 잃지 않도록 길을 택하면서 바다 쪽에 부락이 보이나 살피고 있었습니다. 흐린 하늘에 비를 머금은 구름이 배처럼 천천히 흐르고, 초원에 앉아 부락에서 주워온 쌀과 밭에서 찾아낸 오이를 먹었습니다. 싱싱한 오이는 약간의 힘과 용기를 가져다주었습니다. 바람은 초원 끝에서 끝으로 불고, 눈을 감으면 그 바람 속에 무엇인가 타는 듯한 냄새가 섞여 있음을 느껴 몸을 일으켰습니다.

모닥불을 피웠던 자리를 곧 발견할 수 있었습니다. 누군가가 얼마 전에 이곳을 지나면서 나뭇가지를 긁어다가 불을 피웠던 것입니다. 손가락을 그 재 속에 찔러보니 아직 훈훈한 김마저 남아 있었습니다.

오랜 동안을 되돌아갈 것인가, 이대로 계속 앞으로 전진할 것인가를 생각했습니다. 단 하루를 아무도 만나지 않고 무인 부락과 갈색 산속을 방랑했을 뿐인데, 기력이 벌써 떨어지고 있었습니다. 어떠한 사람이라도 좋으니 그가 사람이기만 하면 뒤쫓아 가고 싶다는 욕망과 그 때문에 생길 위험이 한동안 마음을 괴롭혔지만 결국 유혹에 지고 말았습니다. 그리스도도 산에서 내려와 인간을 찾았으니, 이런 유혹을 이겨내지 못했던 게 아니냐고 나는 스스로 타일렀습니다.

모닥불을 피운 사나이가 어느 방향으로 갔는가는 곧 추측할 수 있었습니다. 왜냐하면 길은 하나밖에 없었기 때문입니다. 그는 이 산등성이를 타고 내가 방금 온 방향과 반대쪽으로 걸어갔음이 분명합니다. 하늘을 쳐다보니 검은 구름 속에 흰 태양이 빛나고, 그 태양빛을 받으면서 아까와는 다른 까마귀 떼가 목쉰 소리로 까악까악 울고 있었습니다.

조심스럽게 걸음을 재촉했습니다. 참나무라든가 떡갈나무, 녹나무 등이 초원 도처에 있어서 가끔 그것들이 사람처럼 보이는 수가 있습니다. 그럴 때마다 황급히 걸음을 멈추었습니다. 게다가 뒤쫓아 오는 까마귀 울음소리가 왠지 불길한 예감을 가져다주었습니다. 마음을 다른 데로 돌리기 위해 눈에 띄는 나무의 종류를 살피면서 계속 걸었습니다. 어려서부터 식물학을 좋아했기 때문에, 이 땅에 와서도 내가 알고 있는 나무들은 곧 분간할 수 있었습니다. 팽나무라든가 푸조나무, 고비, 고사리 등은 하느님께서 모든 나라에 내려주신 것입니다만, 그 밖의 다른 관목들은 내가 오늘날까지 본 적이 없는 종류의 것이었습니다.

오후, 약간이나마 하늘이 개었습니다. 하늘은 땅에 남아 있는 물구덩이에 그 푸른 빛과 조그마한 흰 구름 조각을 비추어 줍니다. 나는 허리를 굽혀 땀으로 범벅이 된 목덜미를 식히기 위해 그 하얀 구름을 손으로 휘저었습니다. 그러자 구름은 사라지고 그 대신 한 사나이의 얼굴이, 그것도 피로에 지친 비뚤어진 얼굴이 나타났습니다. 왜 나는 이때, 다른 사나이의 얼굴을 생각했는지 모르겠습니다. 십자가에 못 박힌 그 사람의 얼굴은 몇 세기에 걸쳐 수많은 화가들 손으로 계속 그려져 왔습니다. 실제로 그 사람을 아무도 보지 못했는데도 화가들은 모든 인간의 기도와 꿈을 담아, 그 얼굴을 가장 아름답고 가장 성스럽게 표현했습니다. 아마도 그의 진정한 얼굴은 그 이상으로 숭고했음이 분명합니다. 하지만 지금 빗물 속에 비친 얼굴은 진흙과 수염으로 더럽혀지고, 불안과 피로 때문에 잔뜩 비뚤어진 사나이의 얼굴이었습니다. 인간은 이러한 때 갑자기 웃음의 충동을 느낀다는 걸 이해하시겠습니까? 물속의 얼굴을 들여다보면서 마치 정신병자처럼 입을 삐쭉거려 보기도 하고, 눈을 흘겨보기도 하며 아주 우스운 표정을 여러 번 만들었습니다.

'왜 이런 바보스런 짓을 하는 걸까? 왜 이런 바보 짓을….'

숲 속에서 갑자기 매미가 울었습니다. 주위는 조용했습니다.

햇빛이 차차 약해지고 하늘은 다시금 흐려 초원이 완전히 그늘에 덮였을 때, 나는 아까 모닥불을 피운 사나이를 쫓는 일을 단념하고 있었습니다. "우리는 멸망과 악을 탐내어, 길 없는 황무지를 걸었나니."라는 시편의 구절을 그저 머리에 떠오르는 대로 읊조리면서 다리를 질질 끌고 있었습니다.

"태양은 뜨고 지지만 떠올랐던 그곳으로 서둘러 간

다. 남쪽으로 불다 북쪽으로 도는 바람은 돌고 돌며 가지만 제자리로 되돌아온다. 강물이 모두 바다로 흘러드는데 바다는 가득 차지 않는다. 강물은 흘러드는 그곳으로 계속 흘러든다. 온갖 말로 애써 말하지만 아무도 다 말하지 못한다. …있던 것은 다시 있을 것이고 이루어진 것은 다시 이루어질 것이니 태양 아래 새로운 것이란 없다."

그때 나는 문득 가르페와 함께 산속에 숨어 있을 때 밤중에 가끔 들었던 파도소리를 마음속에 그려보았습니다. 어둠 속에 들려온 그 어두운 북소리 같던 바다소리, 밤새도록 아무 뜻 없이 밀려왔다간 밀려가고 밀려왔다간 다시 밀려가던 그 소리. 그 바다의 물결은 모키치와 이치조의 시체를 아무 감동 없이 씻어 삼키고, 그들의 죽음 뒤에도 똑같은 표정을 하고서 저기 저렇게 펼쳐져 있습니다. 그리고 하느님은 저 바다와 마찬가지로 침묵만 지키고 계십니다. 계속 침묵만 지키고 계십니다.

그런 일은 있을 수 없다 하고 고개를 절레절레 저었습니다. 만약 하느님이 안 계시다면 인간은 이 바다의 단조로움과 그 무서운 무감동을 어떻게 견디어 낼 것인가!

'그러나 만일… 물론 만일의 경우의 얘기지만' 마음속 깊은 한구석에서 또 다른 하나의 목소리가 속삭

였습니다. '만일 하느님이 안 계시다면….'

이것은 무서운 상상이었습니다. 하느님이 안 계시다면 그 얼마나 우스운 일인가. 만약 그렇다면 말뚝에 묶여 파도에 씻기던 모키치나 이치조의 인생은 그 얼마나 우스운 희극이란 말이냐. 그 먼 바다를 건너 3년이란 세월을 보내면서 이 나라에 당도한 선교사들은 그 얼마나 우스운 환영만을 좇았단 말인가. 그리고 지금, 사람 그림자 하나 없는 이 산속을 헤매고 있는 나는 또한 얼마나 우스운 짓을 하고 있는 걸까?

풀을 뜯어 그것을 질겅질겅 씹으며 구토증과 함께 치솟아 오르는 상념을 억눌렀습니다. 가장 큰 죄는 하느님에 대한 절망감이란 것을 물론 잘 알고 있습니다만, 왜 하느님은 침묵만 지키고 계시는지 나에겐 이해가 가지 않았습니다. "지혜는 의인 하나를 구해 내어 다섯 성읍에 떨어지는 불을 피하여 달아나게 해주었다." 그러나 불모의 땅이 지금도 연기를 피워 올리고, 나무들이 익지 않은 열매를 달고 있는 이때, 그분이 신자들을 위해 한마디라도 해준다면 얼마나 좋을까!

산비탈을 미끄러지듯 달려 내려왔습니다. 천천히 걷고 있으면, 이 불쾌한 상념이 계속 물거품처럼 머릿속에 떠오르게 될까 봐 두려워서였습니다. 만약 그것을 긍정한다면 나의 오늘날까지의 모든 것은 부정되는 것입니다.

얼굴에 조그마한 빗방울을 느끼고 하늘을 쳐다보자 지금까지 부옇게 흐려 있던 하늘에 커다란 손가락을 펼친 듯한 검정 구름이 천천히 흘러오고 있었습니다. 빗방울의 수효는 조금씩 늘어나고, 이윽고 초원 가득히 하프 줄과 같은 비의 장막이 퍼져갔습니다. 바로 근처에 무성한 잡목림이 있는 것을 발견하고 나는 그 속으로 피해 들어갔습니다. 참새 떼들이 역시 화살처럼 보금자리를 찾아 날아갑니다. 참나무 잎에 비가 떨어져 마치 지붕 위에 모래를 뿌리는 듯한 소리가 여기저기에서 들려왔습니다. 비는 누추한 나의 농군옷을 함빡 적셨고, 은빛 빗발 속에서 가느다란 나뭇가지들이 해초같이 흔들렸습니다. 그 흔들리는 가지 너머 비탈에 찌부러진 오두막을 발견한 것은 바로 그때였습니다. 아마 마을 사람들이 여기서 나무를 하기 위해 지은 것이 틀림없었습니다.

소낙비는 그칠 때도 급했습니다. 다시금 초원은 훤해지고 새들은 꿈에서 깨어난 듯 소란을 피우고, 너도밤나무와 느릅나무 잎에서 커다란 물방울이 소리 내어 떨어지고, 나는 이마에서 눈으로 흐르는 빗방울을 씻으며 그 오두막 쪽으로 다가갔습니다. 오두막 안에 발을 들여놓자 불쾌한 냄새가 코를 찔렀습니다. 문 바로 옆에 파리가 날고 있었습니다. 파리는 아직도 생생해 보이는 인간의 배설물 주위에서 날아간 것입니다.

이 배설물로 보아 앞에 간 사람은 비교적 얼마 안되는 가까운 시간에 이곳에서 휴식을 취하고 떠났다는 것을 알 수 있었습니다. 솔직히 말해서 나는 모처럼 찾은 이런 장소에서 이 같은 무례한 짓을 한 사나이에게 화를 내면서 한편으로는 웃음을 참지 못해 그만 허허 웃어버리고 말았습니다. 적어도 이 익살스런 물건 때문에 이 사나이에게 품고 있던 막연한 경계심마저 사라질 정도였습니다. 그리고 이 배설물은 그가 노인이 아니고 건강한 육체의 소유자라는 것도 알려주고 있었습니다.

오두막 안에 발을 들여놓자 모닥불 연기가 아직도 조금씩 일어나고 있었습니다. 다행히 아직 조그만 불씨가 남아 있었으므로 함빡 젖은 농군옷을 천천히 말렸습니다. 이렇게 시간을 지체해도 지금까지의 속도로 보면 그를 뒤쫓는 일쯤은 그다지 어렵지 않다고 생각되었습니다.

오두막을 나오자 초원도, 또 아까 몸을 피한 숲도 금빛으로 반짝이고, 나뭇잎들이 모래처럼 바삭바삭 소리를 내고 있었습니다. 마른 나뭇가지 하나를 주워 그것을 지팡이 삼아 걷기 시작하여, 이윽고 다시금 해안선이 뚜렷이 내려다보이는 산비탈로 나왔습니다.

바다는 여전히 암울하게 바늘 끝처럼 반짝이면서 활처럼 굽은 모래사장에 철썩이고 있었습니다. 해변의 어떤 부분은 우윳빛 모래사장이고, 또 다른 부분은 검정 돌들이 쌓인 포구로 되어 있었습니다. 포구에는 자그마하나마 선창가 같은 것이 있고, 모래사장에 서너 척의 어선이 끌어올려져 있습니다. 그리고 그 서쪽에 숲으로 둘러싸인 어촌이 똑똑히 보였습니다. 이것이 오늘 아침 이후 내가 처음으로 목격한 인간의 부락이었습니다.

산비탈에 앉아 무릎을 껴안고 들개 모양 한심스런 눈으로 그 부락을 가만히 내려다보았습니다. 오두막에 모닥불을 남기고 간 사나이는 어쩌면 저 부락으로 내려갔는지도 모릅니다. 그리고 나도 만약 이곳에서 내려간다면 그곳에 당도할 수 있습니다. 그러나 과연 저 부락이 신자들의 마을인지 아닌지를 확인하기 위해 나는 십자가나 아니면 교회가 있나 하고 찾아보았습니다.

바리냐노 신부나 마카오의 신부들이 곧잘 말하고 있었습니다. 일본에서는 교회를 우리나라의 그것과 같이 생각해서는 안 된다고. 이 나라에서는 영주들이 선교사에게 지금까지 사용하고 있던 저택이나 절간을 그대로 교회로 사용하도록 명했던 것입니다. 때문에 농부들 가운데에는 우리 종교를 불교와 비슷한 종교로 혼동하고서 찾아오는 사람들이 꽤 있었던 것 같습니다. 하비에르 성인까지도 통역의 실수로 처음엔 비

숫한 잘못을 했습니다. 그의 가르침을 들은 사람들은 우리의 주님을 이 국민들이 오랫동안 믿고 있던 태양과 비슷한 것이라고 생각했습니다.

그러므로 첨탑을 가진 건물이 보이지 않는다고 해서 여기에 교회가 없다고 단정할 수는 없습니다. 교회는 저 진흙과 나무로 만든 초라한 오두막 안에 있을지도 모릅니다. 그리고 가난한 신자들은 어쩌면 자기들에게 성체성사를 거행하고, 고해성사를 주고, 어린이들에게 세례성사를 줄 신부를 목마르게 기다리고 있을는지도 모릅니다. 선교사들이 모두 내쫓긴 이 광야에 생명의 물을 가져다줄 사람은 이제, 이 황혼의 섬에 있는 나 한 사람뿐입니다. '주님, 당신께서 만드신 것은 모두가 선합니다. 당신의 거처는 이다지도 아름답습니다.'

격렬한 감정이 가슴속에서 치밀어 올라 지팡이에 몸을 의지하여 아직도 빗물이 흐르는 산비탈을 여러 번 미끄러지면서 나의 교구教區를 향해— 그렇습니다. 그것은 주님으로부터 위임받은 나의 교구였습니다. —뛰어내려 갔습니다. 그때 무엇인가 땅울림 같은 소리, 비명 같기도 하고 울음소리 같기도 한 사람의 소리가 갑자기 소나무에 둘러싸인 마을 끝에서 들려왔습니다. 지팡이에 몸을 지탱하고 걸음을 멈춘 나의 눈에 검붉은 불길과 연기가 솟아오르는 것이 똑똑히 보였습니다.

무슨 일이 일어났는지 본능적으로 깨닫자 몸을 돌려 방금 미끄러져 내려온 비탈길을 다시 기어올랐습니다. 그러자 내가 달리고 있는 산비탈 건너편에 역시 회색 농군옷을 걸친 사나이가 도망쳐 가는 것이 눈에 띄었습니다. 사나이는 이쪽을 보고 놀란 듯이 걸음을 멈추었습니다. 놀라움과 공포로 비뚤어진 얼굴이 역력하게 내게 보였습니다.

"신부님."

그 사나이는 손을 흔들며 부르짖었습니다. 뭐라고 소리치면서, 불길이 솟아오르는 부락을 가리키며 손으로 몸을 피하라는 듯 내게 알려주고 있었습니다. 초원을 단숨에 달려 바위 뒤에 짐승처럼 웅크리고 앉아 몸을 감추며 나는 어깨로 숨을 쉬었습니다. 발소리가 들리고 그 사나이의 때 묻은, 쥐새끼 같은 작은 눈이 저쪽 바위틈에서 이쪽을 엿보고 있었습니다.

손바닥에 땀이 흐르는 느낌이 들어 자세히 들여다보니 피였습니다.

이곳에 뛰어들 때 어디엔가 부딪힌 게 분명합니다.

"신부님."

바위틈에서 조그마한 눈이 가만히 나를 바라보고 있었습니다.

"정말 오래간만입니다."

그는 나의 기분을 맞추려는 듯 수염이 텁수룩하게 난 얼굴에 비굴한 웃음을 띠며 말했습니다.

"이곳은 위험합니다. 하지만 제가 신부님을 지켜드리겠습니다."

잠자코 그의 얼굴을 바라보니, 기치지로는 주인에게 야단맞은 개처럼 눈길을 피했습니다. 그리고 곁에 있는 풀을 쥐어뜯어 그것을 입에 넣고 누런 이빨로 질겅질겅 씹으며 말했습니다.

"아, 무섭게 타네요, 지독한데요?"

일부러 내가 들으라는 듯 혼자 중얼거리며 마을을 내려다보고 있었습니다. 그 모습을 바라보면서 나는 저 층층이 진 밭에서 모닥불을 피우고, 오두막에 배설물을 남기고 간 사나이가 바로 기치지로라는 것을 그제서야 깨달았습니다. 하지만 그가 무엇 때문에 나와 마찬가지로 산을 헤매고 있는지…. 성화를 밟은 그라면 이미 포졸들한테 쫓기지 않아도 되기 때문입니다.

"신부님, 뭣 때문에 섬에 오셨어요? 이 섬도 이제는 위험합니다. 그러나 저는 아직도 신자들이 숨어 있는 마을을 알고 있습니다."

나는 아직도 계속 침묵하고 있었습니다. 이 사나이가 통과한 부락은 모조리 포졸들의 습격을 받고 있습니다. 머릿속에 아까부터 의심이 솟아나고 있었습니다. 그가 포졸들의 앞잡이 노릇을 하고 있는지도 모릅니다. 배교한 자들이 포졸의 앞잡이 노릇을 한다는 것은 전부터 들었습니다. 배교한 자는 자기의 비참과 상처를 정당화시키기 위해, 옛날 동지를 한 사람이라도 더 자기와 동일한 운명 속에 끌어들이려 합니다. 그 심정은, 추방된 천사가 하느님의 신자를 죄 쪽으로 유인해 들이려는 심리와 비슷할 것입니다.

저녁 안개는 이미 주위를 덮기 시작하고, 불타오르는 마을은 한 모퉁이만 아니라 주위의 초가지붕으로 불이 옮아 검붉은 불길이 안개 속에서 마치 살아 있는 동물처럼 움직이고 있었습니다. 그런데도 몹시 조용했습니다. 마치 부락과 거기 살고 있는 농민들이 묵묵히 이 괴로움을 받아들이고 있는 것 같았습니다. 그들은 이러한 괴로움에 오랫동안 단련을 받아왔기 때문에 이제는 울부짖지도 못하는 것만 같았습니다.

부락을 눈앞에 두고도 떠나는 것은, 아물기 시작한 상처를 쥐어뜯는 듯한 고통을 내게 가져다주었습니다. 너는 비겁한 겁쟁이라고 하는 소리가 마음 한구석에서 들리고, 다른 한편에서는 한때의 흥분이나 감상에 사로잡혀서는 안 된다고 타이르는 소리가 귀에 들렸습니다. '너는 아마도 지금 가르페와 함께 이 나라에 남아 있는 오직 두 사람의 신부, 네가 사라진다면이 땅에서 교회 자체가 사라지게 된다. 어떠한 굴욕이나 고통도 참으면서 너와 가르페는 살아남지 않으면

안 된다.'

이런 소리는 나의 약한 마음을 합리화시키기 위한 변명같이도 생각되었습니다. 하지만 마카오에서 들은 얘기 하나가 느닷없이 마음속에 떠올랐습니다. 그것은 순교를 피해 숨는 것을 그만두고, 오무라 영주 앞에 나타난 프란치스코회의 어떤 신부 얘기였습니다. 그는 자기가 신부라는 것을 스스로 밝혔습니다. 그러나 이 사람의 일시적인 흥분 때문에 그 후 다른 신부들이 얼마나 숨기 힘들게 되고, 신자들이 거기에 말려들게 되었는지 모두가 다 알고 있습니다. 신부는 순교하기 위해서 있는 것이 아니고, 이와 같은 박해의 시기에는 교회의 불을 꺼뜨리지 않기 위해 계속 살아 있어야만 하는 것입니다.

기치지로는 이쪽에서 걸음을 멈추면 그도 멈추면서 들개처럼 일정한 간격을 두고 따라왔습니다.

"그렇게 빨리 걷지 마십시오. 저는 성한 몸이 아니니까요."

기치지로는 뒤에서 힘없이 다리를 질질 끌며 말을 걸어왔습니다.

"신부님, 어디로 가시는 것입니까? 일단 가는 곳을 알아야지요. 관아에서는 신부님을 은전 3백 냥의 상금으로…."

"나의 몸값이 은전 3백 냥이란 말이지?"

이것이 기치지로에게 내가 처음 건 말이었습니다만, 그때 쓰디쓴 웃음이 나의 입가에 떠올랐습니다. 유다가 그리스도를 팔아넘긴 값은 은전 3십 냥이었는데 내게는 그 열 배의 값이 매겨진 것입니다.

"혼자서 가시면 위험합니다."

그는 안심한 듯 나와 어깨를 나란히 하고서 나뭇가지로 덤불의 풀을 헤치면서 걷기 시작했습니다. 저녁 어둠 속에서 새들이 지저귀는 소리가 들렸습니다.

"신부님, 저는 신자들이 살고 있는 장소를 알고 있어요. 거기는 안전합니다. 그러니까 오늘은 여기서 주무시고 내일 해가 뜨는 대로 가십시다요."

이쪽 대답도 듣지 않고 그는 거기 주저앉아 저녁 이슬에 젖지 않은 마른 가지들을 재빨리 긁어모아 자루에서 부싯돌을 꺼내 불을 붙였습니다.

"시장하실 텐데요."

자루에서 그는 말린 물고기 몇 마리도 내놓았습니다. 나는 굶주린 눈으로 그 말린 물고기를 바라보고 침을 꿀꺽 삼켰습니다. 아침에 약간의 날쌀과 오이를 먹었을 뿐 그 밖에 먹은 거라곤 아무것도 없는 나로서는 기치지로가 내보이는 이 식량은 견딜 수 없는 유혹이었습니다. 타오르기 시작한 불에다 소금에 절인 물고기를 구우니 맛있는 냄새가 주위에 떠돌기 시작했습니다.

"잡수셔요."

나는 이빨을 드러내며 한심스럽게도 그 말린 물고기를 마구 먹었습니다. 단 한 토막의 물고기로 나의 마음은 이미 기치지로와 타협하고 있었던 것입니다. 기치지로는 만족한 듯, 아니 경멸하는 듯한 표정으로 입을 우물거리고 있는 나를 바라보며 여전히 풀만 질경질경 씹고 있었습니다.

사방은 어느새 어둠이 깔려 있었습니다. 산은 쌀쌀했고, 이슬이 내리기 시작하자, 나는 불 옆에서 잠든 척하고 누워 있었습니다. 잠들어선 안 된다. 기치지로는 내가 잠든 후 몰래 빠져나갈 생각일 것이다. 아마 이 사나이는 친구들을 배반한 것처럼 나를 팔아넘길 것이다. 그건 오늘 밤일지도 모른다. 거러지 같은 이 사나이에게 3백 냥의 은전은 얼마나 큰 유혹일까? 눈을 감으니 피로한 망막 속에 오늘 아침 언덕과 초원 위에서 내려다본 바다와 섬들의 풍경이 뚜렷이 떠올랐습니다. 바늘 끝처럼 반짝이는 바다, 그 바다에 점점이 떠 있는 작은 섬. 선교사들이 축복을 받으며 저 아름다운 바다를 작은 배로 왕래하던 무렵, 꽃으로 교회를 꾸미고, 신자들이 쌀과 물고기를 들고 교회를 찾던 무렵, 이 나라에도 신학교가 세워지고, 신학생들이 우리와 마찬가지로 라틴어로 노래를 부르고, 하프나 오르간 같은 악기까지 타면서 영주를 감동시킨 때도 있었다고 바리냐노 신부는 말했습니다.

"신부님, 주무십니까?"

나는 대답을 않고 실눈을 떠 기치지로의 동태를 살피고 있었습니다. 만약 그가 나 몰래 이곳을 빠져나간다면 그것은 포졸들을 부르러 가기 위한 것이 분명합니다.

나의 잠든 숨소리를 살피면서 기치지로는 조금씩 몸을 움직이기 시작했습니다. 짐승처럼 발소리를 죽이며 살금살금 걸어가는 것을 가만히 지켜보고 있으려니, 이윽고 나무와 덤불 있는 곳에서 이 사나이의 오줌 누는 소리가 들려왔습니다. 그가 그냥 가버리려나 생각하고 있는데 이상하게도 그는 한숨을 길게 내쉬며 불 옆으로 돌아왔습니다. 그는 다 타버린 불속에 새 나뭇가지를 집어넣고 두 손을 쬐고 앉아 몇 번이고 한숨을 내쉬었습니다. 검붉은 불꽃이, 양 볼이 푹 파인 이 사나이의 옆 얼굴을 비추고 있었습니다. 그러다가 나는 그날의 피로를 견디지 못해 잠들어 버리고 말았습니다. 가끔 눈을 떠보면 기치지로가 불 옆에 앉아 있는 것이 보였습니다.

다음날도 뜨거운 햇빛 속을 계속 걸었습니다. 어제 내린 비 때문에 아직도 젖어 있는 땅에서는 허연 김이 무럭무럭 피어오르고 언덕 저쪽으로는 구름이 눈부시게 반짝이고 있었습니다. 아까부터 나는 두통이 나고 목이 몹시 타서 괴로워하고 있었습니다. 그런 나의 괴로워하는 표정을 눈치채지 못한 듯 기치지로는 가끔 천천히 길을 가로질러 덤불 속으로 숨는 뱀을 막대기로 눌러 더러운 자루 속에 넣으며

"우리들 농부는 이 뱀을 보약 대신 먹고 있습지요."
하고 누런 이를 보이며 싱긋 웃었습니다. '왜 너는 어젯밤 나를 3백 냥의 은전을 위해 고소하지 않았느냐?' 나는 마음속으로 이렇게 물으면서 성경 안에서 가장 극적인 장면을 마음속에 떠올렸습니다. 그리스도가 식탁에서 유다를 보고 하시던 말씀. "가라, 가서 네가 하려는 일을 어서 하여라."

나에겐―신부가 된 후에도―이 말의 참뜻이 잘 이해되지 않았습니다. 김이 무럭무럭 나는 산길을 기치지로와 함께 다리를 질질 끌고 가면서 나는 이 성경 말씀을 내게 비추어 생각해 보았습니다. 어떠한 감정으로 그리스도는 은전 3십 냥 때문에 자기를 팔아넘긴 사나이에게 가라는 말을 던진 것일까? 노여움과 증오 때문이었을까? 아니면 이것은 사랑에서 나온 말인가? 노여움 때문이라면 그때 그리스도는 세상의 모든 인간 가운데서 이 사나이의 구원만 제외시킨 것이 됩니다. 그리스도의 노여운 말을 정면으로 받은 유다는 영원히 구원받을 수 없을 것입니다. 그러면 주님은 한 인간이 영원한 죄에 빠지는 것을 그대로 내버려 둔

것이 됩니다. 그러나 그럴 리가 없습니다. 그리스도는 유다마저도 구원하려 하셨던 것입니다. 그렇지 않다면 그가 제자 속에 들어갔을 리가 없습니다. 그런데도 이때에 길을 잘못 든 그를 왜 그리스도는 말리지 않으셨던가? 신학생 시절부터 내가 이해할 수 없었던 것은 바로 이 점이었습니다.

여러 많은 신부님들에게 이 점을 물었습니다. 페레이라 신부에게도 분명히 같은 질문을 했을 것입니다. 그때 페레이라 신부가 뭐라고 대답하셨는지는 기억나지 않습니다. 기억하고 있지 않는 이상 나의 의문을 대번에 풀어줄 만한 것은 아니었을 것입니다.

"그것은 노여움도 증오도 아니다. 혐오에서 나온 말이다."

"신부님, 어떠한 혐오입니까? 유다의 모든 것에 대한 혐오입니까? 그리스도는 그때 유다를 이미 사랑하시지 않았습니까?"

"그렇지 않다. 예를 들면 아내에게 배반당한 남편을 상상해 보면 안다. 그는 아직 아내를 계속 사랑하고 있다. 그러나 그는 아내가 자기를 배반했다는 그 자체를 용서할 수 없다. 아내를 사랑하면서도 그 행위에 혐오를 느끼는 남편의 감정… 이것이 그리스도의 유다에 대한 마음이었을 것이다."

이와 같은 신부님들의 진부한 설명을 젊었을 당시

의 나는 아무래도 이해할 수 없었습니다. 아니 지금에 와서도 역시 알 수 없습니다. 나의 눈에는, 만약 모독적인 상상이 허락된다면 유다 자신이 마치 그리스도의 극적인 생애와 십자가 위의 죽음이라는 영광을 위해 내세워진 불쌍한 괴뢰나 꼭두각시 같은 기분이 들었습니다.

"가라, 가서 네가 하려는 일을 어서 하여라." 내가 지금 기치지로에게 그 말을 하지 못하는 것은 물론 나 자신을 지키기 위해서입니다만, 동시에 신부로서 그가 거듭 배반하는 것을 막아야겠다는 희망과 기대가 있기 때문이었습니다.

"이렇게 길이 좁으니 걷기 힘드실 테죠?"

"냇물은 없나?"

나의 갈증은 이제 더 이상 참을 수 없을 정도가 되었습니다.

엷은 웃음을 띠고 기치지로는 나를 자세히 훑어보며 말했습니다.

"물이 마시고 싶으시군요. 어제 마른 물고기를 잡수셨으니 당연하지요."

까마귀가 어제와 마찬가지로 하늘에 둥근 원을 그리며 날고 있었습니다. 하늘을 쳐다보니 눈이 부실 정도의 흰 빛살이 눈을 쏘았습니다. 혀로 입술을 핥으며 자신의 방심을 후회했습니다. 한 마리의 마른 물고기 때문에 나는 돌이킬 수 없는 실수를 저지르고 만 것입니다.

늪을 찾았습니다만 헛일이었습니다. 초원 여기저기에선 무더운 소리로 벌레들이 울고, 후덥지근한 바람이 축축한 흙내를 담고 바다 쪽에서 불어오고 있었습니다.

"냇물은 없나, 냇물?"

"냇물 같은 건 없어요, 잠깐 기다려 보셔요."

이쪽 대답은 듣지도 않고 기치지로는 산비탈을 내려갔습니다.

그의 모습이 바위 뒤로 사라지자 주위는 갑자기 고요해졌습니다. 더운 김이 확 끼쳐오는 수풀 속에서 벌레가 바스락바스락대며 날개를 문지르고 있었습니다. 도마뱀 한 마리가 불안스레 돌 위로 기어올라 재빠르게 도망쳤습니다. 햇빛 속에서 나를 엿보고 있던 겁많은 도마뱀의 얼굴은 방금 사라져 간 기치지로의 얼굴과 비슷했습니다.

'저 사나이는 정말로 나를 위해 물을 찾으러 갔을까? 아니면 내가 여기 있다는 것을 그 누구에겐가 밀고하러 간 것은 아닐까?'

지팡이를 짚고 걷기 시작하자 갈증은 더욱 견딜 수 없게 되고, 일부러 저 사나이가 말린 물고기를 내게 먹였구나 하는 생각이 더욱 확실해졌습니다. "예수님께서는 성경 말씀이 이루어지게 하시려고 '목마르다.' 하고 말씀하셨다. 거기에는 신 포도주가 가득 담긴 그릇이 놓여 있었다. 그래서 사람들이 신 포도주를 듬뿍 적신 해면을 우슬초 가지에 꽂아 예수님의 입에 갖다 대었다." 하는 성경 말씀을 생각해 냈습니다. 그러자 공상 속에서 초맛이 입안에 치밀어 올라 구토증이 생겨, 나는 눈을 감았습니다.

나를 찾고 있는 목쉰 소리가 멀리서 들리더니

"신부님, 신부님."

하며 대나무통을 들고 기치지로는 지친 다리를 질질 끌고 왔습니다.

"왜 도망치셨어요?"

동물처럼 눈곱이 낀 눈으로 이 사나이는 슬픈 듯 나를 내려다보았습니다. 나는 눈앞에 내민 대나무통을 빼앗아 입에 대고, 이제는 부끄러움도 체면도 없이 꿀꺽꿀꺽 마셨습니다. 물은 양손 사이에서 새어 무릎을 적셨습니다.

"왜 도망치셨어요? 신부님도 저를 믿지 않으시는군요?"

"나쁘게 생각지 말아주게. 피로해서 그러네. 그러니 이제 그만 나를 혼자 있게 해주지 않겠나?"

"혼자요? 어디로 가시게요? 위험합니다. 저는 신자들이 숨어 있는 부락을 알고 있어요. 거기엔 교회도 있습니다. 신부님도 계시고요."

"신부도?"

나도 모르게 큰 소리를 냈습니다. 이 섬에 나 이외에 아직도 신부가 있다고는 믿어지지 않았습니다. 나는 의심스러운 듯 기치지로를 쳐다보았습니다.

"네, 신부님. 일본 사람이 아닙니다. 그렇게 알고 있습니다."

"그럴 리가 없다."

"신부님은 저를 믿지 않으시는군요."

그는 선 채로 풀을 쥐어뜯으며 힘없는 소리로 중얼거렸습니다.

"이제는 누구도 저를 믿지 않는군요."

"그 대신 너는 목숨을 건질 수 있었다. 모키치나 이치조는 저 바다 속에 돌처럼 가라앉아 버렸지만…."

"모키치는 강합니다. 논에 심은 강한 모포기처럼 강합니다. 하지만 약한 모포기는 아무리 비료를 많이 주어도 자라거나 영글지 않지요. 저처럼 천성이 약한 자는 신부님, 바로 이 약한 모포기나 마찬가지지요."

나에게 심한 비난을 받은 것처럼 느꼈던지 그는 매 맞은 개처럼 겁먹은 눈을 하고서 뒷걸음질 쳤습니다. 하지만 나는 그 말을 비난하는 뜻에서가 아니라 오히려 슬픈 생각에서 중얼거렸던 것입니다. 기치지로가 말한 대로 인간은 모두가 성자나 영웅은 아닙니다. 만약 이런 박해시대에 태어나지만 않았다면 얼마나 많은 신자가 배신하거나 목숨을 내던질 필요도 없이 그대로 자유로운 신앙을 계속 지켜 나갈 수 있었겠습니까? 그들은 그저 평범한 신자였기에 육체의 공포를 이기지 못했던 것입니다.

"그러니 저는… 아무 데도 갈 수가 없습니다. 이렇게 산속만 헤매고 있습지요, 신부님."

가엾은 생각이 나의 가슴을 부서지도록 죄고 있었습니다. 무릎을 꿇으라고 하니, 기치지로는 명령대로 땅 위에 나귀처럼 무릎을 꿇었습니다.

"모키치나 이치조를 위해서 고해성사를 받을 생각은 없는가?"

인간은 천성적으로 두 종류가 있습니다. 강한 자와 약한 자, 성자와 평범한 인간, 영웅과 두려워하는 자, 그리하여 강자는 이 같은 박해시대에도 신앙을 위해 불속에 뛰어들고 바다 속에 가라앉는 것을 견딜 것입니다. 하지만 약자는 이 기치지로처럼 산속을 헤매고 있습니다. 너는 어느 쪽 인간이냐? 만약 신부라는 자존심과 의무감이 없다면 나도 또한 기치지로와 마찬가지로 성화를 밟았을는지도 모릅니다.

"거룩하신 주님, 십자가에 못 박히시고."

"거룩하신 주님, 십자가에 못 박히시고."

"거룩하신 주님, 가시관을 머리에 쓰시고."

"거룩하신 주님, 가시관을 머리에 쓰시고."

마치 어린아이가 어머니의 말을 따라 흉내 내듯 기치지로는 나의 중얼거리는 말을 하나하나 되풀이하고, 흰 돌 위를 도마뱀이 다시금 기어다니고, 숲 속에서 허덕거리듯 매미소리가 들리고, 뜨거운 공기 속에서 풀냄새가 하얀 돌 위로 끼쳐 왔습니다. 그리고 나는 우리가 지금 걸어온 방향에서 여러 사람의 발자국소리를 들었습니다. 그들은 덤불 속에서 이쪽을 향해 재빨리 걸어오고 있었습니다.

"신부님, 용서해 주십시오."

기치지로는 땅에 무릎을 꿇은 채 울음 섞인 소리로 외쳤습니다.

"저는 약합니다. 저는 모키치나 이치조같이 강한 자가 못 됩니다."

사나이들의 팔이 나의 몸을 붙잡고 땅에서 일으켜 세웠습니다. 그들 중 한 사람이 은전 몇 닢을 아직도 꿇어앉아 있는 기치지로의 코앞에다 경멸하듯 내던졌습니다.

그들은 잠자코 나를 앞으로 떠밀었습니다. 메마른 길을 나는 가끔 비틀거리며 걸었습니다. 뒤를 돌아보니 나를 배반한 기치지로의 조그마한 얼굴이 멀리 보였습니다. 도마뱀처럼 겁에 질린 눈을 한 그 얼굴이….

옥중의
로드리고 신부

옥중의 로드리고 신부

1

　바깥 햇살은 환한데도 방 안은 묘하게 어둡다. 그가 끌려가고 있는 동안, 초가 지붕에 돌을 얹은 오두막집과 오두막집 사이에는 누더기 옷을 걸친 어른과 아이들이 가축처럼 반짝이는 눈으로 이쪽을 가만히 바라보고 있었다.

　그러한 그들을 신자라고 생각한 그는 얼굴에 억지로 미소를 지어 보였는데, 누구 하나 응하는 사람은 없었다. 단 한 번 벌거숭이 아이가 아장아장 일행들의 앞으로 걸어나왔다. 그러자 뒤에서 머리를 산발한 어머니가 뒹굴 듯이 뛰어나와 그 아이를 팔에 껴안고 개처럼 도망쳐 갔다. 몸이 떨려오는 것을 참기 위해 신부는, 그날 밤 올리브 동산에서 가야파의 저택까지 끌려간 분에 대해 열심히 생각했다.

부락을 빠져나오자 갑자기 눈부신 빛이 이마에 와 닿았다. 현기증을 느끼고 걸음을 멈추었다. 그러자 뒤에 있던 사나이가 뭐라고 중얼대면서 몸을 떠밀었다. 억지로 웃는 낯을 지으며 좀 쉬게 해 달라고 했지만 사나이는 딱딱한 얼굴로 고개를 가로저었다. 햇빛이 반짝이는 밭에는 거름냄새가 가득했고, 종달새가 즐겁게 울고 있었다. 이름 모를 커다란 나무가 서늘한 그늘을 만들고 상쾌한 바람이 잎사귀를 흔들고 있었다. 밭을 뚫고 나간 길이 차츰 좁아지고, 뒷산으로 들어서는 산기슭에 이르자 조그마한 저지대에 나뭇가지를 모아서 지은 오두막의 그림자는 유별나게 검었고, 그 그림자는 점토색 땅 위에 그늘을 만들고 있었다. 농군옷을 입은 4, 5명의 남녀가 손이 묶인 채 땅에 주저앉아 있었다. 그들은 서로 무슨 얘기를 주고받고 있었는데, 일행 속에 신부의 모습이 보이자 너무나 놀란 나머지 입을 딱 벌렸다.

포졸들은 신부를 이 남녀들 곁으로 데려다 놓고는 자기네들 임무는 다 마쳤다는 듯 웃으면서 서로 잡담을 하기 시작했다. 도망치는 것을 경계하고 있는 눈치라곤 조금도 보이지 않는다. 신부가 땅에 앉자, 주위에 있는 4, 5명의 남녀가 공손히 머리를 숙였다.

얼마 동안 그는 잠자코 있었다. 파리 한 마리가 이

마에 흐르는 땀을 핥으려고 귀찮게 얼굴 둘레를 날고
있었다. 그 둔한 윙윙 소리에 귀를 기울이고 따뜻한
햇살을 등에 쬐고 있자니 그는 차츰 일종의 쾌감까지
느끼기 시작했다. 한편으로는 자기가 마침내 체포되
었다는 것이 움직일 수 없는 사실이라 생각되면서도
주위는 이렇게 한가로워 마치 착각이 아닌가 싶을 정
도였다. 왠지 모르지만 그는 지금 '안식일'이라는 말
까지 머리에 떠올리고 있었다. 포졸들은 아무 일도 없
었던 듯 웃음까지 얼굴에 띠면서 지껄여 대고 있었다.
해는 밝게 저지대의 덤불이나 나뭇가지로 지은 오두
막을 비추고 있다. 오랫동안 공포와 불안이 뒤섞인 공
상 속에서 머리로만 그려보았던 체포가 이렇게 한가
로우리라고는 생각지도 못했었다. 그는 거기에 말할
수 없는 불만을—자기의 체포가 수많은 순교자들이
나 그리스도처럼 비극적이며 영웅적이 아니란 것에
환멸까지 느꼈다.

"신부님, 어찌 된 일이십니까?"

옆에 있던 한쪽 눈이 허옇게 짜부러진 사나이가 묶
여 있는 손을 움직이며 말했다. 그러자 다른 남녀들도
일제히 얼굴을 들어 노골적으로 호기심을 강하게 나
타내며 신부의 대답을 기다리고 있었다. 이 사람들은
마치 무지한 동물처럼 자기네들 운명을 모르고 있는
것 같았다. 신부가 산에서 붙잡혔다고 대답하자, 그

대답을 알아듣지 못한 듯 사나이는 손을 귀에다 대고
다시 한 번 되물었다.

"허어."

겨우 그 뜻을 알아차리고, 납득인지 감동인지 알 수
없는 한숨이 일동들 입에서 일제히 새어 나왔다.

한 여인이 신부의 일본말 솜씨에 감탄하여 어린애
처럼 큰 소리로 말했다.

"이렇게 척척 말씀을 정말 잘하시네요."

포졸들도 웃고만 있을 뿐 별로 야단치거나 제지하
지 않는다. 뿐만 아니라 외눈박이 사나이가 아주 친한
듯이 포졸에게 말을 걸자 상대편도 웃는 얼굴로 그에
게 대답해 주었다.

"저 사람들은 뭘 하고 있습니까?"

신부는 작은 소리로 여자에게 물었다.

그러자 여인은, 포졸들 역시 이곳 부락민으로 관리
의 도착을 기다리고 있는 거라고 말했다.

"우리는 그리스도교 신자지만 저 사람들은 신자가
아닙니다. 이교도들이지요."

여인은 마치 그런 구별은 대단치도 않다는 듯한 말
투로 대답하고 나서

"잡수셔요."

하고 묶여 있는 손목을 움직여, 헤쳐진 가슴 속에서
조그마한 참외를 꺼내 자기도 그중 하나를 입으로 가

져가면서 다른 하나를 신부에게 주었다. 참외를 깨물어 보니 싱싱한 맛이 입안에 가득 찼다. 이 나라에 와서 자기는 가난한 신자들에게 누만 끼쳐왔다고 신부는 생각하면서 쥐처럼 앞니를 움직이며 참외를 먹었다. 그는 이 사람들에게서 오두막집을 얻고, 농군옷을 빌리고, 음식을 받아먹고 살아왔다. 이제야말로 자기가 그들에게 무엇인가를 주지 않으면 안 된다고 느꼈다. 그러나 그는 자기의 행위와 죽음 외에 줄 만한 것을 하나도 갖고 있지 않았다.

"이름은?"

"모니카."

이 세례명을, 자기가 가진 유일한 것을 보여주듯 여인은 약간 수줍어하면서 가르쳐 준다. 생선 비린내를 온몸에서 발산하고 있는 이 여인에게, 유명한 성 아우구스티노의 어머니 이름을 붙여준 사람은 어떤 선교사였을까?

"저 사람은?"

아직도 포졸과 무엇인가 얘기하고 있는 외눈박이 사나이를 가리키며 물었다.

"초키치 말씀입니까? 저 사람은 요한이라고 합니다."

"세례성사를 준 신부님 이름은?"

"신부님이 아닙니다. 수도자 이시다石田 님이니까

신부님도 잘 아실 텐데요?”

신부는 고개를 가로저었다. 이 나라에서 그는 가르페 외에는 한 사람의 동료도 갖고 있지 않았다.

“모르시는군요? 운젠이란 산에서 죽음을 당한 분입지요.”

라고 여인은 놀란 듯이 이쪽 얼굴을 가만히 바라보면서 말했다.

“모두들 무섭지 않나?”

신부는 아까부터 의문스럽게 생각하고 있던 것을 마침내 입 밖에 내었다.

“머지않아 우리도 마찬가지로 죽음을 당할지 모르는데 말이야.”

여인은 고개를 숙이고 발밑의 풀잎을 가만히 바라보았다. 파리가 다시금 그와 여인의 땀냄새를 맡고 목덜미 주위를 날기 시작했다.

“모르겠어요. 천당에 가면 진짜 영겁을 누리고 안락해진다고 이시다 님은 늘 말씀하셨습니다. 거기서는 연공을 바치지 않아도 되고 굶주림도 병도 없고, 노역도 없다는데요. 지금 우리는 진저리 나게 일만 해 왔기 때문에… 정말이지 이 세상은 고생뿐이에요. 천당에 가면 그런 고생은 없다지 않아요, 신부님?”

그녀는 한숨을 쉬었다.

천당이란 그대가 생각하고 있는 그런 형태로 존재

하는 것이 아니라고 신부는 말하려다가 입을 다물었다. 이 백성들은 교리를 배우는 어린이처럼, 천당이란 엄한 세금도 노역도 없는 별천지라고 꿈꾸고 있는 것 같다. 그 꿈을 참혹하게 허물어뜨릴 권리는 아무에게도 없다.

"그렇고말고."

눈을 깜빡거리면서 그는 마음속으로 중얼거렸다. '거기서 우리는 아무것도 빼앗지 않을 것이다.'

그러고 나서 그는 또 하나의 질문을 했다.

"혹시 페레이라라는 신부를 모르나?"

여인은 고개를 저었다. 도모기 마을과 마찬가지로 여기에도 페레이라 신부는 온 일이 없단 말인가? 아니면 페레이라란 이름은 이 나라 신자들 사이에서는 입 밖에 내서는 안 될 금지된 말이 되었단 말인가?

저지대 위에서 커다란 소리가 들려온다. 얼굴을 드니, 언덕 위에 키가 작고 뚱뚱한 늙은 무사가 미소를 띠고서 두 명의 농군을 데리고 이쪽을 내려다보고 있다. 늙은 무사의 그 미소를 보았을 때 신부는 웬일인지 이 노인이야말로 도모기 마을 사람을 취조한 사람임을 곧 깨달았다.

"덥군. 벌써부터 이렇게 더우니 밭일 하기가 힘들겠군."

무사는 부채질을 하면서 천천히 언덕을 내려왔다.

모니카도 요한도 그 밖의 남녀들도 묶인 손목을 무릎 위에 올려놓고 공손히 절을 했다. 노인은 곁눈질로 다른 사람들과 마찬가지로 머리를 수그린 신부를 보았지만 묵살이라도 하듯 그 옆을 지나칠 때 그의 옷자락이 바스락바스락 소리를 내고, 의복에 스민 향긋한 냄새가 주위에 감돌았다.

"소낙비도 최근엔 통 오질 않아 길이 먼지투성이란 말이야. 나 같은 늙은이에겐 여기까지 오는 것도 큰 고생이지."

그는 죄수들 틈에 웅크리고 앉아, 하얀 부채로 연방 목덜미께를 부치면서 말했다.

"제발 이런 늙은이를 못살게 굴지 말아주게."

햇빛이 미소를 담은 그의 얼굴을 평평하게 만들어, 신부는 마카오에서 본 불상을 머리에 떠올렸다. 그 불상의 얼굴에는 그가 흔히 보아온 그리스도의 표정 같은 그런 감정의 움직임은 아무 데도 없었다. 파리만 윙윙 소리 내어 날고 있었다. 파리는 신자들의 목덜미를 스쳐 노인 쪽으로 날아왔다가 다시 돌아간다.

"너희가 미워서 잡아온 것이 아니다. 이 점을 잘 알아둬야 한다. 연공도 제대로 바치고 부역도 열심히 하고 있는 너희를 무엇 때문에 미워하여 묶는단 말이냐. 백성은 나라의 토대라는 것을 우리는 잘 알고 있다."

파리의 윙윙거리는 소리 속에 노인이 부치는 부채

소리가 섞이고 멀리서 닭 우는 소리가 후끈한 바람을 타고 흘러온다. 이것이 취조인가 하고 신부는 다른 사람과 마찬가지로 고개를 숙인 채 생각했다. 많은 신자와 선교사는 고문이나 처형을 받기 전 모두 한결같이 이런 부드러운 소리를 들었을까? 졸음이 올 만큼 조용한 가운데 파리의 윙윙거리는 소리를 듣고 있었을까? 그는 공포가 갑자기 엄습해 올 것을 기다리고 있었는데 이상하게도 공포는 아직 마음 어디에도 솟아나지 않고 있었다. 고문이나 죽음 같은 그런 느낌은 아무 데도 없다. 마치 비 오는 날에 햇볕이 쏟아지는 먼 언덕을 생각하는 듯한 그런 기분으로 그는 앞으로의 일을 생각했다.

"얼마 동안 너희들에게 생각할 틈을 줄 테니, 이치를 잘 분별해서 대답해 주기 바란다."

말을 마치자 노인의 거짓 웃음은 사라졌다. 그의 얼굴에는 마카오의 중국 상인들과 비슷한 탐욕스런 오만한 빛이 나타났다.

"이리들 오게."

포졸은 덤불 속에서 일어나 일동을 재촉했다. 다른 사람들과 마찬가지로 일어서려는 신부를 노인은 원숭이 같은 얼굴을 찡그리며 바라보았다. 그가 증오의 빛을 눈속에 보인 것은 이때가 처음이었다.

"너는 남아 있어."

나직한 키를 되도록 펴고 그는 칼자루에 한 손을 얹고서 말했다.

　엷은 웃음을 띠고 신부는 다시금 풀 위에 앉았다. 죄수들 앞에서 이국인인 자기에게 지지 않으려고 위세를 부리고 있는 이 노인의 심기가 수탉처럼 몸을 뒤로 젖힌 그의 조그마한 몸에서 확실히 느껴졌다. '원숭이' 하고 그는 마음속으로 중얼거렸다. '원숭이 같은 사나이, 그렇게 칼자루에 손을 대고 경계하지 않아도 된다. 도망치진 않을 테니까.'

　손목을 묶인 채 언덕을 올라 건너편 평지로 사라져 가는 일동의 뒷모습을 그는 바라보았다. "Hoc Passionis tempore, Piis adauge gratiam(주님, 이 수난의 시기에 믿는 이들에게 은총을 더해 주소서)." 하고 마른 입술 속에서 기도소리가 쓰디쓰게 흘러나왔다. '그들에게 그것은 너무나도 무겁습니다. 오늘날까지 그들은 참아왔습니다. 연공이나 부역, 또 비참한 생활, 그런데 그 이상 또 시련을 내리신단 말씀입니까?' 노인은 대나무통을 입에 갖다 대고, 닭이 물을 마시듯 꿀꺽꿀꺽 소리를 내고 있었다.

　"나는 신부들을 여러 번 보았다. 취조해 본 적도 있다. 내 말을 알아듣겠소?"

　그는 입을 축이면서 아까와는 좀 다른 비굴한 소리로 신부에게 물었다.

태양에 약간 구름이 끼어 저지대에 그늘이 지자, 지금까지 들리지 않던 벌레의 무더운 울음소리가 여기저기 덤불 속에서 들리기 시작했다.

"백성들은 가엾은 자들이오. 그런데 저 사람들을 살리느냐 죽이느냐는 신부인 당신 태도에 달려 있다고 보는데…."

신부는 그 말의 뜻을 잘 알 수 없었지만, 이 교활한 늙은이가 자기를 함정에 빠뜨리려 하고 있다는 점만은 상대편 표정으로 알아차릴 수 있었다.

"백성들은 자기네들 머리로 생각할 힘이 없소. 저렇게 얘기를 해줘도 결국은 의견의 일치를 보지 못하고 되돌아올 것이오. 그래서 말인데, 그대가 단 한 마디만 하면…."

"뭘 말하란 말입니까?"

"배교하라는 말 말이오."

노인은 부채질을 하면서 웃었다.

"거절한다면 날 죽일 테지요?"

신부는 웃으면서 조용히 대답했다.

"아니, 아니오. 그런 짓은 안 하오. 그런 짓을 하면 저 백성들은 더욱 완강해질 뿐이오. 오무라에서도 그러했고, 나가사키에서도 그러했소. 그리스도교 신자란 귀찮은 존재지."

노인은 슬픈 듯이 말했다.

노인은 커다란 한숨을 지어 보였지만 이것이 꾸민 연극이란 것쯤은 당장에 알 수 있었다. 신부는 이 자그마한 원숭이 같은 늙은이를 놀려주자는 생각에 쾌감까지 느꼈다.

"그대가 진정 신부라면… 농민들을 불쌍히 여기는 자비심이 있을 것이다."

신부는 저도 모르게 입가에 웃음이 떠오르는 것을 느꼈다. 얼마나 순진한 늙은이일까? 어린애 같은 논리로 자기를 설득시킬 수 있다고 생각하는 모양이다. 그러나 그는 어린애 같은 단순한 관리가 설득되리라는 것만 생각하며 그가 얼마나 쉽게 분노하는 인간인지는 잊고 있었다.

"어떤가?"

"나만 벌하기 바랍니다."

상대편을 놀려대듯 신부는 어깨를 좁혔다.

노인의 얼굴에 초조한 노여움의 빛이 떠돌기 시작하고, 흐린 먼 하늘에서 희미하게 둔중한 우렛소리가 들려왔다.

"그대 때문에 저 작자들이 얼마나 고생하게 될는지…."

저지대의 오두막 속에 넣어졌다. 땅바닥 위에 가느다란 나뭇가지로 된 벽 틈새로 실낱 같은 햇살이 흘러들어온다. 밖에서는 포졸들의 지껄이는 소리가 희미하게 들려온다. 농민들은 어디로 끌려갔는지, 그 후로는 도무지 모습을 나타내지 않는다. 땅바닥에 앉아 무릎을 손으로 껴안은 채 그는 모니카라고 하는 여인과 외눈박이 사나이에 대해 생각했다. 그리고 그 위에 도모기 마을의 오마쓰나 이치조나 모키치가 겹쳤다. 만약 좀 더 여유가 있었다면 자기는 저 신자들에게 적어도 간단한 축복이라도 내려줄 수 있었을 것이다. 그것을 미처 생각 못 한 것은 역시 마음의 여유가 없었다는 증거다. 자기가 그 사람들에게 적어도 오늘이, 몇월 며칠이냐고 물어보지 못한 것도 유감스러웠다. 날짜 관념은 이 나라에 온 뒤로 완전히 잊고 있었기 때문에, 부활절 뒤로 얼마만큼 날짜가 지나고 오늘이 무슨 성인의 축일인지도 계산할 수 없게 되었다.

묵주가 없기 때문에 다섯 손가락을 이용하여 성모송과 주님의 기도를 라틴어로 외우기 시작했는데, 그 기도는 이를 악문 병자의 입에서 물이 새어 흐르듯 단순히 입술을 스쳐갈 뿐이었다. 그보다도 그는 오두막 밖에서 들려오는 파수꾼 얘기에 정신이 팔려 있었다. 파수꾼들은 무엇이 우스운지 가끔 소리를 내어 웃고 있었다. 신부는 뜰에서 불을 쬐고 있던 하인들의 모습을 상상하기 시작했다. 예루살렘의 밤, 한 사나이의 운명에 아무런 관심도 없이 어두운 불길에 손을 쬐고 있던 몇 사람들처럼 지금 이 파수꾼들은, 인간이란 이

만큼 남에게 무관심할 수 있다는 것을 느끼게 하는 그런 소리로 웃고 지껄이고 있다. 죄란 보통 생각하는 바와 같이 훔치거나 거짓말을 하는 것만이 아니다. 죄란 사람이 다른 한 사람의 인생 위를 통과하면서 자기가 그곳에 남긴 흔적을 잊는 것이다. 그는 손가락을 움직이며 Nakis라고 중얼거리자 그때 비로소 기도가 가슴속에 스며들었다.

감겨 있는 눈꺼풀에 갑자기 환한 빛이 닿았다. 한 사나이가 소리 나지 않게 오두막 문을 열고 그 조그마한 음흉스런 눈으로 가만히 안을 살피고 있었다. 신부가 얼굴을 들자, 상대편은 재빨리 모습을 감추었다.

"제법 얌전하게 있는데….."

다른 사나이가 방금 안을 엿본 파수꾼에게 말을 걸고 문을 열었다. 햇빛이 목욕물처럼 흘러 들어오고, 그 햇빛 속에 얼마 전의 그 늙은 무사와는 달리 칼을 차지 않은 일본인의 모습이 나타났다.

"Senõr, Gracia(주님, 감사합니다)."

사나이는 포르투갈어로 말을 걸었다. 이상하게 서투른 발음이었지만, 발음은 어쨌든 간에 포르투갈 말에 틀림없었다.

"Senõr."

"Palazera à Dios nuestro Senõr(우리 주 하느님을 찬양합니다)."

신부는 눈에 와 닿는 빛 속에서 약간 현기증을 느끼며, 이러한 말을 듣고 있었다. 그 말은 군데군데 틀린 데는 있어도 뜻은 분명히 통했다.

"놀라고 계시는군. 그러나 나가사키나 히라도에는 나처럼 통역하는 사람이 얼마든지 있소. 신부님도 일본 말을 꽤 하시는 모양인데, 내가 어디서 이 말을 배웠는지 아시겠소?"

묻지도 않았는데 사나이는 계속 지껄였다. 지껄이면서 조금 전의 무사와 마찬가지로 부채질을 열심히 했다.

"신학교는 당신네 신부들 덕분에 아리마有馬·아마쿠사天草·오무라大村에도 세워졌습니다. 그렇다고 해서 나는 배교자는 아닙니다. 세례도 받기는 받았습니다만, 원래가 수도자가 될 뜻도 신자가 될 마음도 전혀 없었으니까요. 지방 토박이 무사의 자식이 이러한 시대에 출세를 하려면 학문밖에 없지요."

사나이는 열심히 자기가 그리스도교 신자가 아니란 것을 강조하고 있었다. 신부는 아무 표정 없이 어둠 속에서 계속 지껄이는 상대방의 이야기를 들었다.

"왜 잠자코 계시오?"

사나이는 화가 난 듯이 말했다.

"신부들은 언제나 우리들을 업신여겼소. 카프랄이라는 신부를 알고 있었는데, 그분은 특히 우리를 경멸했소. 이 땅에 와 있으면서 우리의 집을 비웃고, 우리의 식사나 예의범절을 조소하고 있었소. 그리고 우리가 신학교를 나와도 신부가 되는 것을 결코 허락하지 않았소."

그는 지껄이면서 옛날 일들이 떠올라 차츰 격해지는 것 같았다. 신부는 무릎을 껴안은 채 이 사나이의 노여움이 거짓말이 아니라고 생각했다. 카프랄 신부에 대해서는 마카오의 바리냐노 신부한테 들은 기억이 있다. 그의 일본인관日本人觀 때문에 얼마나 많은 신자가 선교사와 교회에서 떠나갔는지 모른다고 바리냐노 신부도 탄식하고 있었다.

"나는 카프랄과 다릅니다."

"정말일까? 나에겐 그렇게 믿어지지 않소만…."

사나이는 나지막한 소리로 웃었다.

"어째서요?"

어둠 속에서는 이 통역의 표정을 알 수 없었다. 신부는 상대편의 나직한 웃음소리만 가지고 그의 증오나 노여움의 이면을 추측해 보려고 했다. 성당의 고해소에서 신자의 고백을 눈을 감은 채 듣는 것이 그의 직업이었기 때문이다. '이 사나이가 부정하려는 것은 카프랄 신부가 아니고 오히려 세례성사를 한 번이라도 받았다고 하는 자기의 과거일 것이다.' 하고 그는 상대를 바라보면서 어렴풋이 생각했다.

"밖에 나가고 싶지 않소? 신부라면 도망치거나 하지는 않을 테죠?"

"글쎄요, 나는 성인이 아니오. 죽는 것은 무섭소."

신부는 미소를 지으며 말했다.

그도 소리 내어 웃었다.

"아니오. 그러한 이치를 아신다면 침착하게 내 말을 들어주시오. 용기도 때로는 남에게 폐가 되오. 우리는 그것을 맹목적인 용기라 말하고 있소이다. 대체로 신부들 가운데는 이 맹목적 용기에 사로잡혀 우리나라에 폐를 끼치고 있다는 것을 잊은 자가 많소."

"선교사들이 그렇게 폐만 끼쳤습니까?"

"받기 싫은 물건을 강제로 떠맡기는 것을 뭐라고 하는지 아십니까? 그리스도의 가르침은 바로 이렇게 강요된 물건과도 같습니다. 우리에겐 우리의 종교가 있습니다. 이제 와서 외국의 가르침을 받아들일 생각은 없소. 나도 신학교에서 신부들의 학문을 배웠지만, 생각하건대 지금에 와서 그것이 우리에게 필요하다고는 도무지 생각되지 않소."

"우리는 생각이 서로 동일하지 않은 것 같습니다."

신부는 목소리를 낮추어 조용히 말했다.

"동일하다면야 먼 바다를 건너 이 나라에 올 필요도 없지요."

이것은 그가 이 나라 사람과 처음으로 하는 토론이

었다. 프란치스코 하비에르 이래, 이 같은 식으로 얼마나 많은 신부들이 이 땅의 불교도와 토론을 했을까? 바리냐노 신부는 이 나라 사람들의 머리를 업신여겨서는 안 된다, 그들은 논쟁하는 방법을 잘 알고 있다고 말한 적이 있었다.

"그러면 한번 들어봅시다."

통역은 부채를 접었다 폈다 하면서 강요하듯이 말했다.

"그리스도인들은 하느님이야말로 대자대비의 근원, 모든 선과 덕의 근원이라 말하고 불신佛神은 모두 인간이니까 이러한 덕의德義를 갖추지 못했다고 말하는데 신부께서도 같은 생각인지요?"

"부처도 우리와 마찬가지로 죽음은 면치 못할 것입니다. 창조주하고는 다릅니다."

"부처의 가르침을 잘 모르는 신부 같으면 그렇게 생각할 테지만 그러나 많은 부처가 반드시 인간인 것만은 아닙니다. 부처에게는 법신法身, 보신報身, 응화應化의 삼신三身이 있고 응화의 여래如來라고 하는 것은 중생을 구원하고 이익을 주는 방편을 위해 팔상八相을 보여주지만, 법신의 여래는 처음도 끝도 없는 영구불변의 부처이기 때문에 불경에도 여래상주 무유변이如來常住 無有變易라 설파하고 있습니다. 여러 부처를 인간일 뿐이라고 생각하는 것은 그리스도인들뿐이고 우리는 그렇게 생각하지 않습니다."

이 사람은 마치 이 대답을 암기라도 하고 있는 듯 단숨에 말했다. 아마 그는 오늘날까지 여러 많은 선교사를 취조하는 동안 어떻게 하면 상대를 굴복시킬 수 있을까를 계속 생각해 온 것이 틀림없었다. 그래서 그는 자기에겐 거의 이해되지 않는 어려운 말을 택했으리라고 신부는 생각했다.

"그러나 당신네들은 만물은 자연적으로 존재하고, 세상은 시초도 종말도 없다고… 그렇게 생각하고 계시다던데?"

신부는 역습하기 위해 상대의 약점을 노렸다.

"그렇습니다."

"그러나 생명이 없는 것은 남이 그것을 움직이지 않는 한 자기 스스로는 움직일 수 없습니다. 부처님들은 어떻게 생겨났습니까? 또한 그 부처님에게 자비심이 있는 것은 알겠습니다만 그전에 이 세계는 어떻게 해서 만들어졌습니까? 우리는 하느님은 스스로 존재하시며, 인간을 만드시고 만물에게 그 존재를 부여하셨다고 믿습니다만…."

"그렇다면 그리스도교의 하느님은 악인들까지도 만드셨다고 하시는 겁니까? 그것이 진실이라면 악도 하느님이 하시는 일입니다."

통역은 승리를 뽐내듯 작은 소리로 웃었다.

"아니, 그건 틀렸습니다."

신부는 저도 모르게 고개를 내젓고 말했다.

"하느님은 만물을 선한 일을 위해 만드셨습니다. 이 선을 위해 인간에게도 지혜라는 것을 주셨습니다. 그런데 우리들은 이 지혜 분별과는 반대되는 일을 행하는 경우가 있습니다. 그것을 악이라고 할 뿐입니다."

경멸하는 듯 통역이 입맛을 쩍쩍 다시는 소리가 들렸다. 신부도 신부대로 자기의 설명이 상대를 설득했다고는 생각지 않고 있었다. 이와 같은 대화는, 이미 대화가 아니고 오히려 말꼬리를 잡아 억지로 상대를 찍어 누르려는 거나 마찬가지였다.

"궤변을 떨지 마시오. 농민이나 부녀자들 같으면 또 몰라도 나는 그러한 억지에 속아 넘어가지 않습니다. 어쨌든 좋소이다. 이제 하나만 더 물어봅시다. 하느님에게 진실로 자비심이 있다면 어째서 천당에 이르는 길에 수많은 괴로움과 어려운 일이 있습니까?"

"수많은 괴로움? 오해를 하고 계시는 것 같습니다. 만약 인간이 하느님의 법도를 그대로 실행한다면 편안하게 살 수 있을 것입니다. 우리가 무엇인가를 먹고 싶어할 때에 하느님은 굶어 죽으라고는 결코 명령하지 않습니다. 다만 창조주이신 하느님께 기도를 드리라, 이것을 지키면 됩니다. 또 우리가 육신의 욕망을 버릴 수가 없을 때 하느님은 여자를 멀리하라고 강제로 명령하지 않습니다. 다만 한 여자만을 갖고 하느님의 뜻대로 행하라고 말씀하실 뿐입니다."

이 대답은 잘 된 대답이라고, 얘기를 끝냈을 때 생각했다. 오두막의 어둠 속에서 통역이 가끔 말이 막혀 침묵을 지키고 있는 것이 뚜렷하게 느껴졌다.

"그만둡시다. 아무리 해봐도 결말이 나지 않는 토론이오. 이런 얘기 하러 여기 온 것은 아니오."

불쾌한 낯으로 상대는 자기 나라 말로 말했다.

멀리서 닭이 울었다. 조금 열려 있는 문틈으로 한 가닥 햇살이 흘러 들어오고 있다. 빛 속에 무수한 먼지가 떠 있다. 그것을 신부는 가만히 보고 있었다. 통역은 긴 한숨을 내쉬었다.

"당신이 배교하지 않으면 농민들은 구덩이 속에 매달리게 됩니다."

상대가 무슨 말을 하고 있는지 신부는 잘 알 수 없었다.

"깊은 구덩이 속에 몸을 거꾸로 매달린 채 농민들은 며칠씩…."

"구덩이에 달아맨다구요?"

"그렇소. 신부인 당신이 배교하지 않으면 말이오."

신부는 잠자코 있었다. 그는 상대의 말이 협박인지 진실인지를 살피기 위해 가만히 어둠 속에서 눈을 번뜩였다.

"이노우에 님. 들은 적 있소? 이 고장 수령입니다. 언젠가 신부님도 이분에게 직접 취조를 받게 될 겁니다."

이-노-우-에라는 말만이 통역의 포르투갈 말 속에서 마치 살아 움직이고 있는 것처럼 신부의 귀에 들리고, 그 순간 그는 몸을 떨었다.

"지금까지 이 이노우에 님에게 조사를 받고 배교한 신부는 포르로 신부, 헤이트로 신부, 가소라 신부, 페레이라 신부."

하고 통역은 마치 원님에게 아첨이라도 하는 듯한 투로 말했다.

"페레이라 신부?"

"아는 이름이오?"

"아뇨, 모릅니다."

신부는 급히 고개를 흔들었다.

"소속되어 있는 회도 다릅니다. 이름도 들어본 적이 없거니와 만난 일도 없습니다. 그 신부는 지금 살아 계십니까?"

"살아 있고말고. 이름도 일본인처럼 고치고 나가사키에 저택과 여자까지 있고, 상당한 위치에 올라 있소."

한 번도 본 적이 없는 나가사키의 거리가 신부의 머릿속에 갑자기 떠올랐다. 웬일인지 그 공상의 거리에서는 복잡한 길, 조그마한 집들의 작은 창마다 저녁 햇빛이 붉게 비치고 있었다. 그리고 그 통역과 비슷한 옷을 입은 페레이라 신부가 길을 걷고 있었다. 아니, 그럴 리가 없다. 그런 공상은 우스꽝스러웠다.

"믿을 수 없다."

통역은 비웃는 표정을 지으면서 오두막에서 나갔다. 문이 다시 닫히고 흘러들던 흰빛이 갑자기 사라졌다. 파수꾼들의 얘기소리가 아까와 마찬가지로 벽 너머에서 들려왔다.

"제법 똑똑한 자이지만 저러다가 머지않아서 배교할 테지."

통역은 그들에게 설명하고 있었다.

배교한다는 것은 자기를 가리킨 말이라고 신부는 생각했다. 무릎을 껴안고서 아까 통역이 마치 암기라도 하듯 알려준 네 명의 이름을 마음속으로 되씹는다. 포르로 신부나 헤이트로 신부는 모르지만 가소라 신부라는 선교사만은 분명히 마카오에서 들은 적이 있다. 자기와는 달리 마카오가 아니라 에스파냐 영토인 마닐라로부터 이 땅에 잠입한 포르투갈 신부임에 틀림없다. 이 땅에 잠입한 뒤 소식이 완전히 끊겼기 때문에 예수회에서는 상륙 직후 장렬한 순교를 한 것으로 생각하고 있었다. 그들 세 사람의 모습 뒤에 자기가 이 땅에 온 뒤로 계속 찾고 있던 페레이라 신부의 얼굴도 있었다. 만약 통역의 말이 협박이 아니라면 페레이라 신부도 또한 소문대로 이노우에라는 수령에 의해 교회를 배반한 것이다.

그분까지 배교를 할 정도라면 자기도 도저히 앞으로 닥칠 시련을 견딜 것 같지 않았다. ─이런 불안이 갑자기 가슴을 스쳤다. 급히 고개를 흔들면서 구토증처럼 목구멍까지 치밀어 오른 이 불유쾌한 상상을 억지로 억누르려 했지만 억누르려고 하면 할수록 그 상상은 의지와 아무 관계 없이 떠올랐다.

"Exaudi nos, Pater omnipoténs et mittere digneris Sanctum Angelum tuum qui custodiat fovéat, protegat, visitet atque defendat omnes habitantes…(전능하신 아버지, 저희의 기도를 들어주소서. 당신의 천사를 보내시어 모든 이를 지켜주시고 보호하소서…)."

기도를 외우며 생각을 돌리려고 했지만 기도도 마음을 가라앉히지 못했다. "주님, 당신은 왜 잠자코 계십니까? 당신은 왜 언제나 침묵만 지키고 계십니까?"라고 중얼거리며 그는 불안에 몸을 떨었다.

저녁에 다시금 문이 열렸다. 파수꾼이 호박을 몇 개 나무 그릇에 담아 그의 앞에 갖다 놓고 잠자코 오두막을 나갔다. 입가에 가져다 대니 땀냄새 같은 구린내가 코를 찌른다. 이삼 일 전에 찐 것 같았지만 공복을 참을 수가 없어 껍질까지 그냥 먹어 치웠다. 다 먹기도

전에 파리가 손 언저리를 집요하게 날기 시작한다. 자기는 개와 마찬가지가 아닌가 하고 신부는 손가락을 빨면서 생각했다. 옛날엔 선교사들이 이 나라 영주나 무사의 집에서 가끔 식사에 초대받던 시절도 있었을 것이다. 그리고 그 무렵에는 히라도나 요코세우라나 후쿠다 항구에 포르투갈 선박이 넘치도록 짐을 싣고 정기적으로 들락거려 선교사들은 포도주와 빵을 구하는 데도 부자유를 느끼지 않았다고 바리냐노 신부한테서 들은 적이 있다. 그러므로 그들은 깨끗한 식탁에서 기도를 드리고는 천천히 식사를 했을 것이다. 그런데 자기는 지금 기도도 잊고 이 개밥과 같은 음식에 허겁지겁 덤벼들었다. 기도드릴 때는 하느님께 감사하기 위해서가 아니고, 구원을 청하기 위해서나 불평과 원망을 토하기 위해서다. 그것은 신부로서 굴욕이며 수치였다. 하느님은 칭송을 받기 위해 계시고 원망하기 위해 있지 않다는 것은 물론 잘 알고 있다. 그런데도 이런 시련의 날에 나병에 걸린 욥처럼 하느님을 칭송한다는 것은 얼마나 어려운 일인가.

문이 다시 열리고 조금 전의 파수꾼이 모습을 나타냈다.

"이제 고만 가야 되겠소, 신부님."

"어디로?"

"선창가요."

일어서자 공복 때문에 가벼운 현기증을 느꼈다. 오두막 밖은 이미 어둡고 저지대의 나무들이 대낮의 더위로 지쳐버린 듯 축 늘어져 있다. 모기 떼들이 얼굴을 스치고, 멀리서 개구리 우는 소리가 들렸다.

주위에 세 명의 파수꾼이 따랐지만, 누구도 도망을 경계하는 눈치가 아니다. 큰 소리로 뭐라 지껄여 대고 가끔 웃음소리를 내고 있다. 한 사람이 좀 떨어져서 덤불에다 오줌을 누기 시작했다. 지금 자기가 나머지 두 사람을 밀쳐버린다면 도망칠 수 있겠다고 문득 생각했다. 그때 앞에서 걷고 있던 파수꾼이 갑자기 뒤를 돌아보았다.

"신부님, 저 오두막은 꽤 불편했지요?"

호인처럼 보이는 그의 얼굴이 웃었다.

"정말 덥더군요."

이 호인같이 웃는 얼굴이 갑자기 신부의 마음을 꺾고 말았다. 자기가 도망치면 벌을 받는 것은 이 농부임에 틀림없다. 그는 힘없이 미소를 짓고 그 농부에게 고개를 끄덕였다.

오늘 아침에 걷던 길을 다시 지나갔다. 신부는 개구리 울음소리가 퍼지는 밭 한가운데 우뚝 솟아 있는 커다란 나무를 움푹 파인 눈으로 바라본다. 이 나무는 기억이 난다. 나무에서는 커다란 까마귀들이 날개를 퍼덕이며 목쉰 소리로 울고, 그 소리와 개구리 소리가 함께 범벅이 되어 어두운 합창을 펼쳐놓고 있었다.

마을로 들어서자 여기저기 집에서 흰 연기가 흐르고 있었다. 모기 떼들을 쫓고 있는 것이다. 국부만 살짝 가린 한 사나이가 어린애를 안고 서 있었다. 그는 신부를 보자 바보같이 입을 벌리고 웃었다. 여자들은 슬픈 듯 눈을 아래로 깔고 네 사람이 지나가는 것을 가만히 지켜보고 있었다.

마을을 지나자 밭이 계속된다. 길은 내리막길이 되고 짠 바람이 신부의 수척한 뺨을 스친다. 바로 눈 아래가 항구라고는 하지만 검정돌을 쌓아올린 선창가가 하나 있을 뿐, 모래사장에는 빈약한 작은 배가 두 척 끌어올려져 있다. 파수꾼들이 통나무를 그 배에다 깔고 있는 동안 신부는 모래 속에서 분홍빛 조개껍질을 주워 손으로 만지작거렸다. 그것은 오늘 하루 동안 그가 처음으로 본 아름다운 것이었다. 귀에 갖다 대니 조개껍질 속에서 희미한 파도소리 같은 게 들렸다. 갑자기 그는 어두운 충동을 느꼈다. 둔한 소리를 내며 조개껍질이 손바닥 안에서 으스러졌다.

"타시지요."

배 안에 스며든 물은 먼지로 허옇게 되고, 퉁퉁 부은 발에는 좀 차가웠다. 발을 물속에 잠그고 두 손으로 뱃전을 잡고 눈을 감고서 신부는 한숨을 쉬었다.

배가 천천히 움직이기 시작했을 때, 그는 오늘 아침

까지 자기가 헤매고 있던 산들을 움푹 파인 눈으로 멍하니 바라보았다. 저녁 안개 속에서 산은 거무스레하고, 마치 여자의 부푼 가슴 모양으로 펼쳐져 있다. 시선을 다시 모래사장 쪽으로 돌리자, 거기에 거지 같은 옷차림을 한 사나이 하나가 뛰어오고 있었다. 뛰어오면서 뭐라고 외치고, 외치면서 발이 모래에 걸려 뒹군다. 자기를 팔아넘긴 사나이다.

기치지로는 쓰러졌다간 다시 일어나고 큰 소리로 뭐라고 외치고 있다. 욕지거리같이 들리기도 하고 울음소리같이 들리기도 하지만, 뭐라고 하는 소리인지 신부는 알 수가 없었다. 그를 미워하거나 원망할 기분은 들지 않았다. 머지않아 언젠가는 이렇게 체포되리라는 체념 비슷한 감정이 마음속을 지배하고 있었던 것이다. 기치지로는 따라올 수 없다는 것을 알았는지 바닷가에 말뚝처럼 선 채 이쪽을 보고 있다. 그 모습이 저녁 안개 속에서 차츰 작아져 갔다.

밤이 되어 어떤 포구 안으로 들어섰다. 잠들었던 그가 가늘게 눈을 떠보니 지금까지의 파수꾼들은 거기서 내리고 그 대신 다른 사나이 셋이 배에 올랐다. 파수꾼과 사나이들은 탁음이 많은 지방 사투리로 서로 얘기를 주고받았다. 지쳐 떨어진 그는 그 일본말을 알아들으려고 노력하는 것도 귀찮아져 다만 이 사람들

의 대화 가운데 '나가사키'라든가 '오무라'라는 말이
섞이는 것을 듣고 아마 자기가 끌려가는 곳도 그 나가
사키나 오무라인 모양이구나 하고 막연하게 짐작했
다. 오두막 집에 있을 때는, 저 외눈박이 사나이라든
가 참외를 준 여자의 운명을 위해 기도를 드릴 힘이
그래도 있었는데, 지금은 남을 위해서는 물론 자기를
위해서도 기도드릴 힘이 없었다. 어디로 끌려가건 앞
으로 무슨 일을 당하건 이제는 그런 것도 생각하고 싶
지 않았다. 눈을 감고 그는 다시금 잠이 들었다가 가
끔 눈을 뜨고는 단조로운 노 젓는 소리를 들었다. 한
사나이가 노를 젓고 다른 두 사람은 음산한 표정을 짓
고 묵묵히 웅크리고 앉아 있었다. "주님, 모든 것을
뜻대로 하소서." 하는 기도를 그는 잠꼬대처럼 중얼
대었다. 그러나 지금 자기가 빠져 있는 감정은 많은
성인들이 섭리대로 하느님께 자기를 맡기려 한 것과
얼핏 보아 비슷하긴 하지만 본질적으로는 다르다고
생각했다. '정말로 이래서는 안 된다. 너는 조금씩 신
앙마저 잃어가고 있는 게 아닌가?' 하는 목소리가 머
릿속에 들려왔는데 지금은 그 목소리를 듣는 것도 괴
로웠다.

"여기가 어디요?"

몇 번째인가 눈을 떴을 때 그는 목쉰 소리로 세 명
의 새로운 파수꾼들에게 물었는데, 상대편은 겁을 집

어먹은 듯 굳은 몸을 하고서 대답도 하지 않는다.

"여기가 어디요?"

다시 한 번 큰 소리로 물었다.

"요코세우라."

한 사람이 귀찮은 듯 작은 소리로 대답했다. 요코세우라라는 지명은 바리냐노 신부한테서 여러 번 들었던 곳이다. 프로이스 신부와 아르메이다 신부 등이 이 부근의 영주로부터 허락을 받고 건설한 항구로서 그때까지 히라도만을 이용했던 포르투갈 선박은 이후 이 항구를 이용하게 되었다. 언덕 위에는 예수회 성당이 서고, 신부들은 그 언덕에다 커다란 십자가를 만들었다. 그 십자가는 먼 바다를 며칠씩 걸려 간신히 이 나라에 도착한 선교사들에게 배 위에서도 똑똑하게 보일 만큼 큰 것이었다. 부활절에는 이곳 주민들도 손에 촛불을 들고 그 언덕까지 노래를 부르며 행렬을 했다고 한다. 영주까지도 이곳에 자주 들러, 결국은 세례를 받았다.

신부는 배 위에서 그 요코세우라라는 마을과 항구를 찾았지만, 바다도 육지도 칠흑 같은 어둠 속에 파묻혀 등불 하나 보이지 않는다. 어디에 마을과 집이 있는지 알 수 없었다. 하지만 어쩌면 이곳에도 도모기나 고토의 부락같이 신자들이 비밀히 숨어 살고 있을지도 모른다. 지금 바다를 지나가고 있는 이 작은 배

안에, 개처럼 한 신부가 부들부들 떨며 웅크리고 있다
는 것을 그들은 알고 있을까? 신부가 파수꾼에게 요
코세우라가 어느 쪽이냐고 묻자 노를 젓고 있는 사나
이가 한동안 망설이다가 대답했다.

"그 섬에는 아무것도 없어요."

마을은 불타버리고, 그때까지 살고 있던 사람들은
모두 쫓겨났다는 것이다. 뱃전에 파도가 둔중한 소리
를 내며 부딪혀 오는 것 외엔 바다도 육지도 죽은 듯
이 침묵을 지키고 있었다. "당신은 왜 모든 것을 그냥
내버려 두셨습니까?" 하고 신부는 가냘픈 소리로 말
했다. '우리가 당신을 위해 만든 마을까지도 당신은
왜 불타도록 내버려 두셨습니까? 사람들이 내쫓길 때
에도 당신은 그들에게 용기를 주시지 않고, 이 어둠처
럼 왜 그저 침묵만 지키고 계셨습니까? 왜? 그 왜라는
이유만이라도 가르쳐 주십시오. 우리는 당신이 시련
을 위해 나병에 걸리게 한 욥처럼 강한 인간이 못 됩
니다. 욥은 성자입니다만 신자들은 가난하고 약한 인
간에 불과하지 않습니까? 시련에도 견딜 수 있는 한
계가 있습니다. 그 이상의 고통을 더는 내려주지 마십
시오.' 신부는 기도를 드렸으나 바다는 여전히 냉랭하
고 어둠은 완강하게 침묵만 계속 지키고 있었다. 오직
들려오는 것은 단조롭게 되풀이되는 둔중한 노 젓는
소리뿐이었다.

'나는 끝내 파멸되고 마는 것일까?' 하고 그는 부들부들 떨며 생각했다. 은총이 자기에게 용기와 기력을 가져다주지 않는다면 이 이상 더는 견뎌내지 못할 것만 같았다. 이윽고 노 젓는 소리가 그치고 한 사나이가 육지를 향해 소리쳤다.

"누구시오?"

이쪽 배는 멈추었는데 어디선가 노 젓는 소리가 들려온다.

"밤낚시겠지, 내버려 두게. 내버려 둬."

지금까지 잠자코 있던 두 사나이 중 늙은 사나이가 말했다.

"거 누구요, 뭣하고들 있소?"

밤낚시질을 하느라 노 젓던 소리가 그치고 가냘프게 대답하는 소리가 들렸다. 신부는 그 목소리를 어디서 들은 듯한 기분이 들었다. 그러나 그 가냘픈 목소리를 어디서 들었는지 생각이 나지 않았다.

새벽녘에 오무라에 닿았다. 우윳빛 안개가 차츰 걷히자 육지 한 모퉁이에 숲으로 둘러싸인 성곽의 흰 벽이 피로한 눈에 비쳤다. 성곽은 아직도 짓고 있는 중인 듯 통나무로 엮은 발판이 남아 있었다. 숲 위를 까마귀 떼가 가로지르며 날아간다. 그리고 성곽 뒤에 초가집들이 빽빽하게 들어서 있다. 처음으로 보는 거리의 모습이었다.

주위가 훤히 밝은 뒤 비로소 깨달은 것이지만, 함께 배를 타고 온 세 명의 파수꾼은 모두가 굵다란 몽둥이를 발아래에 놓고 있었다. 만약 신부가 도망치려는 눈치만 보여도 사정없이 바다 속에 처넣으라는 명령을 받았던 게 분명하다.

선창가에는 이미 통소매의 평상복에다 커다란 칼을 찬 무사와 구경꾼들이 잔뜩 모여 있었다. 구경꾼들은 무사한테 야단을 맞아가며 바닷가 언덕에 저마다 앉거나 서서 참을성 있게 배가 도착하기를 기다리고 있었다. 신부가 배에서 내리자 군중은 웅성거리기 시작했다. 무사들의 호위를 받으며 군중 속을 헤쳐 나갈 때, 자기를 괴로운 시선으로 바라보고 있는 몇몇 남녀의 얼굴을 보았다. 그는 침묵을 지켰고 그들도 잠자코 있었다. 신부는 그들 앞을 지나면서 조그맣게 손을 움직여 축복의 표식을 보냈다. 그러자 그들 몇몇의 얼굴이 갑자기 불안스럽게 고개를 떨구고, 시선을 피하는 자도 있었다. 그는 지금 꼭 다물고 있는 그 입에다 조그마한 성체를 넣어주어야 마땅할 것이다. 그러나 지금의 그에게는 미사를 올릴 성작(미사 때 쓰는 잔)도 포도주도 제대도 없다.

안장 없는 말 등에 태워지고, 손목이 밧줄로 묶였을 때 군중 속에서 비웃는 소리가 일어났다. 오무라는 도시라 해도 초가집이 많은 곳으로 오늘날까지 그가 본 부락과 별로 다를 바가 없었다. 생머리를 늘어뜨리고 통소매 저고리에 허리에는 주름치마를 두른 맨발의 여인들이 생선류와 장작, 야채 등을 길에 늘어놓고 서 있는 것이 새로워 보일 뿐이었다. 군중 속에서 스이칸(水干: 옛날 사냥할 때 입던 옷)에다 하카마(袴: 가랑이가 넓은 일본옷의 하의)를 걸친 비파 타는 사람과 검정물을 들인 옷을 입은 중이 그를 쳐다보고 욕설을 퍼부었다. 길은 좁고 길었고, 그의 얼굴엔 가끔 아이들이 던지는 돌이 스쳐 지나가기도 했다. 만약 바리냐노 신부의 말이 틀림없다면 이 오무라는 선교사들이 선교에 가장 힘을 쏟은 지방이다. 많은 교회가 세워지고 신학교도 있고, 무사부터 농부에 이르기까지 "열심히 얘기를 들었다."고 프로이스 신부가 편지로 써 보낸 거리였다. 영주까지도 독실한 신자가 되고 그의 일족들도 거의 개종했다고 들었다. 그러나 지금 아이들이 돌을 던지고, 중이 더러운 침과 함께 욕설을 퍼부어도 경호하는 무사들은 조금도 그것을 말리지 않는다.

길은 바다를 끼고 나가사키로 향해 있었다. 스즈타라는 마을을 지날 때 이름 모를 흰 꽃이 가득 피어 있는 농가가 하나 있었다. 무사들은 말을 멈추고, 도보로 뒤따르는 사나이에게 명하여 물을 가져오게 해서 그것을 신부에게 먹였다. 그러나 물은 입 밖으로 흘러내려 그의 여윈 가슴을 적실 뿐이었다.

"저것 좀 봐, 몸도 크지?"

여자들은 아이들의 옷소매를 잡아당기며 그를 조소했다. 다시금 일행이 천천히 출발하기 시작했을 때 그는 뒤를 돌아보았다. 이젠 저 흰 꽃이 피어 있는 나무를 볼 수 없게 되었구나, 하는 서글픔이 갑자기 솟아올랐던 것이다. 에보시(烏帽子: 무사가 쓰는 모자의 한 가지)를 벗어 땀을 씻고 있는 무사들은 모두가 머리를 차센가미(茶筅髮: 머리를 짧게 잘라 뒤에서 묶어 늘어뜨린 머리) 모양으로 땋아 늘어뜨리고 허벅지를 드러낸 채 말에 올라타 있고, 그 뒤에 활을 든 대여섯 명의 포졸들이 시끄럽게 얘기를 하면서 따르고 있었다. 하얗게 구부러지고 있는 지나온 길로 한 거지가 지팡이를 짚고 따라오는 것이 보였다. 기치지로였다. 저 바닷가에서 배를 전송하고 있던 때와 마찬가지로 그는 지금도 입을 벌리고 흐느적흐느적 걷고 있었다. 신부가 이쪽을 돌아본 것을 깨닫자 그는 황급히 나무 그늘 뒤로 숨었다. 자기를 팔아넘긴 사나이가 무엇 때문에 여기까지 뒤쫓아 오고 있는지 이해할 수가 없었다. 그러나 오늘 새벽 밤바다에서 낚싯배를 타고 쫓아온 것도 기치지로가 아닐까 하는 생각이 갑자기 신부의 가슴을 스쳤다.

흔들거리는 말 위에서 그는 가끔 바다를 그 움푹 파인 눈으로 멍하니 바라보았다. 바다는 오늘 음산하고 검게 번뜩이고 있었다. 커다란 섬이 수평선에 회색의 모습을 드러내고 있었는데 그것이 과연 어제까지 그가 헤매고 있던 섬인지 아닌지 알 수가 없었다.

스즈타를 지나고 나니 길에 왕래하는 사람들의 수효가 점점 많아졌다. 소 등에다 짐을 실은 상인들, 커다란 갓을 깊숙이 눌러쓰고 행전을 친 나그네, 도롱이나 삿갓을 쓴 사나이, 그리고 장옷에다 원뿔형의 삿갓을 쓴 여자들이 행렬을 보자 놀란 듯이 길가에 멈춰서서, 무슨 신기한 구경거리라도 보듯 얼빠진 얼굴로 가만히 바라보고 있었다. 밭에서 일하던 농부들이 괭이를 내던지고 이쪽으로 곧장 달려올 때도 있었다. 전에는 관심이 있었던 이 나라 사람들의 복장이나 모습도, 이미 지칠 대로 지쳐버린 마음에는 아무런 흥미도 끌지 못했다. 그는 다만 눈을 감고 매일 저녁 수도원에서 바치던 '십자가의 길' 기도를 마른 입술을 움직여 중얼거리고 있었다. 그 기도는 성직자나 신자라면 누구나 알고 있는, 수난받는 그리스도의 고통을 일일이 마음속에 회상케 하는 기도다. 성전의 문을 나서서 골고타로 향하는 언덕길을 그분이 십자가를 짊어지고 한 걸음 한 걸음 비틀거리며 걸었을 때, 수많은 군중은 그 뒤를 호기심에 사로잡혀 따라왔다. "예루살렘의 딸들아, 나 때문에 울지 말고 너희와 너희 자녀들 때문에 울어라." 신부는 그 성경 구절을 기억했다. 신부는 십 몇 세기 전에 그분도 또한 지금 자기가 느끼고 있는 이 슬픔의 전부를 마른 입술로 맛보았을 것이라고 생각했다. 그 교류의 감정은 달콤한 물처럼 그의 마음을 적셔주고 흔들어 주었다.

"Pange lingua(자, 노래를 부르라, 나의 혀여)." 그는 말 위에서 뺨에 눈물이 흘러내림을 느꼈다. "Bella Premunt hostilia, Da robur, fer auxilium…(원수를 누르시고, 힘과 도움을 주소서…)." 나는 무슨 일이 있더라도 배교하지 않을 것이다.

정오 조금 지나 이사하야라는 거리를 지났다. 여기엔 깊은 도랑을 사이에 두고 흙을 돋워 담을 쌓은 저택이 초가집들에 둘러싸여 세워져 있었다. 어느 집 앞에 왔을 때, 칼을 찬 사나이들이 행렬 속의 무사에게 인사를 하더니 커다란 밥그릇 둘을 가져왔다. 무사들이 밥을 먹고 있는 동안 신부는 비로소 말에서 내려져 나무에 개처럼 매였다. 근처에는 머리를 산발한 거렁뱅이들이 웅크리고 앉아 짐승같이 반짝이는 눈으로 가만히 그를 바라보고 있었다. 이제는 그들에게 미소를 던져줄 힘도 없었다. 누군가가 그의 앞에다 다 뚫어진 바구니에 좁쌀밥을 담아서 갖다 놓았다. 멍하니 얼굴을 들어보니 그는 기치지로였다.

기치지로는 거렁뱅이들 옆에 같이 쭈그리고 앉아 가끔 이쪽을 살피듯 시선을 보냈다. 그러다가 시선이 부딪치면 얼른 얼굴을 돌렸다. 그 얼굴을 신부는 강한 시선으로 바라보았다. 바닷가에서 보았을 때는 이 사나이를 미워할 마음이 일어나지 않을 만큼 지쳐 있었지만, 지금은 이 사나이에게 아무리 해도 관대해질 수 없었다. 초원에서 마른 물고기를 먹은 뒤에 일어난 갈증이, 끓어오르는 분노와 함께 갑자기 그의 마음에 되살아났다. "가라, 가서 네가 하려는 일을 어서 하여라." 그리스도께서도 자기를 배반한 유다에게 이와 같은 분노의 말을 던졌었다. 그 말의 뜻이 신부에겐 오랫동안 그리스도의 사랑과는 모순되는 것처럼 느껴져 왔지만, 지금 쭈그리고 앉아서 매 맞은 개처럼 겁먹은 표정을 가끔 이쪽으로 보내고 있는 사나이를 보자, 마음속 깊은 데서 참혹한 감정으로 솟아올랐다. '가라! 가서 네가 하려는 일을 어서 하여라.' 하고 그는 마음속으로 꾸짖었다.

밥을 다 먹고 난 무사들이 다시금 말에 올라탔다. 신부도 말에 태워지고 일행은 천천히 움직이기 시작했다. 또다시 중들이 욕설을 퍼붓고, 아이들이 돌을 던졌다. 소 등에 짐을 실은 사나이라든가 행전을 친 나그네들이 놀란 듯이 무사를 올려다보고 신부를 바라보았다. 모든 것이 조금 전과 다름없었다. 뒤를 돌아보니 일행에서 조금 떨어져서 기치지로가 지팡이를 짚고 따라왔다. '가라.' 하고 신부는 마음속으로 외쳐

댔다. '가라!'

2

하늘은 흐리고, 구름이 천천히 오센다케御仙岳의 봉우리 위를 흐르는, 넓은 들로 나왔다. 센소쿠노千束野라 불리는 광야이다. 관목이 땅을 덮듯 여기저기 무성한 외에는 흑갈색의 땅이 어디까지나 펼쳐져 있을 뿐이다. 무엇인가 서로 의논을 주고받던 무사는 포졸들에게 명하여 신부를 말에서 내리게 했다. 두 손을 묶인 채 오랜 시간 말 위에 흔들리며 왔기 때문에 땅에 내려졌을 때 넓적다리에 통증을 느껴 그 자리에 웅크리고 앉아버렸다.

무사 하나가 기다란 담뱃대를 꺼내 담배를 피웠다. 일본에서 담배를 본 것은 이때가 처음이었다. 이 무사는 서너 모금 입을 뾰족이 하여 연기를 내뿜고는 담뱃대를 동료에게 넘겨주었는데, 그동안 포졸들은 그것을 부러운 듯 가만히 바라보고 있었다.

오랫동안 일동은 서기도 하고 바위에 앉기도 하면서 남쪽 방향을 바라보고 있었다. 바위 뒤에서 오줌을 누는 사람도 있었다. 북쪽 하늘은 아직 파란 하늘이 구름 사이로 보이지만, 남쪽은 이미 황혼의 구름으로 덮이기 시작했다. 신부는 가끔 자기네들이 방금 지나온 길로 눈길을 보냈지만, 어디서 처졌는지 기치지로의 모습은 거기에 없었다. 아마 도중에 일행을 쫓는 것을 그만두고 돌아간 것이 틀림없었다.

이윽고 파수꾼들이 "왔다, 왔다." 하고 외치며 남쪽 방향을 손으로 가리켰다. 그 방향에서 이쪽과 마찬가지로 말 탄 무사와 걷는 사나이들 일행이 천천히 다가오고 있는 것이 보였다. 담배를 피우고 있던 사나이는 곧 말에 올라타 그 방향으로 전속력으로 달려가더니 마상에서 서로 고개를 숙여 인사를 나누었다. 신부는 자기가 여기서 새로운 일행에게 넘겨진다는 것을 알았다.

얘기가 끝나자, 오무라에서 신부를 호송해 온 사람들은 말 머리를 돌려 아직도 해가 있는 북쪽 길로 사라져 갔다. 신부는 나가사키에서 그를 인수하러 온 사람들에게 에워싸여 다시금 안장 없는 말에 태워졌다.

옥사는 잡목림에 둘러싸인 언덕 비탈에 있었다. 지은 지 얼마 안 되는 듯 새로운 흙담집이긴 하지만, 안쪽은 세로 3야드, 정면의 길이는 4야드, 천장의 높이는 7피트 정도였다. 빛이 들어오는 곳은 조그마한 격

자창과, 겨우 나무쟁반 하나가 간신히 통과할 정도의 칸막이 판자에 뚫린 조그마한 구멍뿐인데 이곳으로 하루에 한 번 식사가 들어왔다. 여기에 도착했을 때와 두 번쯤 취조를 받을 때 신부는 옥사 밖을 보았는데, 바깥에는 죽창을 안쪽으로 향해 세워놓은 울타리가 엄중히 쳐 있고, 다시 그 밖에 파수꾼들이 사는 납작한 초가집이 보였다.

여기 들어올 때 신부 이외에는 아직 죄수가 없었다. 하루 종일, 저 섬의 오두막집에서와 마찬가지로 어둠 속에 가만히 앉아 그는 파수꾼들 얘기소리에 귀를 기울였다. 파수꾼들도 가끔 심심풀이 삼아 그에게 말을 걸어오는 수가 있었다. 이곳이 나가사키의 소토마치外町라는 것은 그들이 가르쳐 주어 알았지만, 이 소토마치가 거리의 중심지로부터 어느 쪽에 위치해 있는지는 알 수 없었다. 다만 낮에는 인부들의 떠들썩한 소리와 나무를 깎는 소리, 못을 박는 소리 등이 멀리서 들려와, 이 부근이 신개지임을 대강 짐작했다. 밤이 되면 잡목림 속에서 산비둘기 울음소리가 들렸다.

그런데도 이 옥사 안은 이상하리만큼 평화와 고요에 차 있었다. 산속을 방황하던 때의 불안이나 초조감은 먼 옛날 이야기처럼 느껴졌다. 내일 자기가 어떻게 될지조차 예측할 수 없지만 불안은 거의 없었다. 파수꾼한테 튼튼한 일본 종이와 끈을 조금 얻어 그것으로 묵주를 만들어, 거의 하루 종일 기도를 드리지 않으면 성경 구절을 되씹는 일로 보냈다. 밤에는 마룻바닥에 누운 채 눈을 감고 잡목림에서 우는 산비둘기 소리를 들으며 머릿속에 그리스도의 생애를 한 장면 한 장면씩 그려보았다. 그리스도의 얼굴은 그가 어려서부터 자기의 모든 꿈과 이상을 내맡긴 얼굴이다. 산 위에서 군중에게 말씀하시는 그리스도의 얼굴, 황혼 무렵 갈릴래아 호수를 거니는 그리스도의 얼굴, 그 얼굴은 고문을 받을 때에도 결코 아름다움을 잃지 않고 있다. 부드러운, 사람의 마음속을 꿰뚫는 맑은 눈이 이쪽을 가만히 지켜보고 있다. 누구도 범할 수 없고 모욕을 줄 수 없는 얼굴, 그 얼굴을 생각하면 바닷가의 잔물결이 조용히 모래 속에 스며들듯 불안도 공포도 가라앉아 가는 듯한 기분이 들었다.

이곳에 온 후로 처음으로 맛본 고요한 나날이었다. 신부는 이런 나날이 계속되는 것도 자기의 죽음이 그다지 멀지 않은 증거가 아닐까 하는 생각이 들었다. 그만큼 이런 나날은 조용하고 부드럽게 그의 마음속을 흘러갔다. 아흐레째가 되어 갑자기 밖으로 끌려나왔다. 오랫동안 빛 없는 감옥에 갇혀 있었기 때문에 햇빛이 예리한 칼날처럼 눈에 와서 박혔다. 잡목림 쪽에서 폭포수 같은 매미소리가 들리고, 초소 뒤에 피어 있는 빨간 꽃이 눈에 강렬히 들어왔다. 부랑자처럼 머리도 수염도 길게 자라고 엉덩이의 살도 빠지고, 팔도 철사처럼 가늘어진 것을 새삼스레 느꼈다. 취조를 받으러 가는 줄만 알았는데, 그대로 파수꾼들의 오두막집으로 끌려가 미닫이로 둘러친 마루방에 넣어졌다. 무엇 때문에 자기가 이곳으로 옮겨졌는지는 알 수가 없었다.

이유를 알게 된 것은 다음날이었다. 갑자기 파수꾼들의 노기 띤 소리가 주위의 정적을 깨고, 몇 명의 남녀가 옥문 쪽에서 안마당으로 끌려 들어오는 혼잡한 발소리가 들려왔다. 그들은 어제까지 그가 갇혀 있던 그 캄캄한 옥사 안에 넣어졌다.

"그렇게 하면 때린다."

파수꾼들은 고함을 질러대고, 죄수들이 반항하고 있었다.

"조용히 못 해? 정말 조용히 못 하겠어?"

파수꾼들과 죄수들의 말다툼이 한동안 계속되었는데, 이윽고 그것도 조용해졌다. 저녁 무렵 옥사 쪽에서 갑자기 그들의 합송하는 기도소리가 들려왔다.

"하늘에 계신 우리 아버지, 아버지의 이름이 거룩히 빛나시며, 아버지의 나라가 오시며, 아버지의 뜻이 하늘에서와 같이 땅에서도 이루어지소서.

오늘 저희에게 일용할 양식을 주시고, 저희에게 잘못한 이를 저희가 용서하오니 저희 죄를 용서하시고,

저희를 유혹에 빠지지 않게 하시고, 악에서 구하소서. 아멘."

저녁 안개 속에 그들 남녀의 목소리는 분수처럼 치솟았다가 사라져 가고 있었다.

"저희를 악에서 구하소서."

합송하는 그 목소리에는 일종의 비애와 신음하는 듯한 가락이 섞여 있었다. 움푹 들어간 눈을 껌벅거리며 신부는 자기도 그 소리에 맞추어 입술을 움직였다. 당신은 침묵을 지키고 계시지만, 언제까지나 잠자코 계실 수는 없을 것이다.

다음날 신부는 파수꾼에게 저 죄수들을 방문해도 좋겠느냐고 물었다. 파수꾼들이 망을 보는 가운데 죄수들은 안마당에서 밭을 갈고 있었기 때문이다.

안마당으로 나오니 힘없이 괭이를 휘두르고 있던 대여섯 명의 남녀가 깜짝 놀란 듯이 이쪽을 돌아보았다. 그들의 모습은 낯이 익었다. 빛바랜 누더기 농군 옷도 기억이 있었다. 다만 이쪽을 돌아본 그들의 얼굴은 캄캄한 감옥 속에 갇혀 있었기 때문인지 사나이들은 수염도 머리도 자랄 대로 자라고, 여자들의 얼굴은 새하얗다.

"아이고머니나."

그중의 한 여인이 외쳤다.

"신부님이시군요? …우린 통 모르고 있었어요."

그 여인은 그날 품 안에서 참외를 꺼내준 여자이다. 그 옆에 거지꼴이 되어 있는 외눈박이 사나이도 누런 덧니를 보이면서 붙임성 있게 웃었다.

그날부터 그는 파수꾼의 허락을 얻어 아침과 저녁 두 차례 이 신자들의 옥사를 방문했다. 이때는 아직 파수꾼도 관대했는데, 신자들이 결코 소동을 일으키지 않는다는 것을 잘 알고 있었기 때문이다. 포도주와 빵이 없어 미사는 올리지 못했지만 그 대신 신부는 신자들과 사도신경과 주님의 기도, 성모송을 합송하고, 그들에게 고해성사를 주었다.

"너희는 제후들을 믿지 마라, 구원을 주지 못하는 인간을. 그 얼이 나가면 흙으로 돌아가고 그날도 그의 모든 계획도 사라진다. 행복하여라, 야곱의 하느님을 도움으로 삼는 이, 자기의 하느님이신 주님께 희망을 두는 이!"

구약의 말씀을 그들에게 들려줄 때, 기침소리 하나 내지 않고 일동은 조용히 귀를 기울였다. 파수꾼도 잠자코 듣고 있었다. 지금까지 아무 생각 없이 읽어온 이 거룩한 말씀을 이때만큼 신자들을 위해서나 자기를 위해서 진심을 담아 외워본 적은 없었다. 말씀 한마디 한마디가 새로운 뜻과 무게를 가지고 가슴을 파고들었다.

"행복합니다. 이제부터 하느님을 위해 목숨을 버리

는 사람⋯."

여러분들은 이제 더 이상 고난을 겪는 일은 없을 것이라고 신부는 열의를 담아 말했다. 주님은 언제까지나 여러분들을 내버려 두시지 않을 것이다. 주님은 우리의 상처를 씻어주시고, 그 피를 닦아주실 손을 갖고 계신다. 주님은 언제까지나 잠자코만 계실 수 없을 것이다.

저녁이 되자 신부는 죄수들에게 고해성사를 주었는데, 고해소가 없어서 음식을 내가고 들여오는 구멍에다 귀를 대고, 상대가 조그마한 소리로 속삭이는 고백을 들었다. 그동안 다른 사람들은 되도록 방해되지 않도록 한구석에 모여 앉아 있었다. 도모기 마을 이래, 자기가 성직자로서 임무를 다할 수 있었던 곳은 이 감옥 안이라고 생각하니, 이곳에서의 생활이 언제까지나 계속되었으면 하고 속으로 바랐다.

고해성사를 마치면 그는 포졸에게서 얻은 종이에다 마당에서 주운 닭의 깃을 이용하여, 상륙 이래의 추억을 조금씩 적어 나갔다. 이것이 과연 포르투갈에 도착될지 어떨지는 물론 알 수 없다. 혹시 신자 중 한 사람이 그것을 어쩌면 나가사키에 있는 중국인에게 건네줄지도 모른다. 그것만을 한 가닥 희망으로 삼고 붓을 움직였다.

밤에, 어둠 속에 앉아 신부는 잡목림에서 우는 산비

둘기 소리를 듣고 있었다. 그때 가만히 자기를 주목하고 있는 그리스도의 얼굴을 느꼈다. 파랗게 맑은 눈이 위로하듯 이쪽을 바라보셨는데, 그 얼굴은 조용하지만 자신이 넘쳐흐르는 얼굴이었다.

"주님, 당신은 우리를 더 이상 내버려 두시진 않을 테지요?"

신부는 그 얼굴을 바라보며 속삭였다.

그러자

'나는 너희들을 버리진 않는다.'

라는 대답을 들은 듯한 기분이 들어 머리를 흔들고 확인하려 귀를 기울였지만 역시 산비둘기 소리밖에 들리지 않았다. 어둠은 깊고 짙었다. 그러나 신부는 자기 마음이 한순간이지만 말끔히 씻긴 듯한 느낌이 들었다.

어느 날 파수꾼이 자물쇠 소리를 내며 문을 열고 얼굴을 내밀면서

"옷을 갈아입으시오."

하며 의복 한 벌을 마룻바닥에 놓았다.

"보시오, 새 옷이오. 짓토쿠(十德: 옛날 옷의 한 가지)와 무명 속옷, 모두 당신 거요."

짓토쿠란 불교의 중들이 입는 옷이라고 파수꾼은 그에게 알려주었다.

신부는 살이 빠진 볼에 미소를 띠고 말했다.

"고맙습니다. 그러나 도로 가져가 주십시오. 나는 아무것도 필요 없습니다."

"받지 않겠다고요, 받지 않겠다고요?"

파수꾼은 어린애처럼 고개를 저으면서 탐이 나는 듯 의복을 바라보며 말했다.

"관아에서 주는 건데…."

자기가 입고 있는 홑옷과 그 새 옷을 비교해 보며 신부는 관리들이 왜 자기에게 중옷을 주는가 생각해 보았지만, 죄수에 대한 관리들의 동정이라고 받아들여야 할지 아니면 다른 책략이라 해야 할지 알 수가 없었다. 그러나 어쨌든 이 의복에 의해 자기와 관아가 오늘부터 관계를 갖기 시작한 것이다.

"빨리, 빨리. 곧 관리들이 도착합니다."

파수꾼은 재촉했다.

이렇게 빨리 취조를 받게 되리라고는 생각지 못했다. 그는 그 장면을 매일 마치 빌라도와 그리스도의 그것처럼 극적으로 상상하고 있었다. 군중이 외치고, 빌라도는 난처한 입장에 빠지고, 그리스도는 침묵한 채서 있었다. 하지만 여기서는 매미 한 마리가 아까부터 졸음을 재촉하듯 울고 있을 뿐이었다. 언제나 오후에는 그러했지만 신자들의 옥사도 죽은 듯 고요했다.

파수꾼에게 목욕물을 얻어 몸을 씻고 무명 속옷을

천천히 입었다. 섬유의 기분 좋은 감촉보다는 이 옷을 입음으로써 관아와 타협한 듯한 굴욕감이 살갗을 스쳤다.

안마당에는 몇 개의 승창이 한 줄로 놓였다. 승창의 그림자가 검게 땅에 떨어져 있다. 입구 문을 향해 오른쪽에 꿇어앉아, 무릎 위에 손을 놓고 한참 동안 기다렸다. 그러한 자세에 익숙지 못한 그는 무릎이 아파 진땀을 흘렸으나, 고통스런 얼굴을 관리들에게 보이고 싶지는 않았다. 매를 맞을 때 그리스도가 어떠한 표정을 지었는지 그는 열심히 생각하면서 무릎의 아픔을 잊으려 했다.

이윽고 말과 시종인들의 발소리가 들리자 파수꾼들도 함께 땅에 무릎을 꿇고 머리를 숙였다. 몇 사람의 무사가 거드름을 피우며 부채질을 하면서 안마당으로 들어왔다. 그 무사들은 무엇인가 서로 얘기하면서 별로 이쪽은 거들떠보지도 않고 지나가더니 귀찮다는 듯 각각 승창에 걸터앉았다. 파수꾼이 허리를 굽힌 채 물주전자를 갖다 놓자 그들은 끓인 맹물을 천천히 마셨다.

휴식이 끝나자 오른쪽 끝에 앉은 무사가 파수꾼을 보고 말을 걸었다. 그리고 신부는 다섯 개의 승창 앞에 아픈 무릎을 절룩거리면서 끌려 나왔다.

마당 뒤 나무에서는 여전히 매미 한 마리가 울고 있

었다. 땀이 등으로 흘러내리는 것이 느껴졌다. 그 등으로 집중되고 있는 수많은 시선도 아프도록 느꼈다. 지금 옥사 안에서 신자들은 자기와 관리들의 일문일답을 가만히 들으려 하고 있음이 분명했다. 이노우에와 그 밖의 관리들이 취조 장소를 일부러 이곳에다 정한 이유도 확실히 알 수 있었다. 그가 궁지에 빠지고 설득당해 가는 모습을 저 농부들에게 보여주기 위해서인 것이다. '영광이 성부와 성자와 성령께.'라고 기도하면서 눈을 감고 두 볼에 미소를 띠려고 노력했지만 얼굴은 도리어 탈바가지처럼 굳어지는 것을 스스로도 알 수 있었다.

"지쿠고노가미 님은 신부가 편안한지 염려하고 계시니… 불편한 점이 있으면 말해 보도록…."
하고 오른쪽 끝에 앉은 무사가 열심히 포르투갈어로 말했다.

신부는 침묵한 채 머리를 숙였다. 얼굴을 들자 다섯 개의 승창 중 한가운데 앉아 있는 늙은이와 시선이 마주쳤다. 그는 신기한 장난감을 얻어 가진 어린애처럼 호기심과 부드러운 미소를 띠고 그를 보고 있었다.

"국적은 포르투갈, 이름은 로드리고. 마카오에서 이 나라로 건너왔다는데 그게 사실인가?"

이미 두 번씩이나 다른 관리가 통역을 데리고 이곳에 찾아와 조사해 간 조서를 보며 묻자 오른쪽에 앉은 무사는 감동된 표정으로 말했다.

"신부가 만리타향인 이곳에 갖은 고난을 겪으며 찾아온 그 굳은 의지에 우리는 매우 감동하고 있다. 아마도 오늘까지 고생이 많았을 것이다."

상대방의 말은 부드러웠고, 그 부드러움이 신부 가슴에 아프도록 스며왔다.

뜻하지 않은 관리의 말에 긴장돼 있던 마음이 갑자기 허물어졌다. 국적이나 정치라는 제약만 없다면 우리는 서로 손을 맞잡고 오순도순 얘기할 수도 있지 않을까 하는 감상에까지 빠져들었다. 그러면서도 그런 감정으로 기울어진 자기를 위험하다고 생각했다.

"신부의 신앙 자체의 옳고 그름을 문제삼으려는 것이 아니다. 에스파냐와 포르투갈, 기타 여러 나라에서는 신부의 신앙이 확실히 옳은 믿음일지 모르지만, 우리가 그리스도교를 금지하고 있는 것은, 깊이 생각해본 결과 그 신앙이 오늘 이 나라에는 무익하다고 생각되기 때문이다."

통역은 곧 본론으로 들어갔다. 정면에 앉은 귀가 큰 노인은 여전히 신부를 동정하는 듯이 내려다보고 있었다.

"옳다고 하는 것은 우리 생각으로는 보편적인 것입니다."

신부는 그 노인 쪽으로 간신히 미소를 보내면서 계

속해서 말했다.

"조금 전에 통역께선 나의 고생을 위로해 주는 말씀을 했습니다. 만리의 바다를 건너 오랜 세월을 거쳐서 이 나라에 찾아온 데 대해 따뜻한 위로의 말씀을 해주셨습니다. 하지만 만약 옳은 일이 보편적이 아니라는 생각이 있다면 어떻게 이런 고생을 많은 선교사들이 견뎌왔겠습니까? 옳은 일은 어떠한 나라, 어떠한 시대에도 통하기 때문에 옳다고 할 수 있습니다. 포르투갈에서 옳은 가르침은 또한 일본에서도 옳은 것이 아니면 안 됩니다."

통역은 군데군데 말이 막혔지만, 인형처럼 무표정하게 그 말을 다른 네 사람에게 전했다.

정면에 앉은 노인만이 마치 신부의 말에 동의하는 듯 몇 번이고 고개를 끄덕여 주었다. 고개를 끄덕이면서 왼손으로 다른 한쪽 손바닥을 천천히 문지르고 있었다.

"신부들은 모두 비슷한 말을 한다. 하지만 어떤 땅에서는 잘 자라는 나무도 토지가 바뀌면 시드는 수가 있다. 그리스도교라는 나무가 다른 나라에서는 잎도 무성하고 꽃도 피울지 모르지만 우리 일본에서는 잎이 시들고 꽃봉오리 하나 열리지 않는다. 토양의 차이, 물의 차이를 신부는 생각해 본 적이 있는가?"

다른 무사의 말을 통역은 천천히 옮겼다.

신부는 그 무사를 향해 말했다.

"잎이 시들고 꽃봉오리가 열리지 않을 리 없습니다. 내가 아무것도 모르는 줄 아십니까? 내가 머물러 있던 마카오는 물론, 유럽에서도 이 나라에 와 있던 선교사들의 동향을 환히 다 알고 있습니다. 많은 영주들이 선교를 승인했을 때에 이곳의 신자수가 삼십만을 넘었다고 들었습니다만…."

노인은 여전히 몇 번이고 고개를 끄덕이면서 자꾸만 손을 비비고 있었다. 다른 관리들은 얼굴을 딱딱하게 하고 통역의 말을 듣고 있는데, 이 사람만 마치 신부 편인 것 같았다.

"만약 잎이 자라지 않고 꽃도 피지 않는다면 그것은 비료를 주지 않았기 때문입니다."

조금 전까지 울고 있던 매미소리는 그쳤지만 오후의 햇볕은 더욱 뜨거워지고 있었다. 관리들은 난처한 듯 입을 다물고 있었다. 신부는 배후의 옥사에서 신자들이 이쪽에 귀를 기울이고 있는 것을 느끼며 이 토론에서 자신이 이기고 있다고 생각했다. 쾌감이 천천히 가슴속에 솟아올랐다.

"어째서 이런 설득을 시작했습니까? 당신네들은 내가 무슨 말을 해도 생각을 바꾸지 않을 테지요. 나 역시 내 생각을 고치고 싶지 않습니다."

신부는 눈을 아래로 깔고 조용히 말했다.

이야기하는 동안 감정이 고조되어 감을 느꼈다. 뒤에서 신자들이 보고 있다는 것을 의식하면 할수록 그는 자신이 영웅으로 여겨지는 느낌을 겨우 누르며 말했다.

"결국 무슨 말을 하건 나는 벌을 받게 될 테지요."

통역은 그 말을 기계적으로 상사에게 전했다. 햇빛이 넓적한 그 얼굴을 더욱 넓적하게 보이게 했다. 이때 비로소 노인이 움직이고 있던 손을 멈추고, 마치 개구쟁이 손자를 달래는 듯한 눈초리로 고개를 크게 저었다.

"우리는 이유 없이 신부들을 벌주지 않는다."

"그것은 이노우에 님의 생각이 아니실 테죠. 이노우에 님이라면 즉석에서 형벌을 내릴 테지요."

그러자 관리들은 농담이라도 듣고 있는 듯이 모두 소리 내어 웃었다.

"왜들 웃으십니까?"

"신부님, 그 이노우에 지쿠고노가미 님은 바로 당신 눈앞에 계십니다."

멍하니 그는 노인을 바라보았다. 노인은 어린애처럼 순진한 눈으로 이쪽을 바라보며 다시 손을 문지르고 있었다. 이렇게 자기의 상상을 뒤집어 놓은 상대는 처음이었다. 바리냐노 신부가 악마라 부르고, 선교사들을 속속 배교시킨 사나이를 그는 오늘날까지 창백하고 음산한 사나이로 생각해 왔다. 그러나 눈앞에는 상냥스레 보이는 온화한 인물이 앉아 있었다.

옆자리에 있는 무사에게 두서너 마디 뭐라고 속삭이고는 이노우에 지쿠고노가미는 승창에서 불편한 듯한 태도로 일어났다. 다른 관리들도 각각 그의 뒤를 따르고, 그들은 좀 전에 들어왔던 문으로 나가 자취를 감추었다.

매미가 울기 시작했다. 운모처럼 반짝거리는 오후의 햇빛이 이미 아무도 없는 승창의 그림자를 더욱 짙게 땅에다 떨구었다. 그러자 이유도 없이 신부의 가슴에서 뜨거운 것이 치밀어 오르고 눈에 눈물이 고이는 것을 느꼈다. 그것은 무슨 커다란 일을 치르고 난 뒤의 감정과 비슷했다. 지금까지 조용했던 옥사에서 갑자기 누군가가 노래를 부르기 시작했다.

"어서 가자, 어서 가자.

천당으로 어서 가자.

천당이라고 하지만

굉장히 큰 궁전이라 하지만…."

그가 파수꾼한테 끌려 마루방으로 돌아온 뒤에도 노랫소리는 오랫동안 계속되었다. 적어도 자기는 저 신자들의 마음을 흔들리게 하거나 그들의 신앙을 꺾는 그런 일은 하지 않았다. 자기는 추하고 비겁한 태도를 취하지 않았다고 그는 생각했다.

미닫이 틈으로 새어드는 달빛과 벽에 비친 그림자가, 신부에게 또다시 그분의 얼굴을 생각나게 했다. 그 얼굴은 약간 고개를 숙이고 이쪽을 들여다보고 있는 듯한 느낌을 준다. 그 희미한 얼굴에다 신부는 윤곽을 만들고 눈과 입을 그려보면서 '나는 오늘 훌륭히 해냈습니다.' 하고 아이들처럼 으스대 보았다.

딱딱이 소리가 안마당 쪽에서 들렸다. 포졸이 이 옥사 주위를 저렇게 매일 밤 돌고 있는 것이다.

사흘째, 파수꾼이 신자들 중 남자들만 골라 안마당에다 구덩이 셋을 파게 했다. 햇빛이 내리쬐는 속에서 외눈박이 사나이가(그는 분명히 요한이라고 했다) 다른 사람들과 함께 괭이를 휘두르고 망태기에다 진흙을 담아 운반하고 있는 모습이 미닫이 너머로 보인다. 더위 때문에 팬츠 하나만 입은 요한의 등이 땀으로 강철처럼 번쩍이고 있다.

무엇 때문에 구덩이를 파느냐고 파수꾼에게 물어보니 변소를 만든다는 대답이었다. 깊이 파헤친 구덩이 속에 신자들이 들어가 아무 생각 없이 흙을 밖으로 퍼 올리고 있다.

구덩이 파는 작업 중 한 사나이가 일사병으로 쓰러졌다. 파수꾼들은 고함을 지르며 때리고 했지만 병자는 웅크린 채 몸을 꼼짝도 하지 않는다. 요한과 다른 신자들이 안아서 옥사 안으로 데리고 갔다.

이윽고 파수꾼이 신부를 부르러 왔다. 쓰러진 사나이의 용태가 급변해서 신자들이 신부를 찾고 있다는 것이다. 옥사로 달려가 보니 요한과 모니카, 그 밖의 사람들에게 둘러싸여 병자는 어둠 속에서 회색 바위처럼 누워 있었다.

"이걸 마셔요!"

모니카가 이 빠진 그릇에 담은 물을 그의 입에다 대어줬지만 물은 입 언저리를 약간 적시기만 했을 뿐 목으로 넘어가지를 않았다.

"어렵겠다. 이런 몸으로 언제까지 견뎌낼 수가 있을는지?"

밤이 되자 병자의 호흡이 빨라지기 시작했다. 하루 종일 좁쌀로 만든 경단만 먹은 쇠약해진 몸에 역시 작업은 무리였던 것이다. 신부는 무릎을 꿇고 임종 때 주는 병자성사를 주기 위해 십자성호를 긋자 사나이는 크게 호흡을 했다. 그것이 마지막이었다. 파수꾼은 신자들에게 명하여 시체를 태우려 했지만 신부와 신자들은, 그건 그리스도의 가르침과 어긋난다고 완강히 거절했다. 그리스도교에서는 땅에 묻는 것이 관습이었기 때문이다(교회법은 매장을 장려해 왔으나, 화장을 금하지는 않고 신자들의 선택에 맡기고 있다: 편집자). 사나이는 다음날 아침 그대로 옥사 뒤에 있는 잡목림 속에 묻혔다.

"히사고로는 행복한 사람이야. 이젠 아무 고통도 없이 언제까지나 잠만 잘 수 있으니….."
하고 신자 하나가 부러운 듯 말했다. 다른 사람들은 멍한 시선으로 그 말을 듣고 있었다.

오후, 무더운 공기가 차츰 흔들리는가 싶더니 비가 내리기 시작했다. 비는 그들이 시체를 묻은 잡목림에도 옥사 지붕에도 단조롭고 나른한 소리를 내며 내리고 있었다. 신부는 무릎을 두 손으로 안고서, 관리들이 언제까지 자기를 이런 생활 속에 방치해 둘까 하고 생각했다. 이곳 감옥에선 모든 것이 갖추어져 있는 건 아니지만 파수꾼들이, 소동만 일으키지 않는다면 신자들이 기도하는 것도 또 신부가 그들을 방문하는 것도 편지를 쓰는 것도 묵인하고 있었다. 무엇 때문에 이런 관대함이 허용되고 있는지 이상할 정도였다.

미닫이 너머로 그는 도롱이를 쓴 한 사나이가 파수꾼에게 꾸지람을 듣고 있는 것을 보았다. 도롱이를 걸치고 있기 때문에 누구인지 알 수 없지만 옥사 안에 있는 사람이 아닌 것만은 분명했다. 무엇인가 애원하고, 파수꾼들은 고개를 가로저으며 내쫓으려 하는데 말을 듣지 않는 모양이다.

"그렇게 귀찮게 굴면 때린다!"
하고 파수꾼이 막대기를 휘두르자 그는 들개처럼 재

빨리 문 쪽으로 도망쳤으나, 다시 안마당으로 돌아와 빗속에 가만히 서 있었다. 저녁 무렵이 되었을 때 다시 미닫이 틈으로 내다보니 도롱이를 쓴 사나이는 아직도 끈덕지게 비를 맞으며 움직이지 않고 있었다. 파수꾼들도 체념했는지 이제는 오두막 속에서 나오지도 않는다.

사나이가 이쪽으로 고개를 돌렸을 때 시선이 마주쳤다. 역시 기치지로였다. 공포에 질린 듯한 표정으로 그는 신부 쪽을 바라보고 두서너 걸음 뒷걸음치다가,

"신부님! 신부님, 제 말 좀 들어주세요. 고백을 들어주시는 셈 치고 들어주십시오."

하고 개가 우는 듯한 소리를 내며 말했다.

신부는 창문에서 고개를 돌리고 그 목소리에 귀를 막았다. 마른 물고기 냄새와 그때의 타는 듯 목이 마르던 갈증을 그는 잊을 수가 없었다. 마음으로는 이 사나이를 용서하려고 해도 원한과 노여움은 기억 속에서 사라지지 않는다.

"신부님, 신부님!"

마치 엄마 치맛자락에 매달리는 어린애처럼 애원하는 소리가 계속되었다.

"저는 신부님을 처음부터 쭉 속여왔습니다. 제 말을 듣고 계십니까? 신부님은 저를 경멸하고 계셨어요. …저는 신부님도 다른 신자들도 모두 미워했습니다.

저는 물론 성화도 밟았습니다. 밟고말고요. 모키치나 이치조는 강한 데가 있습니다만 저는 그들처럼 강해질 수가 없는 걸 어찌합니까?"

파수꾼이 참다 못해 막대기를 든 채 밖으로 나가자 기치지로는 도망치면서 계속 부르짖었다.

"하지만 저에겐 저 나름대로 할 말이 있습지요. 성화를 밟은 자에겐 또 그런대로 할 말이 있단 말입니다. 성화를 제가 좋아서 밟은 줄 아십니까? 성화를 밟은 이 발은 아프고 쓰립니다. 정말 못 견디게 아프답니다. 저를 이렇게 약골로 태어나게 해놓고서 강한 자 흉내를 내라고 하느님께선 말씀하십니다. 그건 너무 무리입니다."

그의 고함소리는 가끔 끊어졌다가는 애원하는 소리로 변하고, 그 애원하는 소리는 또다시 울음소리로 변했다.

"신부님, 저 같은 겁쟁이는 어떻게 하면 좋겠습니까? 그때 돈이 탐나서 신부님을 밀고한 게 아닙니다. 저는 그저 포졸들에게 협박을 받았을 뿐이에요…."

"나가지 못해? 빨리 나가라."

파수꾼들이 오두막집에서 얼굴을 내밀며 외쳤다.

"에잇, 귀찮게 굴지 마."

"신부님, 제 말을 들어주세요. 제가 잘못했습니다. 할 수 없어서 그런 짓을 했습니다. 포도 나으리, 나도 그리스도인입니다. 나도 감옥에 넣어주시오."

신부는 눈을 감고 사도신경을 외웠다. 지금 빗속에서 울부짖고 있는 사나이를 그냥 내버려 두는 데는 역시 일종의 쾌감이 따랐다. 그리스도는 유다가 피 밭에서 목을 매달았을 때 유다를 위해 기도하셨을까? 성경에는 그런 얘기는 씌어 있지 않으며, 설사 씌어 있다 하더라도 지금 자기는 그런 기분이 될 수 없었다. 어디까지 이런 사나이를 믿어야 좋을지 알 수가 없다. 저 사나이는 용서를 빌고 있지만 그것도 일시적인 흥분으로 외치고 있는 거라고 생각하고 싶었다.

조금씩 기치지로의 목소리가 조용해지며 사라져 간다. 창틈으로 내다보니 화를 낸 파수꾼이 그의 등을 거칠게 떠밀며 옥사 쪽으로 데리고 가는 것이 보였다.

밤이 되어 비가 그치고, 한 덩어리의 조밥과 소금에 절인 생선이 나왔다. 생선은 이미 썩어서 도저히 먹을 수가 없다. 언제나처럼 신자들의 기도소리가 들려왔다. 파수꾼의 허락을 받아 옥사를 찾아가니 기치지로는 다른 사람들과 떨어진 조그마한 방에 갇혀 있었다. 신자들 쪽에서 기치지로와 함께 지내는 것을 거절한 것이다.

"저 사나이를 조심하셔야 합니다."

신자들은 신부에게 작은 소리로 말했다.

"관아에서는 배교자를 이용해서 우리를 속이려 할

지도 모르니까요.”

관리들은 배교자를 신자들 속에 넌지시 넣어, 교묘히 그 동태를 살피게 하거나 배교를 권하거나 하는 것이다. 기치지로가 또 돈을 받고서 그런 임무를 맡았는지 어떤지는 알 수 없다. 그 사나이를 이제 와서 믿는다는 것은 그에게도 아직은 아무래도 불가능했다.

“신부님, 고해성사를 부탁드리겠습니다. 회심할 수 있는 고해성사를 부탁드립니다.”

신부가 그곳에 온 것을 알고 기치지로는 또다시 어둠 속에서 외쳐댄다.

회심이란 한 번 배교한 자가 다시 한 번 신앙으로 돌아서는 것을 가리킨다. 그 소리를 듣자 신자들은 조소를 하며 말했다.

“말 잘한다. 실컷 하라고 해. 뭣 때문에 여기 왔다지? 거짓말쟁이 같으니라구.”

그러나 신부에겐 고해성사를 거절할 권리가 없다. 고해성사를 요구해 올 때 자신의 감정에 따라 그것을 승낙하거나 거절해서는 안 된다. 내키지 않는 마음으로 그는 기치지로가 있는 곳까지 다가갔다. 손을 들어 축복의 표시를 해주고, 의무적으로 기도문을 외우면서 귀를 가져다 대었다. 구린내 나는 입김이 얼굴에 다가왔을 때, 이 사나이의 누런 이와 교활한 눈이 어둠 속에서도 떠올랐다.

"제 말을 들어주십시오, 신부님. 저는 배교자입니다. 하지만 십 년 전에만 태어났더라면 얼마나 좋았을까요. 그리스도교 신자로서 천당에 갔을지도 모릅니다. 이렇게 배신자라고 신자들에게 경멸당하지 않아도 되었을 겁니다. 그만 박해시절에 태어난 죄로… 원망스럽습니다. 저는 원망스럽습니다."

기치지로는 신자들에게 들리도록 큰 소리로 말했다.

"너를 아직 믿을 수가 없다. 용서하는 성사는 주겠지만 그건 너를 믿어서가 아니다. 이제 새삼스럽게 왜 이곳에 돌아왔는지 그 이유도 나는 모른다."

신부는 기치지로의 구린내 나는 입김을 참으며 혼잣말처럼 중얼거렸다.

커다랗게 한숨을 내뿜으며 변명의 말을 찾으면서 기치지로는 몸을 움직인다. 땀냄새가 풍겨나온다. 인간 가운데서도 가장 더러운 이런 인간까지 그리스도는 버리지 않으려 하지 않으셨던가 하고 신부는 문득 생각했다. 악인에게는 또한 악인의 장점과 아름다움이 있다. 그러나 이 기치지로는 악인보다도 못한 것이다. 누더기같이 그저 더럽기만 한 것이다. 불쾌감을 누르고서 신부는 고해성사의 마지막 기도문을 외우고는 습관대로 "평안히 가십시오." 하고 말했다. 그리고 나서 한시바삐 이 구린내 나는 입김과 체취로부터 피하기 위해 신자들 쪽으로 돌아섰다.

‘아니다, 주님께서는 누더기같이 더러운 인간밖에 찾지 않으셨다.’ 신부는 마룻바닥에 누우면서 그렇게 생각했다. 성경에 나오는 인간들 중 그리스도가 찾아 헤맨 것은 가파르나움의 하혈병 앓는 여인이라든가, 사람들에게 돌로 얻어맞는 창녀처럼 아무 매력도 없고 아름답지도 않은 존재였다. 매력 있는 것, 아름다운 것에 마음이 끌린다면 그것은 누구나 할 수 있는 일이다. 그런 것은 사랑이 아니다. 빛이 바래 누더기가 다 된 인간과 인생을 버리지 못하는 것이 사랑이다. 신부는 그것을 이치로는 알고 있지만, 그러나 기치지로를 용서할 수가 없었다. 다시금 그리스도의 얼굴이 그에게 가까이 오며 그 물기 어린 부드러운 눈으로 가만히 이쪽을 바라보았을 때, 신부는 오늘의 자기가 부끄럽게 여겨졌다.

　성화를 밟으라고 했다. 시장에 끌려 나온 나귀처럼 신자들은 한 줄로 늘어섰다. 지난번 관리들이 아니고 젊은 하급 관리들이 팔짱을 끼고 승창에 앉아 있었고, 포졸들이 막대기를 들고 지켜보고 있었다. 매미는 오늘도 서늘한 목소리로 울고, 하늘은 파랗게 개고, 공기는 상쾌했다. 머지않아 언제나처럼 나른한 더위가 올 것이다. 안마당에 끌려 나오지 않은 사람은 신부뿐으로, 창살에다 수척한 얼굴을 갖다 댄 그는 이제부터 시작될 성화 밟는 광경을 가만히 내다보고 있었다.

"빨리 마친 사람은 일찍 이곳에서 나갈 수 있다. 마음속으로 밟으라고까진 안 한다. 이런 것은 그냥 형식적인 것이니 발로 밟았다고 해도 너희들의 신앙심에는 아무 변함이 없을 것이다."

관리는 아까부터 성화를 밟는 것은 형식이라고 신자들에게 거듭 되뇌고 있었다.

"그저 밟기만 하면 된다. 밟았다고 해서 마음속의 신앙심이 어찌 되는 것도 아니다. 거기까지 추궁할 의도는 없다. 관아의 명령에 따라 성화에다 가볍게 발만 올려놓으면 즉각 이곳에서 석방시켜 준다는 것이다."

네 명의 남녀는 감정 없는 표정으로 그 말을 듣고 있었다. 창살에다 얼굴을 대고 있는 신부는 이 사람들이 대관절 무엇을 생각하고 있는지 알 수 없었다. 자기와 마찬가지로 광대뼈가 툭 불거져 나오고 하루 종일 햇빛을 보지 못해 검푸르게 부어오른 네 개의 얼굴은 마치 의지가 없는 인형과 같았다.

마침내 올 것이 오고야 말았구나 하는 것은 알 수 있었지만 이윽고 자기나 신자들의 운명이 결정된다는 실감만은 아무리 해도 일어나지 않는다. 관리들은 마치 무엇인가를 부탁하듯 신자들에게 말하고 있었다. 농부들이 고개를 저으면, 일전의 관리들처럼 씁쓸한 표정으로 돌아서 갈 것이다.

포졸이 허리를 굽혀 보자기에 싼 성화를 승창과 농부들 중간 지점에 갖다 놓고 다시 제자리로 돌아가자, 관리 하나가 장부를 들추면서 이름을 불렀다.

"이쿠쓰키시마, 구보우라, 도오베이에."

네 사람은 아직도 멍하니 앉아 있었다. 포졸이 급히 왼쪽 끝에 앉은 사나이의 어깨를 두드리자 사나이는 손을 뿌리치고 꿈쩍도 안 했다. 막대기로 두서너 번 등을 찔려도 몸을 앞으로 기울인 채 그 자리에서 꼼짝도 하지 않았다.

"구보우라久保浦, 초키치長吉."

외눈박이 사나이는 마치 어린애처럼 고개를 두서너 번 흔들었다.

"구보우라, 하루春."

그에게 참외를 주었던 여인은 등을 구부리고 고개를 숙이고 있었는데, 포졸들에게 떠밀려도 얼굴조차 들려고 하지 않았다. 마타이치라는 마지막으로 호명된 노인도 땅에 착 달라붙은 채이다.

관리는 별로 노여운 소리도 지르지 않고 욕설도 퍼붓지 않았다. 처음부터 이런 사태를 짐작하고 있었던 것처럼 승창에 걸터앉은 채 서로 무엇인가 작은 목소리로 주고받더니 갑자기 일어서서 파수꾼의 오두막집으로 되돌아갔다. 해는 옥사 위에서, 직사광선을 남아 있는 네 사람에게 쏟고 있었다. 땅바닥에 무릎을 꿇고 있는 네 사람의 그림자가 까맣게 땅에 비치고, 매미가 또 그 반짝이는 공기를 찢어내듯 울기 시작했다.

신자들과 파수꾼들은 무엇인가 웃으면서 서로 얘기를 시작했다. 조금 전까지 취조하던 측의 사람과 취조받던 측의 사람이란 느낌은 이미 아무 데도 없었다. 관리 하나가 오두막집에 외눈박이만 남기고 다른 사람들은 옥사로 돌아가도 좋다고 했다.

신부는 붙잡고 있던 창살에서 손을 떼고 마루 위에 앉았다. 이제부터 어떻게 될지 알 수가 없었다. 알 수 없었지만 오늘 하루만은 그럭저럭 평온하게 끝났구나 하는 안도감이 가슴 가득히 퍼져왔다. 오늘 하루가 평온하게 끝나면 그것으로 족하다. 내일의 일은, 내일 또 살아가면 된다.

"그건 절대 버릴 수 없지요."

"유감스러운데…."

무슨 얘기를 하고 있는지 잘 알 수는 없지만 파수꾼과 애꾸눈 사나이와의 한가로운 얘기가 바람을 타고 들려왔다. 파리 한 마리가 창살 틈으로 날아 들어와, 졸음을 재촉하듯 윙윙거리며 신부의 둘레를 돌기 시작했다. 갑자기 누군가가 안마당에서 뛰는 듯싶더니 묵직하고 둔한 소리가 울렸다. 신부가 창살에 매달렸을 때는 처형을 끝낸 관리가 날카롭게 번쩍이는 칼을 거두고 있을 때였다. 애꾸눈 사나이의 시체는 땅에 엎어져 쓰러져 있었다. 파수꾼이 그 다리를 잡더니 신자들이 파놓은 구덩이 쪽으로 천천히 끌고 갔다. 그러자 검은 피가 그 시체로부터 계속 띠처럼 흘러나왔다.

갑자기 찢어지는 듯한 여자의 외침소리가 옥사 쪽에서 들렸다. 그 외침소리는 마치 노래라도 부르는 듯이 계속되었다. 그 소리가 그치자 주위는 다시 고요해졌고, 다만 창살에 매달려 있는 신부의 손이 경련이라도 일어난 듯 바르르 떨고 있었다.

"잘들 생각해라. 목숨을 함부로 버려서 어쩔 셈이냐? 거듭 말하거니와 빨리 마치면 이곳에서 빨리 나갈 수 있다. 새삼스럽게 진심으로 밟으라고는 말하지 않겠다. 다만 형식상 발만 올려놓았다고 신앙심이 없어지는 것도 아닐 텐데."

다른 관리가 이쪽에 등을 보이고 옥사 쪽을 향해 말하고 있었다.

외치는 소리가 나더니 파수꾼이 기치지로를 끌고 나왔다. 아래만 살짝 가린 이 사나이는 비틀거리며 관리 앞에까지 오자, 머리를 몇 번이고 조아리고는 그 바짝 마른 발을 들어 성화를 밟았다.

"빨리 가라!"

관리는 불쾌한 표정으로 문을 가리키고, 기치지로는 뒹굴듯이 자취를 감추었다. 신부가 있는 오두막 쪽은 한 번도 돌아보지 않았다. 기치지로에 관한 것은 이제 신부에겐 아무런 상관도 없었다.

텅 빈 안마당에 하얀 햇빛이 용서 없이 내리쬐고 있었다. 대낮의 뜨거운 햇빛 속에, 땅에는 꺼먼 얼룩이 뚜렷이 남아 있었다. 애꾸눈 사나이의 시체에서 흐른 피다.

조금 전과 마찬가지로 매미가 계속 울고 있다. 바람은 없다. 파리 한 마리도 여전히 그의 주위를 윙윙거리며 날고 있다. 외계는 조금도 달라지지 않았다. 한 사람의 인간이 죽었다고 하는데도 조금도 달라진 것이 없었다.

'이런 일이…, 이럴 수가….' 신부는 창살을 꼭 잡은 채 현기증을 일으켰다.

그가 혼란 상태에 빠진 것은 갑자기 일어난 사건 때문이 아니었다. 이해할 수 없는 것은 이 안마당의 고요함과 매미소리, 그리고 윙윙거리는 파리소리였다. 한 인간이 죽었다는데 외계는 마치 아무 일도 없었던 것처럼 조금 전과 조금도 다른 데가 없다. 이런 엉터리 같은 일이 있을 수 있을까? 이것이 순교라고 하는 것인가? 왜 당신은 잠자코 계십니까? 당신은 지금 저 애꾸눈의 농부가―당신을 위해서―죽었다는 것을 알고 계실 것이다. 그런데도 왜 이런 고요함만 계속되고 있는가? 이 대낮의 고요함, 파리소리, 어리석고 무참한 일들과는 전혀 아무 관계도 없는 듯이 당신은 모른 척하신다. 그 점이… 견딜 수가 없다.

"기리에 엘레이손(주님, 자비를 베푸소서)." 간신히 입을 열고 기도를 올리려고 했지만 기도소리는 혀끝에서 사라져 갔다. 주님, 더 이상 저를 내버려 두지 마십시오. 이 이상 불가해不可解한 채로 내버려 두지 마십시오. 이것이 기도입니까? 기도라고 하는 것은 당신을 찬미하기 위해 있다고 오래전부터 믿어왔지만, 당신께 기도를 올릴 때 그것은 마치 저주하기 위해서 하는 소리 같습니다.

갑자기 웃음이 터져 나오는 것을 느꼈다. 머지않아 자기가 죽음을 당하는 날에도 외계는 지금과 조금도 다름없이 아무 관계 없이 흘러갈 것인가? 자기가 죽은 뒤에도 매미는 울고 파리는 졸음을 재촉하듯 윙윙거리며 날아갈 것인가? 그렇게까지 영웅이 되고 싶단 말이냐? 네가 바라는 것은 진짜 조용한 순교가 아니라 허영을 위한 죽음이냐? 신자들의 찬미를 듣고, 저 신부는 성자였다고 하는 말을 듣기 위해서냐?

그는 무릎을 부둥켜안은 채 마루 위에서 꼼짝 않고 앉아 있었다. (때는 열두 시였지만 세 시에 이르도록 온 세상이 캄캄해지고) 그분이 십자가 위에서 돌아가신 시각, 성전으로부터 하나는 길게, 하나는 짧게, 또 짧게 세 개의 나팔소리가 들렸다. 과월절을 준비하는 의식이 시작된 것이다. 대사제는 푸른 두루마기를 입고 성전의 층계를 오르고, 희생제물을 차려놓은 제단 앞에서는 피리소리가 울렸다. 그때 하늘은 흐리고 해가 구름 뒤로 사라졌다. (날이 어두워지고 성전의 장막이 두 쪽으로 찢어졌다.) 이것이 오랫동안 생각해온 순교의 이미지였다. 그러나 실제로 본 농부의 순교는 그 사람들이 살고 있는 오두막집, 그 사람들이 걸치고 있는 누더기 옷과 똑같이 초라하고 가련했다.

3

두 번째로 이노우에 지쿠고노가미를 만난 것은 그로부터 닷새가 지난 저녁 무렵이었다. 낮에는 꼼짝도 않던 공기가 움직이기 시작하고, 나뭇잎들이 간신히 저녁 바람에 상쾌한 소리를 내면서 살랑거릴 때, 그는 파수꾼의 대기실에서 지쿠고노가미와 마주 앉게 되었다. 지쿠고노가미는 통역 외에는 아무도 데리고 오지 않았다. 신부가 파수꾼과 함께 대기실에 들어섰을 때 지쿠고노가미는 두 손으로 커다란 그릇을 들고 뜨거운 물을 천천히 마시고 있었다.

그릇을 든 채 호기심에 가득 찬 커다란 눈으로 신부

를 바라보면서 말했다.

"오래 못 뵈었소. 볼일이 있어서 히라도까지 갔다 오느라…."

지쿠고노가미는 통역을 시켜 끓인 물을 신부에게 갖다 주라 하고, 입가에 미소를 띤 채 자기가 다녀온 히라도 얘기를 천천히 하기 시작했다.

"히라도에는, 기회만 있으면 한번 신부도 가 보는 게 좋을 것이오."

마치 신부의 자유를 인정하고 있다는 듯한 말투다.

"마쓰우라 영주의 성이 있는 거리에 조용한 포구를 안고 있는 산이 있소."

"아름다운 거리라고, 마카오 선교사들한테서 들은 일이 있습니다."

"그다지 아름답다고는 생각지 않지만 재미난 거리 이긴 하오."

지쿠고노가미는 고개를 저었다.

"그 거리를 보면 옛날에 들은 얘기를 생각하게 되오. 히라도의 영주 마쓰우라 다카노부松浦隆信 공에겐 네 명의 소실이 있었는데 그 소실들이 서로 질투하여 싸움이 끊이지 않았소. 다카노부 공은 마침내 견딜 수가 없어 네 사람을 모두 성에서 추방하고 말았소. 아니, 한평생 독신으로 지내는 신부에게 이런 얘기는 금물일지 몰라."

"그 영주는 대단히 현명한 처사를 하였습니다."

격의 없이 대하는 말투에 신부도 그만 긴장된 마음을 풀고 대꾸했다.

"정말로 그렇게 생각하오? 그렇다면 안심했소. 히라도는, 아니 우리나라는 마치 이 마쓰우라 영주나 마찬가지요."

그릇을 두 손으로 돌리며 지쿠고노가미는 웃었다.

"에스파냐, 포르투갈, 네덜란드, 영국이라는 여자들이 잠자리 속에서 일본이라는 사나이의 귀에다 서로들 상대편 욕을 하기 때문에…."

지쿠고노가미가 무슨 말을 하려는지, 통역의 설명을 들으면서 신부는 차차 이해가 갔다. 이노우에는 결코 거짓말을 하고 있는 게 아니란 것도 그는 알고 있었다. 일본을 둘러싸고 프로테스탄트인 영국과 네덜란드가 가톨릭인 에스파냐와 포르투갈의 진출을 좋아하지 않아, 자주 막부幕府나 관아 사람에게 참언을 하고 있음은 고아나 마카오에서도 잘 아는 일이었기 때문이다. 그리고 선교사들도 이에 맞추어서 이 나라 신자가 영국인이나 네덜란드인에게 접촉하는 것을 엄금한 시대도 있었다.

"신부는 마쓰우라 영주의 처분을 현명하다고 생각한다면 일본이 가톨릭을 금지시킨 이유를 반드시 어리석은 일이라 생각하지는 않을 것이오."

지쿠고노가미는 혈색이 좋은 통통하게 살찐 얼굴에서 웃음을 거두지 않고 신부의 얼굴을 가만히 들여다본다. 그 눈은 이 나라 사람으로서는 드물게 갈색 빛을 띠고 있으며, 귀밑머리도 물을 들였는지 흰 머리카락 하나 보이지 않는다.

"우리 교회에서는 일부일처제를 가르치고 있으므로 정실이 있다면 소실을 쫓아내는 것이 현명한 처사입니다. 이 나라도 네 명의 여인 중에서 정실을 하나 택하는 것이 어떻겠습니까?"

신부도 농담조로 답변했다.

"그 정실이란 포르투갈을 가리키는 것이오?"

"우리의 교회올시다."

통역이 아무 표정 없이 이 답변을 전하자 지쿠고노가미는 표정이 풀리고 소리 내어 웃었다. 그 웃음소리는 노인으로서는 좀 높았지만 이쪽을 내려다보고 있는 눈에는 감정이 없었다. 눈은 웃고 있지 않았다.

"하지만 말씀이오, 신부. 일본이라는 사나이는 구태여 이국 여성을 택하지 않더라도 같은 나라에 태어나서로 마음을 잘 알고 있는 이 나라 여성과 결혼하는 것이 가장 좋다고 생각되는데…."

신부는 물론 이 이국 여성이란 말로 이노우에 지쿠고노가미가 무엇을 가리키고 있는지 곧 이해할 수 있었다. 하지만 상대편이 이와 같은 흔한 세상 얘기로 토론을 걸어오는 이상, 이쪽에서도 그에 따를 수밖에 없었다.

"교회에서는 여자가 태어난 국적보다도 그 여자의 남편에 대한 진심을 제일 첫째로 꼽습니다."

"그럴까요? 하지만 애정으로 부부의 길이 성립된다면 이승의 고뇌도 없을 텐데. 속된 말로 추녀일수록 정이 깊다던가…."

지쿠고노가미는 자기 스스로 이 비유에 만족을 느끼는 듯 크게 고개를 끄덕이면서 말했다.

"추녀의 일방적인 깊은 정에 적지 않게 난처해하는 사나이도 더러 있는 법 아닌가?"

"신앙의 선교를, 지쿠고노가미께서는 강제적인 애정의 강요로 받아들이고 계십니까?"

"우리 입장으로서는 그럴 수도 있지 않겠소? 게다가 추녀의 일방적인 정이란 말이 마음에 들지 않는다면 이렇게 생각해도 좋겠소. 즉 자식을 낳지도 키우지도 못하는 여자는, 이 나라에서는 석녀라 하여 첫째로 남의 집 며느리가 될 자격이 없다고 보고 있소."

"복음이 이 나라에서 양육되지 않는다면 그것은 교회 탓이 아닐 것입니다. 오히려 여자인 교회와 남편인 신자를 이간질해서 떼어놓으려는 분들의 탓이라고 생각합니다만…."

통역은 적당한 말을 고르면서 한동안 잠자코 있었

다. 평소 같으면 신자들의 옥사에서 저녁기도 소리가 흘러나올 시각이다. 그러나 지금은 아무 소리도 들리지 않는다. 문득 닷새 전의 고요가—이 고요란 것은 얼핏 보아 동일한 것 같지만 사실은 전혀 달랐다.—신부의 마음속에 되살아났다. 애꾸눈 사나이의 시체가 햇빛이 쨍쨍 내리쬐는 땅바닥에 엎어져 있었는데 포졸들이 그 한쪽 다리를 아무렇게나 잡고 구덩이 있는 데로 질질 끌고 갔다. 그 구덩이에까지 붉은 피가 마치 큰 붓으로 선을 그은 듯 땅바닥에 길게 이어져 있었다. 신부는 아무리 해도 그 처형을 명령한 사람이 이 부드러운 얼굴을 한 사나이였다고는 생각되지 않는다.

"신부들은, 아니 지금까지의 신부들은 암만 해도 이 나라를 모르는 모양일세."

지쿠고노가미는 한마디 한마디 끊으면서 말했다.

"지쿠고노가미께서도 그리스도교를 모르시겠지요."

신부와 지쿠고노가미는 동시에 서로 웃었다.

"하지만 30년 전 가마우 영주님의 신하로 있었을 때, 나도 신부들에게 길을 물은 적이 있었소."

"그래서요?"

"내가 지금 그리스도교의 금지를 명령한 것은 일반 사회의 생각과 동일하지 않소. 나는 그리스도교를 사교邪敎라고는 생각해 본 적이 없소."

통역이 놀라는 듯한 표정으로 그 말을 듣고 주저하다가 겨우 통역을 할 때까지 그는 뜨거운 물이 조금 남은 찻잔을 웃으면서 보고 있었다.

"신부. 이제부터 얼마 동안 이 늙은이가 말한 두 가지 점을 잘 생각해 보오. 한 사나이에게 추녀의 정은 견딜 수 없는 무거운 짐이며, 석녀는 시집갈 자격이 없다는 것 말이오."

지쿠고노가미가 자리에서 일어서자 통역은 양손을 앞으로 모으고 공손히 머리를 숙였다. 파수꾼이 허겁지겁 돌려놓는 짚신을 천천히 신고 지쿠고노가미는 더 이상 이쪽을 돌아보지도 않고 저녁 어둠이 깔린 안마당으로 사라져 갔다. 오두막 문 앞에 모기 떼가 날고 있고 말 울음소리가 밖에서 들렸다.

밤에 비가 조용히 내리기 시작했다. 비는 오두막 뒤에 있는 잡목림에 모래 같은 소리를 내고 있다.

신부는 딱딱한 마룻바닥에 이마를 대고, 이 빗소리를 들으면서 자기와 마찬가지로 재판을 받은 날의 그분을 생각했다. 바짝 마른 그분이 무참히 긁힌 얼굴을 굳히면서 사람들에게 쫓겨 예루살렘의 언덕을 내려간 것은 4월 7일 아침이다. 새벽빛이, 사해 건너편에 펼쳐진 모압 산맥을 허옇게 물들이고 키드론 골짜기로 강이 상쾌한 소리를 내며 흐르고 있었다. 누구도 그를 쉴 수 있도록 내버려 두지 않았다. 다윗의 언덕에서 넓은 광장을 가로지르면 티로페온 다리 옆 최고 의회 건물이 아침 햇빛을 받아 금빛으로 크게 떠오른다.

원로들과 율법학자들은 사형 판결을 내렸으며, 남은 일은 그 판결을 로마에서 파견된 총독 빌라도에게 승인받는 것이다. 거리의 변두리, 성전과 나란히 이웃하고 있는 군영에서는, 보고를 받은 빌라도가 자기네들을 기다리고 있을 것이다.

4월 7일 이 결정적인 아침의 정경을 신부는 어려서부터 모두 암기하고 있었다. 저 마른 사람은 신부에게 있어 모든 것의 규범이었다. 그 사람 역시 모든 희생자들과 마찬가지로 비애와 체념에 가득 찬 눈으로 그를 욕하고 침을 뱉는 군중들을 그저 원망스럽게 바라보고 있었다고 생각된다. 군중 속에는 유다도 섞여 있었을 것이다.

유다는 왜 이때도 그분의 뒤를 따라갔을까? 자기가 팔아넘긴 사나이의 최후를 확인하려는 복수의 쾌감 때문일까? 어쨌든 모든 것이 신기할 정도로 너무나 비슷하다.

그리스도가 유다에게 팔린 것처럼 자기도 기치지로에게 팔렸고, 그리스도와 마찬가지로 자기도 지금 지상의 권력자로부터 심판을 받으려 하고 있다. 그분과 자기가 서로 비슷한 운명을 지니고 있다는 이런 감각은, 이 비 오는 밤 쑤시는 듯한 기쁨으로 신부의 가슴을 조인다. 그것은 그리스도인들이 맛볼 수 있는 하느님의 아들과 연대하는 기쁨이었다.

그러면서도 한편에서는 그리스도가 맛본 그런 육체적인 고통을 아직 모르고 있다는 점을 생각하면 불안했다. 빌라도의 집에서 그분은 2피트쯤 되는 고문틀 기둥에 묶여 납덩이가 달린 가죽채찍으로 얻어맞고 손에는 못질을 당했다. 그러나 자기는 이 옥사에 갇힌 뒤로 이상하게도 관리나 파수꾼에게 매를 맞아본 일조차 없다. 이것이 지쿠고노가미의 명령인지 아닌지는 모르지만, 앞으로도 이대로 한 번도 매를 맞지 않고 그날그날을 보낼 것만 같은 기분이 들었다.

어째서일까? 이 나라에서 붙잡힌 수많은 선교사들이 어떤 참혹한 고문과 형벌을 받았는가는 그도 여러 번 들어 잘 알고 있다. 시마바라에서 산 채로 화형을 당한 나바로 신부, 운젠의 펄펄 끓는 온천물 속에 수없이 몸을 담근 카르바리오 신부라든가 가브리엘 신부, 오무라의 감옥에서 굶어 죽을 때까지 그냥 방치되었던 여러 선교사들, 그런데도 자기는 어쨌든 이 옥사 안에서 기도도 드릴 수 있고 신자들과도 얘기할 수 있다. 빈약하긴 하지만 식사도 하루에 세 끼는 나오고 있다. 그리고 관리들도, 지쿠고노가미도 자기를 엄하게 다루는 법이 없다. 거의 형식적으로 잡담만 하다가 돌아갈 뿐이다.

'그들은 대관절 어떻게 할 생각일까?' 자기들이 만약 고문을 받는다면 과연 견뎌낼 수가 있을까 하고 도모기의 산속 오두막집에서 가르페 신부와 여러 번 얘기하던 일을 신부는 생각해 냈다. 물론 주님의 도우심을 필사적으로 구하는 수밖에 다른 도리는 없지만, 그때는 죽을 때까지 버텨내겠다는 힘이 마음 한구석에 있었다. 산속을 해매고 있을 때도 역시 붙잡히면 반드시 육체적인 체형을 받는다는 것을 각오하고 있었다. 긴장돼 있던 감정 탓인지, 어떠한 고통에도 이를 악물고 참겠다는 생각이었다.

하지만 지금 이 각오의 한 귀퉁이가 어딘지 약해지는 듯한 기분이 든다. 마루에서 일어나 고개를 저으면서, 언제부터 용기가 허물어졌는지 생각해 보았다. '그것은 이곳의 생활 때문일까?' 마음 어디선가 갑자기 누군가가 말한다. '이곳 생활은 너에게 있어 가장 즐거울 테니까.'

그렇다. 이곳에 온 후다. 자기는 이 옥사 이외의 장소에서 신부로서 의무를 다한 적은 거의 없었다. 도모기에서는 관리를 두려워하여 피했고, 그 이후는 기치지로 이외에 다른 농부들과 접촉할 수가 없었다. 여기에 와서 비로소 그는 농부들과 생활하고, 굶주리는 법도 없이 하루의 태반을 기도와 묵상을 하면서 보낼 수 있었던 것이다.

모래처럼 조용히 흘러가는 이곳에서의 매일매일이 강철같이 긴장된 기분을 조금씩 좀먹어 들어가고 있었다. 그렇게까지 피해서는 안 될 것처럼 기다려 온 고문이나 육체적 고통도 자기에겐 더 이상 가해질 것 같지 않았다. 관리나 포졸들은 관대하며, 통통하게 살찐 지쿠고노가미는 즐거운 듯 히라도 얘기를 한다. 일단 이런 미지근한 욕탕물 같은 안이함을 맛본 이상, 다시금 그전처럼 산속을 헤매거나 산막 속에 몸을 숨기는 데에는 더욱 굳센 각오가 필요할 것이다.

이곳의 관리들이 거의 아무 일도 안 하고, 거미가 거미줄에 먹이가 걸리기를 가만히 기다리듯 기다리고 있었던 것은 자기의 이와 같은 마음의 이완이었다고 신부는 그때 비로소 깨달았다. 그는 지쿠고노가미의 억지로 꾸민 웃음이나 늙은이답게 손을 비벼대는 동작을 그때 갑자기 생각해 냈다. 그런 동작을 지쿠고노가미가 무엇 때문에 하고 있었던가? 그에겐 뚜렷이 이해가 갔다.

그 상상을 뒷받침이라도 하듯 다음날부터 어제까지는 두 끼였던 식사가 세 끼씩 나오게 되었다. 아무것도 모르는 파수꾼은 호인처럼 잇몸을 보이며 웃었다.

"잡수시지. 지쿠고노가미 님의 명령이오. 이런 대접은 좀처럼 없는 법이오."

신부는 나무 그릇에 담긴 찐밥과 말린 생선을 보면

서 고개를 흔들며 신자들에게 가져다주라고 파수꾼에게 부탁했다. 파리가 벌써 그 찐밥 위를 날고 있다. 저녁이 되자 파수꾼은 거적을 두 장 들고 왔다.

이와 같은 대우 개선 다음에 관리들이 뭘 하려는 건지 신부는 조금씩 알아차렸다. 대우가 좋아졌다는 것은 더 말할 필요도 없이 고문할 날이 가까워졌다는 것을 뜻한다고 생각되었다. 안이한 나날에 젖은 육체는 그만큼 고통에 약하다. 관리들은 자기의 신심이 조금씩 해이해 가는 것을 이와 같은 은밀한 수단으로 기대하고, 그러고 나서 갑자기 고문을 가해 올 것이 분명했다. '구덩이 속에 매다는 고문….'

섬에서 체포되었던 날 그 통역한테 들은 말이 기억에 남아 있었다. 만약 페레이라 신부가 배교를 했다면 그것은 자기와 마찬가지로 처음에는 정중한 대접을 받고, 육체와 마음을 충분히 해이시킨 직후에 갑자기 고문을 받았기 때문인 게 틀림없다. 그렇지 않다면 그 덕망 있는 스승이 그렇게 쉽게 배교하리라고는 도저히 생각되지 않았다. 이 얼마나 교활한 방법이냐!

"이 나라 사람은 우리가 알고 있는 한 현명한 사람들로서…." 성 하비에르가 쓴 편지를 신부는 생각해내고, 비꼬는 듯한 얼굴로 웃었다.

추가된 식사도 거절하고 밤에 거적도 사용하지 않은 것은 당연히 파수꾼 입을 통해 관리나 지쿠고노가미에게 보고되었을 것이 분명했지만 별로 문책도 없었다. 그들이 계획을 간파당한 것을 깨닫고 있는지 어떤지는 물론 이쪽으로선 알 수 없었다.

지쿠고노가미가 온 후로 열흘쯤 지난 아침, 안마당에서 들리는 시끄러운 소리에 눈을 떴다. 창살에다 얼굴을 갖다 대니 세 명의 신자가 무사한테 끌려 옥사 밖으로 나오고 있는 참이었다. 아침 안개 속에서 파수꾼들이 세 명의 손목을 두름으로 묶어 끌어냈다. 언젠가 참외를 자기에게 준 여인은 맨 뒤에 묶여 있었다.

"신부님, 저희들 부역 나갑니다."

신부가 갇혀 있는 오두막 앞을 지날 때 그들은 일제히 소리쳤다.

창살 틈으로 손을 내밀고 신부는 그들 한 사람 한 사람에게 축복의 십자성호를 그어주었다. 모니카가 좀 슬픈 듯한 미소를 띠고 어린애처럼 내민 이마에 신부의 손끝이 약간 닿았다.

하루 종일 조용한 날이었지만 낮부터 기온은 조금씩 올라 강렬한 햇빛이 창살 틈으로 사정없이 흘러 들어왔다. 식사를 들고 온 파수꾼에게 세 명의 신자들이 언제 돌아오느냐고 물으니, 부역만 끝나면 저녁때까지는 돌아올 것이라고 대답했다. 나가사키는 지금 지쿠고노가미의 명령으로 여러 곳에 절간과 신사神社를 짓고 있어 인부들이 아무리 많아도 부족했다.

"오늘 저녁에 우란분재盂蘭盆齋가 있는데 신부는 잘 모르실 테지."

파수꾼의 얘기에 의하면 불교 행사로서, 조상들에게 공양을 바치는 날로 나가사키의 민가에서는 초롱을 처마 끝에 달고 불을 켠다는 것이다. 서양에서도 위령의 날이라는 것이 있어 비슷한 행사를 한다고 신부는 파수꾼에게 알려주었다.

먼 곳에서 아이들의 노랫소리가 들려와 귀를 가만히 기울였다.

"초롱불아, 바이바이바이, 돌을 던진 사람은 손이 썩는다.

초롱불아, 바이바이바이, 돌을 던진 사람은 손이 썩는다."

아이들의 끊길 듯 끊길 듯 들려오는 그 노래는 어딘지 모르게 애조를 띠고 있었다.

저녁 무렵 배롱나무에 또 매미가 앉아 울기 시작했다. 그 소리도 바람이 잔잔한 저녁 무렵에는 그쳤는데, 세 명의 신자들은 돌아오지 않았다. 기름 등불 밑에서 저녁 식사를 마칠 무렵 또다시 아이들의 노랫소리가 희미하게 들린다. 한밤중 달이 환하게 창으로 비쳐들어, 그 달빛으로 인해 잠이 깼다. 축제는 이미 끝난 듯 어둠은 깊고, 신자들은 이미 돌아와 있는지 어쩐지 알 수 없었다.

다음날 아침, 채 밝기도 전에 파수꾼이 흔들어 눈을 떴다. 옷을 입고 곧 밖으로 나오라는 것이었다.

"글쎄…."

어디로 가느냐고 물으니 고개를 흔들며 자기도 모르지만 이렇게 이른 시각을 택한 것은 도중에 외국의 가톨릭 신부를 보고 호기심이 강한 군중들이 모여드는 것을 막기 위해서일 거라고 대답했다.

세 명의 무사가 그를 기다리고 있었다. 그들도 또한 지쿠고노가미의 명령이라고 설명하고는 앞뒤에 나란히 서서 잠자코 새벽길을 걷기 시작했다. 아침 안개 속에 초가지붕의 상가들이 문을 닫은 채 침울한 늙은 이처럼 묵묵히 늘어서 있다. 길 양쪽에는 밭이 있고 재목들이 수북이 쌓여 있다. 새로 건축 중에 있는지 재목 냄새가 안개에 섞여 흘러온다. 나가사키의 거리는 아직도 한창 건설 중에 있다. 새로 닦아놓은 대지 밑에는 거지들이 거적을 뒤집어쓰고 자고 있었다.

"처음이오, 이 나가사키는?"

무사 하나가 신부에게 웃음을 던지면서 물었다.

"언덕이 많지요?"

정말로 언덕이 많았다. 조그마한 민가의 초가지붕이 다닥다닥 붙어 있는 언덕도 있었다. 닭이 아침을 알리고, 어젯밤 우란분재의 여파인 듯 처마 끝에 빛바랜 초롱이 힘없이 매달려 있다. 언덕 바로 밑에는 갈댓잎이 우거진 바다가 우윳빛 호수처럼 멀리까지 이어져 있다. 안개가 걷히기 시작한 앞쪽으로 별로 높지 않은 자그마한 언덕이 몇 개인가 보인다.

바다 근처에 솔밭이 있었다. 솔밭 앞에 가마가 내려져 있고, 맨발의 무사들이 너댓 명 웅크리고 앉아 무엇인가 먹고 있었다. 그들은 입을 움직이면서 호기심에 넘친 눈으로 신부를 가만히 바라보았다.

흰 천막이 숲 속에 이미 쳐져 있고 승창이 놓여 있었다. 무사 하나가 그 승창을 가리키며 신부에게 앉으라 한다. 취조를 받기 위한 것이라고만 생각하고 있던 신부에겐 이런 대우는 좀 뜻밖이었다.

회색 모래사장이 펑퍼짐하게 펼쳐지면서 포구 쪽으로 이어지고, 하늘은 흐려서 바다는 둔한 갈색을 띠고 있다. 모래사장에 철썩이는 단조로운 파도소리는 신부에게 모키치와 이치조의 죽음을 떠올리게 했다. 그날 바다에는 끊임없이 이슬비가 내리고, 그 빗속을 바닷새가 말뚝 있는 데까지 날아왔다. 바다는 지친 듯 침묵을 지키고, 하느님도 또한 침묵을 계속 지키고 있었다. 몇 번이고 마음속을 느닷없이 가로지른 이 의혹에 자기는 아직도 답변할 수 없었다.

"신부."

뒤에서 누가 불렀다. 돌아보니 기다란 머리를 뒤로 늘어뜨린 네모진 얼굴의 사나이가 부채를 손에 들고 웃고 있었다.

"아!"

얼굴보다도 목소리로, 신부는 이 사나이가 섬에서 자기를 심문한 통역이란 것을 알아냈다.

"기억하고 계신지. 그로부터 며칠이 지났지요? 뭐니 뭐니 해도 이렇게 또 뵙게 되어 다행입니다. 지금 신부가 있는 옥사는 새로 지은 건물이라 나쁘지 않을 테죠. 그 건물이 세워질 때까지 그리스도교 신부들은 거의 오무라의 스즈타 옥獄에 갇혀 있었는데, 거기는 비가 오는 날에는 비가 새고 바람 부는 날에는 바람이 마구 들이닥쳐 죄수들이 몹시 고생하던 곳이었소."

"지쿠고노가미는 곧 이곳에 오시는 겁니까?"

상대방의 수다를 막기 위해 신부가 화제를 돌리자 상대는 부채를 접었다 폈다 소리를 내면서 말했다.

"천만에, 지쿠고노가미께서는 나오시지 않을 거요, 어떻게 생각하시오? 그분을."

"친절하게 대해 주십디다. 식사도 하루에 세 끼씩 주고, 밤에는 이불까지 염려해 주어서 내 몸이 그런 생활 때문에 본심을 배신하게 될까 봐 두려웠지요. 물론 그렇게 되기를 당신네들은 기대하고 계실 테지만."

통역은 시치미를 떼고 시선을 돌리면서 말했다.

"사실은 오늘 지쿠고노가미 님의 분부가 있어서 말

씀이오, 신부에게 꼭 대면시켜 드릴 인물이 곧 이곳에 도착하게 되오. 같은 포르투갈 사람이니까 서로 얘기할 게 많을 것이오."

신부가 통역의 노란 빛의 흐린 눈을 가만히 바라보자 상대편 입가에서 엷은 웃음이 사라졌다. 페레이라라는 이름이 머리에 떠올랐다. 그렇구나, 이 사람들은 마침내 페레이라를 데리고 와서 내가 배교하도록 설득시킬 작정이로구나. 오랫동안 페레이라에 대한 혐오의 감정은 거의 없었고 오히려 우월한 자가 비참한 자에게 갖는 연민의 정이 강했었다. 그러나 지금 실제로 그와 대면하게 된다니 몹시 가슴이 두근거리고 불안을 느꼈다. 그 이유는 자신도 알 수가 없었다.

"그 인물이 누구인지 알겠소?"

"알고 있습니다."

"그럴까?"

통역은 엷은 웃음을 입가에 띠고 부채질을 하면서 회색 모래사장 쪽으로 시선을 보냈다. 모래사장 멀리 줄을 지어 한 떼의 사람들이 이쪽으로 오는 것이 조그맣게 보였다.

"저 속에 끼여 있군."

마음의 동요를 나타내기 싫었지만 저도 모르게 신부는 승창에서 벌떡 일어났다. 허옇게 모래를 뒤집어쓴 소나무 줄기 사이로 점차 가까이 다가오는 사람들의 모습을 조금씩 분간할 수 있었다. 경호하는 무사 두 명이 선두로 걷고 있었다. 그 뒤에 한 줄로 묶인 세 명의 죄수가 따랐다. 모니카가 비틀거리고 있는 모습까지 손에 잡힐 듯 보였다. 그리고 이 세 사람 뒤에 걸어오는 가르페 신부의 모습을 보았다.

통역은 공연히 승리를 뽐내었다.

"자, 자, 어떻소? 신부가 생각한 대로요?"

신부는 뚫어져라 가르페의 모습을 눈으로 쫓고 있었다. 가르페는 내가 이 솔밭에 있는 것을 모를 것이다. 그도 나와 마찬가지로 시골의 농군옷을 입고 있어 무릎 아래로 허연 다리가 어색하게 나와 있었다. 그는 되도록 가슴을 펴고 깊이 숨을 들이마시며 사람들 뒤를 따라 걷고 있었다.

가르페가 붙잡혔다는 것에 신부가 놀라는 것은 아니었다. 언젠가는 자기들이 붙잡힐 거라고 도모기 바닷가에 상륙했을 때부터 각오하고 있었다. 신부가 알고 싶은 것은 가르페가 어디서 체포되고 체포된 뒤부터 그가 무엇을 생각해 오고 있었느냐 하는 점이었다.

"가르페와 얘기하고 싶소."

"얘기하고 싶겠지. 그러나 해는 길고 아직 아침나절이오. 너무 서둘 필요는 없소."

통역은 애태우듯 일부러 하품을 하면서 얼굴에 부채질을 하기 시작했다.

"그런데 말씀이야. 섬에서 신부와 문답했을 때 깜박 잊은 게 하나 있었소. 가톨릭에서 가르치는 자비란 대관절 무엇이오?"

"당신은 조그마한 동물을 학대하는 고양이처럼 지금 가장 난잡한 쾌감을 맛보고 있는 것 같은데 제발 부탁이니 어디서 가르페가 붙잡혔는지 알려주시오."

신부는 움푹 파인 눈으로 슬픈 듯 상대방을 바라보면서 말했다.

"특별한 이유가 없는 한 우리는 관에서 하는 일을 죄수들에게 알리지 않소이다."

행렬은 회색 모래사장에서 갑자기 멈추고, 관리들은 맨 뒤에 따라온 말 잔등에 실었던 거적을 내리기 시작했다.

통역은 즐거운 듯 이쪽 표정을 살피면서 말했다.

"자! 저 거적을 어떻게 사용하는지 신부는 아시겠소?"

가르페를 제외한 세 명의 신자들 몸에 관리들이 거적을 감기 시작하자 그들은 모가지만 거적에서 내민 버러지 같은 모습이 되어갔다.

"곧 배에 태워가지고 바다로 나가게 되오. 이 포구는 보기보다 깊소이다."

청회색의 단조로운 파도가 여전히 모래사장에 철썩이고 있었다. 구름은 태양을 가리고 짙은 회색으로 나직이 하늘을 덮고 있었다.

"저걸 보시오. 지금 관리 하나가 가르페 신부에게 말을 하고 있소."

통역은 노래하듯이 말했다.

"뭘 얘기하고 있을까? 아마 관리들은 이렇게 말하고 있을 거요. '진실로 가톨릭의 자비로운 신부라면 저 거적을 쓴 세 사람을 불쌍히 여길 것이다. 저 사람들을 그냥 죽게 만들지는 않을 것이다.'라고."

통역이 무슨 말을 하려고 하는지 신부는 이제 확실히 알아차렸다. 노여움이 체내를 돌풍처럼 뚫고 나갔다. 만약 자기가 성직자만 아니라면 이 사나이의 목을 힘껏 졸랐을 것이다.

"지쿠고노가미께서는 만약 가르페 신부가 배교하겠다고 한마디만 하면 세 사람의 목숨을 살려주겠다고 말씀하고 계시오. 이미 저자들은 어제 관아에서 성화에다 발을 대었소."

"성화에 발을 댄 자에게 너무하시지 않습니까… 이제 와서."

신부는 헐떡이면서 이렇게 말했는데 더 이상 말을 잇지 못했다.

"우리가 배교시키고자 하는 것은 저런 송사리들이 아니오. 우리나라에는 여러 곳에 아직도 비밀히 가톨릭을 믿는 백성들이 많이 있소. 그들의 마음을 되돌려

놓기 위해서 신부들이 우선 배교를 해야 하오."

'Vitam praesta puram, iter para tutum(저희의 삶을
깨끗이 하시고, 저희의 길을 지켜주시어…).'

신부는 계속 기도문을 외우려고 하는데 기도의 말
대신 배롱나무에 매미가 울고 햇볕이 쨍쨍 내리쬐는
땅바닥에 한줄기 검붉은 피가 흐르고 있던 광경이 머
릿속에 뚜렷이 되살아났다. 그는 사람들을 위해 죽으
려고 이 나라에 왔는데 사실은 이 나라 신자들이 자기
를 위해 차례차례 죽어가는 것이다. 어떻게 하면 좋을
지 알 수 없었다. 행위라는 것은, 오늘날까지 교의敎義
에서 배워온 바와 같이 이것이 옳고 이것이 나쁘고,
이것이 선이고 이것이 악이다, 하는 식으로 확실히 구
별할 수 있는 것은 아니었다. 가르페가 만약 고개를
흔들면 저 세 명의 신자들은 바다 속에 돌처럼 내던져
진다. 그가 관리들의 유혹을 쫓는다면, 그것은 가르페
의 일생의 좌절됨을 뜻한다. 어떻게 해야 좋을지 알
수 없었다.

"그런데 저 가르페 신부는 어떠한 대답을 할지. 가
톨릭의 가르침은 우선 자비롭고, 하느님 역시 자비롭
다고 들었는데… 오, 배가 오는군."

갑자기 거적을 두른 신자들이 뒹굴 듯이 달리기 시
작했다. 관리가 뒤에서 힘껏 떠밀자 죄수들은 모래사
장 위에 쓰러졌다. 모니카만이 벌레 같은 모습으로 꼼

짝도 않고 청회색 바다를 바라보고 있었다. 저 여인의 웃음소리와 품에서 꺼내주었던 참외 맛이 신부의 마음속에서 되살아났다.

'배교해라, 괜찮다. 배교해도 좋다.'

그는 멀리 이쪽으로 등을 지고 관리들의 말을 듣고 있는 가르페를 향해 마음속으로 외쳤다.

'배교해도 좋다. 아니 배교해서는 안 된다.'

이마에 땀이 흐르는 것을 느끼면서 눈을 감고, 이제부터 일어날 일로부터 비겁하게도 신부는 시선을 돌리려고 했다.

당신은 왜 잠자코 계십니까? 이런 때에도 역시 잠자코 계시는 겁니까? 눈을 떴을 때 세 명의 신자들은 이미 관리들에게 쫓기면서 배를 향해 가고 있었다.

'난 배교하겠다. 배교할 테니.' 그 말은 목구멍까지 거의 나왔지만 이를 악물고 그 말이 음성으로 변하는 것을 참았다. 죄수들 뒤로 창을 든 두 명의 관리가 옷을 허벅지까지 걷어올리고 배에 올라타자 배는 파도에 얹혀 흔들리면서 바닷가를 떠나기 시작했다. 아직도 시간은 있다. '제발 이 모든 것을 가르페와 제 탓으로 하지 말아주십시오. 그것은 당신께서 짊어지지 않으면 안 될 책임입니다.' 이때 가르페가 달리기 시작하더니 해변에서 바다를 향해 두 손을 치켜들며 뛰어들었다. 첨벙거리면서 배 쪽으로 다가간다. 헤엄치면서 부르짖고 있다.

"Audi nos(저희의 기도를 들어주소서)."

비명인지 노호인지 알 수 없는 그 소리는, 까만 머리가 파도 속에 파묻힘과 동시에 사라졌다.

"Audi nos(저희의 기도를 들어주소서)."

배 위에서는 관리들이 몸을 내밀고 허연 이를 보이면서 웃고 있었고, 그중 한 사람은 창을 잡고 배로 다가오려는 가르페를 막았다. 머리가 바다 속에 잠기면 목소리는 끊기고, 그러다가 다시 파도에 휩쓸리는 까만 먼지처럼 모습이 보이면서 전보다 훨씬 힘이 약해진 소리가 간간이 무엇인가 부르짖고 있었다.

관리가 신자 하나를 뱃전에다 세워놓고 창 손잡이로 힘껏 떠밀었다. 마치 인형처럼 거적에 말린 몸뚱이는 똑바로 바다 속으로 사라져 갔다. 이어서 눈 깜짝할 사이에 다음 사나이가 떨어졌다. 마지막으로 모니카가 바다 속에 삼켜졌다. 가르페의 머리만 난파선의 나뭇조각처럼 한동안 떠돌고 있었는데, 배가 일으킨 물결이 곧 그것을 덮어버리고 말았다.

"저런 것은 아무리 보아도 좋지는 않아."

통역은 승창에서 일어나 갑자기 증오에 찬 눈으로 돌아보았다.

"신부, 그대들 때문에, 그대들이 이 나라에 자기 멋대로의 꿈을 강요했기 때문에, 그 꿈으로 말미암아 얼마나 많은 백성들이 괴로움을 당하고 있는지 생각해 보았소? 보시오, 또 피가 흐르고 있소. 아무것도 모르는 저 사람들의 피가 또 흐르고 있소."

그러고 나서 내뱉듯 말했다.

"가르페는 그래도 깨끗했어. 하지만 그대는… 그대는 가장 비겁한 자요, 신부란 이름이 아깝소이다."

"초롱불아, 바이바이바이, 돌을 던진 사람은 손이 썩는다.

초롱불아, 바이바이바이, 돌을 던진 사람은 손이 썩는다."

우란분재가 끝났는데도 아이들은 그 노래를 멀리서 부르고 있었다. 이 무렵 나가사키의 집집에서는 콩과 토란과 가지 등을 함께 얹어 제사 지낸 밥을 거지들에게 나누어 준다. 배롱나무에는 여전히 매미가 울고 있었지만, 그 소리도 차츰 힘이 약해져 가고 있다.

"어떻게 하고 있나?"

하루에 한 번씩 동정을 살피러 찾아오는 관리가 물었다.

"여전합니다. 하루 종일 벽만 향하고 있습니다."

하고 파수꾼은 신부가 갇힌 방을 가리키며 작은 소리로 대답했다. 관리가 가만히 창살 너머로 들여다보니 햇살이 스며든 마룻바닥에 신부는 등을 보이고 앉아 있었다.

마주 대한 벽에, 하루 종일 짙은 남색의 파도와 거기 떠도는 가르페의 조그마한 머리를 본다. 또다시 세 명의 거적을 두른 신자들이 작은 돌처럼 떨어져 간다.

이 환영은 고개를 저으면 사라졌다간 눈을 감으면 다시 집요하게 눈꺼풀 뒤에 아로새겨져 사라지지 않는다.

"당신은 비겁자요. 신부란 이름이 아깝소이다."

승창에서 일어난 통역은 말했었다.

자기는 신자들을 구하지도 못했으며, 가르페처럼 그들을 쫓아 파도 속에 사라져 가지도 않았다. 자기는 그 사람들에 대한 가엾은 연민의 정에 이끌려 어찌할 도리가 없었다. 그러나 연민의 정은 행위가 아니었다. 사랑도 아니었다. 연민은 정욕과 마찬가지로 일종의 본능에 지나지 않았다. 그 정도는 이미 옛날 신학교의 딱딱한 의자 위에서 배웠지만 그것은 책 속의 지식으로만 머물러 있었던 것이다.

"보시오. 그대들 때문에 저렇게 피가 흐르고 있소. 백성들의 피가 또 땅에 흐르고 있소."

그러자 햇빛이 내리쬐는 옥사 마당에 검붉은 한줄기 줄을 그었던 피가 떠올랐다. 통역은 이 피가 선교사들의 제멋대로의 이상이 초래한 것이라고 말했다. 이노우에 지쿠고노가미는 이 제멋대로의 이상을 추녀

의 애정 강요에 비유했다. 한 사나이에게 추녀의 애정
강요는 견딜 수 없는 짐이라고 말했다.

"게다가 또 그대는 저들을 위해 죽으려고 이 나라에
왔다고 한다. 하지만 사실은 그대를 위해 저들이 죽어
가고 있지 않은가."

통역의 웃음 띤 얼굴에 지쿠고노가미의 통통하고 혈
색 좋은 얼굴이 겹친다.

경멸하는 웃음소리가 신부의 상처를 바늘 끝으로
찌른다. 고개를 힘없이 흔들었다. 이 나라의 백성들은
오랫동안 자기 자신을 위해 죽는 일이 없었다. 그들이
자기 자신을 지키기 위해 죽음을 택한 것은 신앙을 얻
은 뒤부터라고 그는 대답했지만, 이 대답도 이제 와서
는 상처를 아물게 하는 힘이 되진 못했다.

이렇게 해서 하루하루가 지났다. 배롱나무에서는
여전히 매미가 힘없는 소리로 울고 있다.

"어떻게 하고 있나?"

하루에 한 번 순찰하는 관리가 묻는다.

"변함없습니다. 하루 종일 벽만 향하고 있습니다."
하고 파수꾼은 감방을 가리키면서 작은 소리로 대답
한다.

"자세히 살피고 오라는 분부이시다. 모든 것은 지쿠
고노가미 님의 계획대로 잘 돼가고 있겠지?"

관리는 창살에서 얼굴을 떼자, 병자의 경과를 자세히 관찰하는 의사처럼 만족스런 웃음을 띠었다.

우란분재 축제가 끝난 뒤면 나가사키의 거리는 한동안 조용한 나날이 계속된다. 그믐날에는 축일이라 하여 나가사키, 오야마우라, 우라카미 등의 정미소가 올벼 쌀 상자를 관아에 헌납한다. 팔월 초하루에는 팔삭八朔이라 하여 여러 관리와 마을 대표들이 흰옷을 입고 대관代官에게 문안을 드린다.

달이 차츰 보름달이 되어갔다. 옥사 뒤에 있는 잡목림에서 산비둘기와 부엉이가 번갈아 가며 비슷한 목소리로 매일 밤 울었다. 그 잡목림 위에 완전히 둥그레진 달이, 기분 나쁠 정도로 붉은빛을 띠고 검은 구름 속에서 나왔다 들어갔다 하고 있었다. 노인들은 금년에는 좋지 않은 일이 일어날지도 모르겠다는 말들을 하고 있었다.

8월 13일. 나가사키의 민가에서는 생선회를 만들고, 류큐 감자나 콩 등을 찐다. 당일은 관아에 근무하는 관리들로부터 생선과 과자의 봉정奉呈이 있다. 관아의 수령이 술이나 맑은 장국, 경단 등을 관리들에게 나누어 주는 것이다.

그날 밤, 파수꾼들은 토란과 콩 등을 안주 삼아 늦게까지 술을 마시고 있었다. 탁한 사투리와 접시 부딪치는 소리가 늦게까지 들렸다. 신부는 창살 틈으로 새어드는 흰 달빛을, 살이 빠진 마른 어깨 위에 받으면서 정좌하고 있었다. 마른 그림자가 판자 벽에 비치고, 가끔 무엇에 놀랐는지 잡목림 속에서 한 마리 매미가 찌찍 찌르르찍 하고 날아오른다. 움푹 파인 눈을 감고 그는 어둠의 고통을 가만히 견딘다. 자기가 알고 있는 사람, 자기를 알고 있는 자들이 모두 잠들고 있는 이 밤, 신부의 가슴속을 도려내듯 가로지르는 것은 이와 비슷한 어느 날 밤이다. 대낮의 더위를 안고 있는 겟세마니의 회색 땅 위에 웅크리고 잠들어 있는 제자들로부터 홀로 떨어져 '죽도록 고통을 느끼고 땀과 피를 줄줄 떨구는' 그분의 얼굴을 신부는 지금 골똘히 생각해 본다. 일찍이 그는 수백 번도 더 그분의 얼굴을 머리에 떠올리곤 했는데, 이처럼 땀을 흘리며 괴로워하는 얼굴만은 웬일인지 먼 존재처럼 생각되었다. 그러나 오늘 밤 비로소 그 여윈 표정이 머릿속에서 초점을 맞추고 있다.

그분도 그날 밤, 하느님의 침묵을 예감하고 전율을 느꼈을까? 신부는 생각하기가 싫었다. 하지만 지금 그의 가슴을 느닷없이 통과하는 하나의 목소리를 듣지 않으려고 신부는 두어 번 심하게 고개를 저었다. 모키치나 이치조가 말뚝에 묶인 채 잠겨버린 비 내리는 바다, 배를 뒤쫓는 가르페의 까만 머리가 이윽고 힘이 다해 조그마한 나뭇조각처럼 떠돌고 있던 바다,

뱃전에서 거적을 두른 몸뚱이가 수직으로 떨어져 간 바다. 바다는 끝없이 넓고 애닯게 펼쳐져 있었는데, 그때도 하느님은 바다 위에서 그저 딱딱하게 침묵만 지키고 있었다. "엘리 엘리 레마 사박타니(저의 하느님, 저의 하느님, 어찌하여 저를 버리셨습니까)?" 갑자기 이 목소리가 짙은 회색 바다의 기억과 함께 신부의 가슴 속에서 치밀어 올랐다. 엘리 엘리 레마 사박타니? 금요일 오후 세 시, 이 목소리는 온통 어둠에 덮인 하늘을 향해 십자가 위에서 울렸는데, 신부는 그것을 오랫동안 그분의 기도소리라 생각했을 뿐 결코 하느님의 침묵에 대한 공포에서 나온 말이라고는 생각하지 않았다.

하느님은 정말로 존재하는가? 만약 하느님이 존재하지 않는다면 그 먼 바다를 건너 이 불모의 섬에 한 알의 씨앗을 갖고 온 자기의 반생은 우스꽝스럽다 할 수밖에 없다. 매미가 울고 있는 한낮, 목이 잘린 애꾸눈 사나이의 인생도 우스꽝스럽다. 헤엄치면서 신자들의 배를 쫓은 가르페의 일생도 우스꽝스럽다. 신부는 벽을 향해 껄껄 웃었다.

"신부님, 뭐가 우습소?"

술을 마시고 있던 파수꾼들의 말소리가 그치고 뒷간에 갔다 오던 사람이 밖을 지나면서 물었다. 하지만 아침이 되어 다시금 창살 틈으로 햇살이 비쳐들자 신부는 얼마간 기력을 되찾고, 어젯밤 자기를 괴롭힌 고독감에서 되돌아설 수 있었다. 그는 두 다리를 앞으로 뻗고 머리를 판자벽에 기대고서는 시편을 공허한 목소리로 읊조렸다.

"제 마음 든든합니다. 하느님, 제가 노래하며 찬미합니다. 깨어나라, 나의 영혼아. 깨어나라, 수금아, 비파야. 나는 새벽을 깨우리라."

이러한 말들은 그가 소년 시절에 푸른 하늘이나 과일나무에 바람이 스치는 것을 볼 때마다 마음속에서 떠올렸던 구절이었으나, 그 당시의 하느님은 지금처럼 두려워하거나 어두운 의혹을 갖는 대상이 아니고, 가장 친근하게 이 지상과 조화롭게 살아가는 희열을 느끼게 하는 분이었다.

그러한 그를 가끔 창살 틈으로 관리와 파수꾼이 호기심에 가득 찬 눈으로 들여다보고 있었으나 신부는 이제 더 이상 그쪽을 돌아보지 않았다. 하루에 세 번 들어오는 식사도 손을 대지 않는 때가 자주 있었다.

9월이 되어 공기 속에서 서늘한 감촉을 느끼기 시작한 오후, 그는 갑자기 그 통역의 방문을 받았다.

"아, 오늘은 당신에게 만나게 해줄 사람이 있어서 말씀이야."

통역은 여전히 야유하듯 부채질을 하면서 말을 걸었다.

"아니 아니, 지쿠고노가미 님이 아니오. 관리 어른도 아니오. 틀림없이 당신도 만나면 만족스럽게 여길 분이오."

신부는 잠자코 감정 없는 눈으로 상대를 바라보았다. 통역이 그때 자기에게 던진 말을 분명하게 잘 알아듣고 있었지만 미워하거나 노여워할 기분은 이상하게도 나지 않았다. 나지 않는다기보다는 이제 그러한 것을 느끼는 것도 그에겐 어쩐지 피곤했던 것이다.

"듣자니 식사도 잘 안 하신다던데… 너무 심각하게 생각할 필요는 없지요."

통역은 언제나처럼 엷은 웃음을 띠고 말하면서 자주 방을 들락날락하며 고개를 갸우뚱거렸다.

"가마가 왜 이리 늦을까? 벌써 도착할 시간인데…."

이제 와서 누가 찾아오건 신부에겐 아무런 흥미가 없었다. 마치 물체라도 바라보듯, 바쁘게 자기와 파수꾼 있는 데를 왔다 갔다 하고 있는 통역의 등을 그는 멍하니 바라볼 뿐이었다.

가마를 멘 인부들의 목소리가 문밖에서 들리고 통역과 오두막 밖에서 누군가 서로 얘기하고 있었다.

"자 신부, 갑시다."

신부는 잠자코 일어나 천천히 밖으로 나왔다. 피로한 신경 때문에 노랗게 변한 눈자위에 바깥 햇빛이 닿으니 몹시 아프다. 아랫도리만 살짝 가린 인부 둘이

가마에 팔꿈치를 괴고 이쪽을 가만히 바라보고 있다.

"아이구 무거워! 이렇게 몸이 크니…."

신부가 가마에 오르자 인부들은 불평을 했다. 사람 눈을 피하기 위해 가마의 발을 내렸기 때문에 바깥은 전혀 보이지 않는다. 다만 여러 가지 소리가 들려올 뿐이다. 아이들의 외치는 소리, 스님의 방울소리, 집 짓는 소리. 석양빛은 발을 거쳐 얼룩얼룩 그의 얼굴에 비치고, 소리뿐만 아니라 여러 가지 냄새도 풍겨 온다. 나무의 향기와 진흙냄새, 가축들의 냄새, 눈을 감고서 신부는 잠시 동안이지만 자기에게 다시 돌아온 이 인간 생활의 냄새를 가슴속 깊이 들이마셨다. 갑자기 자신도 보통 사람들과 마찬가지로 그들에게 말을 걸고, 그들의 얘기를 듣고, 그들의 생활 속에 빠져들고 싶은 욕망이 북받쳐 올라왔다. 숯 굽는 오두막집에 숨고, 포졸들을 피해 산속을 방황하고, 신자들이 피살되는 것을 보는 일들을 이제 더 겪기가 싫었다. 이제 자신에겐 도저히 그런 것을 견딜 힘이 남아 있지 않은 것처럼 생각되었다. 하지만 '자신의 마음을 다해, 영혼을 다해, 뜻을 다해, 능력을 다해' 한 가지만을 응시하는 것이 신부가 된 후부터 그의 임무였다.

들리는 소리만으로도 가마가 시내로 들어선 것을 알 수 있었다. 조금 전까지 닭소리와 소 울음소리가 들려왔는데 지금은 그 대신 바쁘게 걷는 사람들의 발소리, 장사치들의 떠드는 소리, 차 바퀴소리, 무엇인가 다투고 있는 고함소리가 발 너머로 들려왔다.

대관절 어디로 끌려가는 것인지, 누굴 만나러 가는 것인지, 그런 것은 이제 신부에겐 아무 상관이 없었다. 누굴 만나게 되건, 이제까지와 같이 동일한 질문의 반복, 동일한 방법의 심문이 계속될 뿐일 것이다. 그리스도를 조사한 헤로데의 질문처럼 이쪽의 말을 듣기 위해서가 아니고 오직 형식을 위한 심문에 지나지 않는다. 그리고 무엇 때문에 이노우에 지쿠고노가미가 자기만 죽이지 않고, 석방하지도 않고 살려두고 있는지 알 수 없었다. 그러나 지금은 그 이유를 이리 저리 따져보기도 귀찮고 힘에 겨웠다.

"다 왔다."

통역은 가마를 세우고 땀을 손바닥으로 씻으며 발을 올렸다. 밖으로 나오니 어느새 황혼의 노을이 붉게 타고, 옥사에서 그에게 시중을 들던 파수꾼이 따라와 있었다. 그 역시 도중에 자기가 도망칠까 봐 따라온 것이 분명했다.

돌층계 위에 산문山門이 있었다. 노을빛을 받은 산문 뒤에 그다지 크지 않은 절이 보인다. 뒤는 깎아지른 갈색 벼랑의 산으로 이어져 있다. 절간의 부엌은 어둑어둑하고 냉기가 감돌며 마루에는 두서너 마리의 닭이 방약무인으로 돌아다니고 있었다. 젊은 중이 하나 나타나더니 적의에 찬 눈으로 신부를 쳐다보고는 통역한테도 인사도 없이 사라졌다.

"중들은 당신네 신부를 싫어하기 때문에 말씀이야."

통역은 마루에 걸터앉아 안마당 쪽으로 시선을 보내며 즐거운 듯 말했다.

"언제까지나 혼자서 벽만 대하고 있는 것은 몸에 해롭소. 하지만 미리 알려두지만 쓸데없이 사고를 일으키는 것도 안 좋을 것이오."

이쪽을 놀려대는 듯한 통역의 말을 신부는 거의 듣고 있지 않았다. 그보다도 그는 이 부엌냄새 속에—만수향이나 습기, 이 나라 사람들의 음식냄새 속에 이질적인 냄새가 섞여 있는 것을 갑자기 깨달았다. 고기냄새도 풍겨 왔다. 오랫동안 고기를 먹지 않은 만큼 그 희미한 냄새도 민감하게 느낄 수 있었다.

발소리는 멀리서부터 들려왔다. 긴 복도 저쪽에서 천천히 이쪽으로 다가온다.

"누굴 만나게 되는지, 짐작이 가겠소?"

이때 신부는 얼굴을 딱딱히 하면서 비로소 고개를 끄덕였다. 자신의 무릎이 후들후들 떨리는 것을 알 수 있었다. 그와 만날 시기가 언젠가는 오리라고 믿고 있었지만 이런 장소라고는 생각지도 못했다.

"이제 만나게 해도 좋을 거라고…."

통역은 신부가 후들후들 떨고 있는 모습을 즐기면

서 말했다.

"지쿠고노가미께서 말씀하셔서서…."

"이노우에 님이…."

"그렇소. 상대방도 당신을 만나고 싶어하오."

늙은 스님 뒤에 검정옷을 입은 페레이라가 고개를 숙이고 걸어왔다. 몸집이 작은 늙은 스님이 가슴을 뒤로 젖히고 있는 것과 비교되어 키가 큰 페레이라의 고개 숙인 모습은 더 한층 비굴하게 보였다. 마치 목에다 밧줄을 감고 강제로 끌려오는 커다란 가축 같았다.

늙은 스님은 걸음을 멈추고 말없이 신부를 흘긋 보고, 석양빛이 비치는 마루 한구석에 책상다리를 하고 앉았다. 모두들 한참 동안 잠자코 있었다.

"신부님."

겨우 신부는 떨리는 목소리로 말했다.

고개 숙인 얼굴을 약간 치켜들고서 페레이라 신부를 흘긋 보았다. 그 눈길에 비굴한 웃음과 수치스런 빛이 동시에 스쳤으나 곧 태도를 바꾸어 오히려 도전하듯 커다란 눈으로 이쪽을 내려다보았다.

신부는 또 신부대로 무슨 말을 입 밖에 내야 좋을지 몰랐다. 가슴이 막히고, 이제는 어떠한 말도 모두 거짓말이 될 듯싶었다. 이쪽을 가만히 지켜보고 있는 스님이나 통역의 우월적인 호기심도 이 이상 자극시키고 싶지 않았다. 그리움, 노여움, 슬픔, 원한, 이러한 여러 가지 감정이 얽혀 가슴속은 부글부글 끓어올랐다. '왜 그런 얼굴을 합니까? 나는 당신을 책하기 위해 온 것이 아닙니다. 당신을 재판하기 위해 여기 있는 것이 아닙니다. 나는 우월한 자가 아닙니다.' 그는 마음속으로 외쳤다. 억지로 미소를 지으려고 했지만, 미소 대신 마음에도 없는 한줄기 눈물이 솟아 그 눈물이 신부의 뺨을 천천히 흘러내렸다.

"신부님, 오래간만에 뵙겠습니다…."

그는 겨우 떨리는 목소리로 말했다. 이런 말이 지금 얼마나 우스꽝스럽고 어리석은 것인지 너무나도 잘 알고 있었지만 그 이외에는 다른 말이 나오지 않았다.

그래도 페레이라는 침묵을 지킨 채 도전하듯 엷은 웃음을 계속 얼굴에 띠고 있었다. 약하디약한 비굴한 미소에서 도전하는 듯한 이 표정을 취하기까지의 페레이라의 마음을 손에 잡을 듯이 알 수 있었다. 알 수 있었기 때문에 신부는 이대로 썩은 나무처럼 그 자리에 쓰러지고만 싶었다.

"뭐라고 말씀을 좀 해주십시오."

신부는 허덕이는 목소리로 말했다.

"만약 저를 가엾이 여기신다면 뭐라고 말씀을 해주십시오."

'당신은 수염을 깎으셨군요.' 갑자기 이 기묘한 말이 목구멍까지 치밀어 올라온다. 왜 이런 생각이 갑자기 떠올랐는지 자기 스스로도 알 수 없었다. 그러나 옛날 자신과 가르페가 알고 있었던 페레이라 신부는 확실히 그 턱에 손질이 잘 된 아름다운 수염이 있었던 것이다. 그것은 그의 얼굴에 일종의 독특한 부드러움과 위엄을 느끼게 하고 있었다. 하지만 지금 그 수염이 나 있던 코밑과 턱은 맨송맨송하다. 신부는 페레이라의 맨송맨송한 얼굴 부분에 눈이 자꾸만 쏠리는 것을 느꼈다. 그곳은 몹시 음란하게까지 느껴졌다.

"이런 때 무슨 말을 해주기를 바라는가?"

"신부님은 자신을 속이고 계십니다."

"나 자신을 속여? 속이지 않고 있음을 어떻게 해야 보여줄 수 있을까?"

통역은 두 사람의 포르투갈 말을 한마디도 놓치지 않으려고 바짝 앞으로 다가앉았다. 봉당에서 또 두어 마리의 닭이 마루 위로 뛰어올라 날개를 퍼덕거렸다.

"오랫동안 이곳에 계셨습니까?"

"1년쯤 되나 보오."

"이곳은…?"

"사이쇼지西騰寺라는 절이오."

사이쇼지라는 발음이 페레이라의 입에서 나오자 석불처럼 정면만 보고 있던 늙은 스님이 이쪽으로 얼굴을 돌렸다.

"저는 나가사키의 어느 옥사에 있습니다. 장소는 저

도 잘 모릅니다."

"알고 있소. 소토마치라는 교외요."

"매일 무슨 일을 하고 계십니까, 당신은?"

페레이라는 얼굴을 찡그리며 손으로 그 맨송맨송한
턱을 쓸었다.

"사와노 씨는 매일 책을 쓰고 계시오."

통역이 옆에서 페레이라를 대신하여 대답했다.

"나는 지쿠고노가미의 명령으로 천문학 책을 번역
하고 있소."

페레이라는 통역의 입을 막으려는 듯 빠르게 말하
기 시작했다.

"아무렴, 나는 도움이 되고 있지. 이 나라 사람들에
게 도움이 되고 있고말고. 이 나라 사람들은 많은 지
식을 갖고 있지만 천문학이나 의학은 나 같은 서양인
한테서 아직 도움을 받아야 하는 형편이오. 물론 이
나라에는 중국에서 배워온 훌륭한 의학이 있지만 거
기에 우리의 외과外科를 덧붙이는 것은 결코 헛된 일
이 아닐 것이오. 천문학 역시 마찬가지오. 나는 그래
서 네덜란드 선장들에게 렌즈나 망원경 알선을 부탁
해 놓았소. 이 나라에서 나는 결코 무익하지 않소. 이
렇게 쓸모가 있소. 아무렴 쓸모가 있고말고."

신부는 페레이라가 덮어씌우듯 마구 지껄여 대는
입가를 가만히 바라보고 있었다. 그는 어째서 상대가

갑자기 이렇게 다변이 되었는지 알 수가 없다. 그러나 자기가 아직 도움이 되고 있다는 것을 거듭 강조하는 그 초조한 마음은 이해가 갈 만하다고 느껴졌다. 페레이라는 그를 향해서만 말하고 있는 것은 아니었다. 통역이나 스님한테도 들으라고, 그리고 자기 스스로 자기의 존재를 납득하기 위해서 지껄여 대고 있는 것이었다.

"나는 이 나라에서 도움이 되고 있소."

그동안 신부는 슬픈 듯 눈을 깜박이며 페레이라를 바라보고 있었다. 그렇다. 사람들을 위해 유익하며 도움이 된다는 것은 성직자들의 유일한 소원이며 꿈이다. 신부들의 고독이란 자기가 남을 위해 아무 도움이 되지 못한다는 것이다. 페레이라는 배교한 지금에 와서도 옛날과 같은 심리적 의무감에서 벗어날 수 없는 것이다. 마치 미치광이 여인이 자기 아이에게만은 젖을 먹이는 것을 잊지 않듯이, 페레이라는 남에게 자기가 유익한 존재이기를 바라는 그런 옛날 생각에 지탱되고 있는 것이다.

"행복하십니까…?"

신부는 말했다.

"누가 말이오…?"

"신부님 자신 말입니다."

"행복 같은 것은… 사람마다 생각하기에 달린 것이

오."

페레이라의 눈에 또다시 도전하는 듯한 날카로운
빛이 스쳤다.

'옛날의 당신이라면 결코 그런 말은 안 했을 것입
니다.' 그렇게 말하려다가 신부는 갑자기 피곤해져서
입을 다물었다. 지금 자기는 그의 배교와 제자들까지
배반한 것을 책하기 위해 여기에 있는 것이 아니었다.
상대가 보이지 않으려고 감추고 있는 그 깊은 상처에
손가락을 넣을 생각은 조금도 없었다.

"그렇소. 이분은 이 나라 사람들에게 크게 도움이
되고 있소. 이름도 사와노 추안澤野忠庵으로 바꾸셨소."

통역은 페레이라와 신부 사이에서 양쪽에 미소를
보내면서 말했다.

"또 한 권의 책에 붓을 대고 계시오. 신神의 가르침
과 그리스도인의 과오와 부정을 폭로하는 책이오. 현
위록顯僞錄이라 이름을 붙였을 것이오."

이번엔 페레이라가 끼여들 틈이 없었다. 순간 그는
시선을 닿 있는 데로 돌려 마치 아무것도 듣지 않은
시늉을 했다.

"지쿠고노가미께서도 그 원고를 읽으시고 잘 썼다
고 칭찬하셨소. 당신도 언젠가 옥사에서 틈 있는 대로
한번 읽어보시오."

통역은 신부에게 말했다.

방금 페레이라가 황급히 천문학 번역을 하고 있다고 말한 이유를 신부는 겨우 이해할 수 있었다. 이노우에 지쿠고노가미의 명령으로 매일 책상 앞에 앉아 있는 페레이라. 일찍이 자기가 평생을 걸고 믿어온 그리스도교를 옳지 못하다고 쓰고 있는 페레이라. 붓을 들고 앉은 페레이라의 구부정한 등이 신부에겐 보이는 것만 같았다.

"무자비합니다."

"뭐라고?"

"참혹합니다. 그 어떠한 고문보다도 이만큼 무자비한 것은 없다고 생각합니다."

신부는 얼굴을 돌리고 있는 페레이라의 눈에서 갑자기 하얀 눈물이 반짝인 것을 보았다. 일본식의 검정 옷을 입고 갈색 머리카락도 일본식으로 땋고, 그리고 이름까지 사와노 추안이라 불리고… 더욱이 아직껏 살아가고 있다. '주님, 당신은 아직도 침묵을 지키고 계십니다.'

"사와노 씨. 우리가 오늘 이 신부를 이곳에 데리고 온 것은 그런 쓸데없는 장광설을 늘어놓기 위해서가 아니오."

통역은 저녁 햇살이 강하게 비치는 마루에 돌부처처럼 정좌하고 있는 늙은 스님을 돌아보고 말했다.

"자, 스님께서도 하실 말씀이 많으십니다. 어서 말

하시오."

페레이라는 조금 전까지 가졌던 투지를 벌써 잃은 것 같았다. 신부에겐 속눈썹에 눈물을 아직도 담고 있는 이 남자가 갑자기 조그맣게 오그라든 것처럼 느껴졌다.

"나는, 그대가 배교하도록 권하라고… 부탁을 받고 있소."

페레이라는 지친 듯이 말하며

"이것을 보면 알 거요."

하고 잠자코 자기 귀 뒤를 손으로 가리켰다. 상처가 거기에 있었다. 갈색으로 힘살이 수축된 듯한 화상 흉터였다.

"구덩이에 거꾸로 매다는 형벌이라고 언젠가 얘기한 적이 있었을걸. 손발을 움직이지 못하도록 거적으로 싸서 구덩이에 매달지."

통역은 생각만 해도 두렵다는 듯 두 손을 저으며 말을 계속했다.

"그대로 두면 즉석에서 절명하기 때문에 이렇게 귀 뒤에 구멍을 뚫고 한 방울 한 방울 피가 떨어지게 하는 거지요. 이노우에 님께서 고안하신 고문인데…."

귀가 크고 혈색도 좋고 통통하게 살찐 지쿠고노가미의 얼굴이 떠오른다. 찻잔을 두 손으로 잡고 천천히 더운물을 마시고 있던 얼굴, 자기가 항변하면 그야말로 납득이 가는 듯 천천히 고개를 끄덕이고, 천천히 미소를 띠던 얼굴. 헤로데는 그분이 고문을 받고 있을 때 꽃으로 장식된 식탁에서 식사를 하고 있었다.

"생각해 보시오. 이제는 이 나라에 그리스도교 신부는 당신 한 사람뿐인데, 그런 당신마저 붙잡혔으니 이제는 백성들을 가르칠 수도 복음을 전파할 수도 없지 않소? 쓸모없는 몸이 되었소."

눈을 가늘게 뜬 통역의 목소리는 갑자기 부드러워졌다.

"하지만 사와노 씨는 조금 전에 말씀한 바와 같이 천문학, 의학 서적을 번안하고, 병자를 돕고 사람들을 위해 진력하고 있소. 쓸데없는 고집으로 구차스럽게 옥사에서 평생을 보내는 것이 도리인가, 아니면 겉으로는 배교했지만 사람들에게 도움이 되는 게 도리인가, 이 점을 잘 생각해야만 되오. 우리의 노승께서도 평소 사와노 씨에게 그렇게 가르치고 계셨을 것이오. 인자仁慈의 길이란 필경 자아를 버리는 것. 자아란 쓸데없이 종파에만 사로잡힌 것을 말할 것이오. 사람들을 위해 힘을 다함은 부처의 가르침도 그리스도의 가르침도 마찬가지일 것이오. 중요한 점은 가르침을 행하느냐 행하지 않느냐지요. 사와노 씨도 현위록 속에서 그렇게 쓰고 계셨지 아마."

통역은 말을 마치자 페레이라에게 말하기를 재촉하

듯 돌아보았다.

일본옷을 입고 있는 이 노인의 얄팍한 등에 석양빛
이 가득히 비치고 있다. 신부는 얄팍한 그 등을 가만
히 바라보면서 옛날 리스본 신학교에서 신학생들의
존경과 사랑을 받고 있던 페레이라의 모습을 찾아보
려고 했다. 지금은 이상하게도 경멸의 기분도 일어나
지 않는다. 다만 영혼이 빠진 생물을 보는 듯한 연민
의 감정이 가슴을 조인다.

"20년 동안 나는 이 나라에서 선교했소. 이 나라에
관한 것이라면 그대보다 내가 더 많이 알고 있소."

페레이라는 힘없이 눈을 아래로 깔면서 말했다.

"그 20년 동안 당신은 예수회 관구장으로서 빛나는
사업을 계속해 오셨습니다. 당신이 예수회 본부로 써
보낸 편지를 우리는 존경하는 마음으로 읽어왔습니
다."

신부는 상대방을 격려하듯 말소리를 높였다.

"그리고 그대 눈앞에 있는 것은 선교에 패배한 늙은
선교사의 모습이지."

"선교에 패배라는 것은 없습니다. 당신이나 제가 죽
은 뒤 또다시 새로운 신부 한 사람이 마카오에서부터
정크를 타고 이 나라 어디엔가 비밀리에 상륙할 것입
니다."

"틀림없이 그는 붙잡힐 테지. 붙잡힐 때마다 또 백

성들의 피가 흐를 것이오. 당신네들 멋대로의 꿈으로 인해 죽는 것은 백성들뿐이라고 몇 번 얘기해야 알겠소. 이제 우리를 그냥 내버려 두어야 한다는 것을 알 만할 텐데."

통역이 옆에서 황급히 말했다.

"20년 동안 나는 선교해 왔소."

페레이라는 감정 없는 목소리로 똑같은 말을 계속 되풀이했다.

"내가 알게 된 것은 이 나라에는 그대나 우리의 종교가 결국 뿌리를 내리지 못하리라는 것뿐이오."

"뿌리를 내리지 못하는 게 아닙니다."

신부는 고개를 흔들며 큰 소리로 외쳤다.

"뿌리를 잘린 것입니다."

하지만 페레이라는 신부의 큰 소리에도 얼굴을 들지 않고 눈을 아래로 깐 채 의지도 감정도 없는 인형처럼 말했다.

"이 나라는 늪지대요. 머지않아 그대도 알게 될 테지만, 이 나라는 생각보다 훨씬 무서운 늪지대였소. 어떠한 묘목도 그 늪지대에 심으면 뿌리가 썩기 시작하오. 잎이 누래지고 시들어 버리오. 우리는 이 늪지대에 그리스도교라는 묘목을 심었소."

"그 묘목이 뻗어 잎을 단 시기도 있었습니다."

"언제?"

비로소 페레이라는 신부를 바라보고 엷은 웃음을 그 움푹 파인 볼에 띠었다. 그 엷은 웃음은 마치 철부지 청년을 가엾게 여기는 듯한 그러한 것이었다.

"당신이 이 나라에 오셨을 때는 교회가 이 나라 도처에 세워지고, 신앙이 새벽의 신선한 꽃처럼 향기를 풍기고, 수많은 사람이 요르단 강에 모여드는 유다인들처럼 다투어 세례를 받던 때였습니다."

"하지만 사람들이 그때 믿은 것이 그리스도교에서 가르치는 하느님이 아니었다면…."

페레이라는 천천히 말했다. 그의 볼에는 아직도 이쪽을 불쌍히 여기는 듯한 미소가 남아 있었다.

뜻 모를 노여움이 가슴속에서 북받쳐 오름을 느끼며 신부는 자기도 모르게 주먹을 불끈 쥐었다. 이성적이 되라고 필사적으로 자기 자신에게 타이른다. 이런 궤변에 속아 넘어가서는 안 된다. 패배한 자는 변명하기 위해서 어떠한 자기 기만도 만들어 가는 것이다.

"신부님은 부정해서는 안 될 것마저 부정하려고 하십니다."

"그렇지 않소. 이 나라 사람들이 그 무렵 믿었던 것은 우리의 신이 아니었소. 그들의 신들이었소. 우리는 그것을 오랫동안 모른 채 이 나라 백성이 그리스도인이 되었다고 믿고 있었소."

페레이라는 지친 듯이 마루에 앉았다. 넓은 옷자락

이 벌어지고 막대기처럼 마른 맨발이 보인다.

"나는 그대에게 변명하거나 설득하기 위해서 이런 말을 하고 있는 것이 아니오. 아마 누구도 이 말을 믿지 않을 것이오. 그대뿐 아니라 고아나 마카오에 있는 선교사들, 유럽의 교회에 있는 모든 신부들도 믿지 않을 거요. 하지만 나는 20년에 걸친 선교 후에 그들을 알았소. 우리가 심은 묘목의 뿌리는 알지 못하는 사이에 조금씩 썩고 있었다는 것을 알았소."

"성 프란치스코 하비에르는 이 나라에 계실 동안 결코 그런 생각은 갖지 않으셨습니다."

신부는 견딜 수 없다는 듯 손으로 상대방의 말을 막았다.

페레이라는 고개를 끄덕이며 말했다.

"그 성인께서도 그 점을 알지 못하였소. 하지만 하비에르 성인이 가르친 데우스神라는 말을 그 사람들은 제멋대로 다이니치大日라는 신앙으로 변경시키고 있었던 것이오. 태양을 숭상하는 그들에게 데우스와 다이니치는 거의 비슷한 발음이었소. 그런 착오를 고백한 하비에르 성인의 편지를 그대는 읽은 적이 없소?"

"만약 하비에르 성인에게 좋은 통역이 있었다면 그런 터무니없는 오해는 없었을 것입니다."

"그렇지 않소. 그대는 내 말을 도무지 이해 못 하는

군."

페레이라는 비로소 관자놀이 근처에 신경질적인 초조감을 보이며 말했다.

"그대는 아무것도 모르오. 마카오나 고아의 수도원에서 이 나라의 선교를 구경하고 있는 사람들은 아무것도 이해할 수 없소. 데우스神와 다이니치大日를 혼동한 사람들은 그때부터 우리의 신을 그들 식으로 굴절 변화시키고, 그리하여 전혀 딴것을 만들기 시작했던 것이오. 말의 혼란이 제거된 뒤에도 이런 굴절과 변화는 내면적으로 계속되어, 그대가 아까 말한, 선교가 가장 화려했던 시기에도 그들은 그리스도교의 신이 아니고 그들이 굴절시킨 것을 믿고 있었던 것이오."

"우리의 신을 굴절시키고 변화시켜 완전히 딴것을…."

하고 신부는 페레이라의 말을 곰곰이 음미하듯 되풀이했다.

"그것도 역시 우리의 신이 아니겠습니까?"

"다르오. 그리스도교의 신은 그들의 심성 속에서 어느새 신으로서의 실체를 상실해 가고 있었소."

"신부님은 무슨 말씀을 하고 계십니까?"

신부의 커다란 목소리에 봉당에서 먹이를 얌전히 쪼고 있던 닭이 날개를 퍼덕이면서 한구석으로 도망쳤다.

"내가 말하고 있는 것은 간단하오. 그대들은 선교의 표면만을 보고 그 질적인 면을 생각하지 않았소. 그야 내가 선교한 20년 동안, 다들 말하는 바와 같이 교토 지방이나 규슈, 주고쿠, 센다이 등에 많은 교회가 세워지고, 아리마와 아즈치에 신학교가 생기고 일본인들은 다투어 신자가 되었소. 그대는 아까 이 나라의 신자를 20만이라고 했지만 그 숫자도 사실은 더 많소. 우리는 40만의 신자를 가진 적도 있었소."

"그것을 신부님은 자랑하셔도 됩니다."

"자랑해? 만약 그 사람들이 내가 가르친 신을 믿고 있었다면 자랑할 만하지. 하지만 이 나라의 사람들이 우리가 세운 교회에서 기도드리고 있었던 것은 그리스도의 신이 아니오. 우리에겐 이해할 수 없는 그들 식으로 굴절시킨 신이었소. 만약 그것을 신이라고 한다면…."

페레이라는 고개를 숙이고 무엇인가 생각해 내려는 듯 입술을 움직였다.

"아니지, 그건 신이 아니오. 거미줄에 걸린 나비와 똑같소. 처음 그 나비는 분명히 나비에 틀림없었소. 하지만 다음날 그것은 겉으로 보기엔 나비의 날개와 몸통을 갖고 있으면서 실체를 잃은 시체가 되어가오. 우리의 신도 이 나라에서는 거미줄에 걸린 나비와 마찬가지로 외형과 형식만은 신처럼 보이면서 이미 실체 없는 시체가 되어버린 것이오."

"그럴 리가 없습니다. 그런 터무니없는 얘기는 더 듣고 싶지도 않습니다. 나는 신부님만큼 이 나라에 있지는 않았지만 이 눈으로 순교자들을 똑똑히 보았습니다."

신부는 손으로 얼굴을 가리듯 하고서 그 손가락 사이로 소리를 냈다.

"그들이 분명히 신앙에 불타 죽어간 것을 나는 이 눈으로 보았습니다."

비 오는 바다, 그 바다에 떠 있는 두 개의 검은 말뚝의 기억이 신부의 마음에 아프도록 되살아났다. 애꾸눈 사나이가 대낮의 햇빛 속에서 어떻게 죽어갔는지도 그는 잊을 수 없었다. 자기에게 참외를 준 여인이 거적에 싸여 바다 속에 던져진 상황도 기억 속에 그대로 남아 있었다. 그들이 만약 신앙을 위해 죽은 것이 아니라고 한다면 그것은 인간에 대한 얼마나 큰 모독일까. 페레이라는 거짓말을 하고 있다.

"그들이 믿고 있었던 것은 그리스도교의 신이 아니오. 그들은 오늘날까지 신이란 개념을 갖지 않았으며 앞으로도 갖지 못할 것이오."

페레이라는 자신을 가지고 단언하듯 한마디 한마디 힘주어 똑똑히 말했다.

그 말은 움직일 수 없는 바위 같은 무게로 신부의

가슴에 덮쳐왔다. 그것은 그가 어렸을 때, 신은 존재한다고 가르침을 받은 때와 마찬가지의 무게를 갖고 있었다.

"이 민족은 인간과 아주 동떨어진 신을 생각할 능력을 갖고 있지 못하오. 이 민족은 인간을 초월한 존재를 생각할 힘도 갖고 있지 않소."

"그리스도교와 교회는 모든 나라와 토양을 초월한 진리입니다. 그렇지 않다면 우리의 선교에 그 어떤 의미가 있는 겁니까?"

"이 민족은 인간을 미화하거나 확장시킨 것을 신이라 부르오. 다시 말해서 인간과 동일한 존재를 신이라 부르오. 하지만 그것은 그리스도교의 신이 아니오."

"신부님이 20년 동안 이 나라에서 파악한 것이 그뿐입니까?"

"그뿐이오. 그러므로 나에겐 선교의 뜻이 사라져 갔소. 갖고 온 묘목의 뿌리는 이 일본이라는 늪지대에서 어느새 뿌리째 썩어가고 있었소. 나는 오랫동안 그것을 깨닫지도 못하고 알지도 못했소."

페레이라는 쓸쓸하게 고개를 끄덕였다.

페레이라의 마지막 말에는 신부도 느낄 수 있는 쓰디쓴 체념이 담겨 있었다. 조금 전보다 힘을 잃은 황혼의 햇살이 봉당 구석에 조금씩 비쳐들기 시작했다. 신부는 멀리서 목탁 두드리는 단조로운 소리와 스님들의 슬픈 듯한 독경소리를 들었다.

신부는 페레이라를 향해 말했다.

"신부님은 이제는 내가 알고 있는 페레이라 신부가 아닙니다."

"그렇소. 나는 페레이라가 아니오. 사와노 추안이라는 이름을 관아의 수령한테 받은 사나이오. 이름만이 아니오. 사형당한 사나이의 처와 자식까지도 함께 받았소."

페레이라는 눈을 아래로 깔고 대답했다.

밤 아홉 시경 가마에 태워져 관리와 파수꾼의 경호를 받아가며 귀로에 올랐다. 밤이 깊어서인지 통행인도 끊기고 가마 속을 엿보일 근심도 없었다. 관리는 신부에게 발을 올리는 것을 허락했다. 도망치려고 하면 도망칠 수도 있겠지만 신부에겐 이미 그런 생각조차 일어나지 않았다. 길은 몹시 꼬불꼬불 가늘게 구부러지고, 파수꾼이 나이초라고 가르쳐 준 구역에는 아직 오두막집 같은, 판자로 덮은 민가가 몰려 있었지만 이 구역을 벗어나자 가끔 기다란 절간의 담벽과 잡목림이 있을 뿐 나가사키의 거리는 아직 거리다운 모습을 갖추지 못하고 있음을 알 수 있었다. 까만 나뭇가지 위에 나와 있는 달이 가마와 나란히 서쪽으로 서쪽으로 움직이는 것처럼 보인다. 그 달빛이 처량했다.

"좀 기분 전환은 됐겠지요."

가마를 따라 걸으면서 관리가 부드럽게 말했다.

옥사에 도착하자 신부는 관리와 파수꾼에게 공손히 감사의 말을 하고 마루방으로 들어갔다. 뒤에서 파수꾼이 언제나처럼 자물쇠를 잠그는 둔중한 소리가 들렸다. 꽤 오랫동안 이곳을 비워놓았다가 오래간만에 돌아온 듯한 기분이다. 이 옥사에서의 열흘간과 필적할 만큼 오늘 하루는 길고 괴로웠다.

마침내 페레이라와 만나게 된 그 자체가 신부의 마음을 놀라게 만들지는 않았다. 그가 그렇게 변한 모습으로 있다는 것도, 이제 와서 생각하니 이 나라에 온 이래 어느 정도 짐작하고 있었다. 일본식 옷을 입고, 여윈 페레이라가 비틀거리듯 복도 저쪽에서 나타났을 때도 자기 마음에는 그다지 동요도 놀라움도 없었다. 그런 것은 이제 아무런 상관 없다. 아무래도 좋다.

'하지만 그가 말한 것은 어디까지가 진실일까?'

창살 틈으로 흘러드는 달빛을 여윈 잔등에 받으면서 신부는 판자 벽을 향해 단정히 앉는다. 페레이라는 자기의 나약함과 과실을 변명하기 위해 그런 얘기를 끄집어낸 것이 아닌가. 그렇다, 그게 틀림없다고 마음 한구석으로 다짐하면서, 그러나 어쩌면 그 얘기는 진실이 아닐까 하는 불안에 사로잡힌다. 페레이라는, 이 나라는 밑바닥 없는 늪지대라고 말하고 있었다. 묘목

뿌리는 그곳에서 썩고 시들어 간다. 그리스도교라는 묘목 뿌리도 이 늪지대에서는 사람들이 깨닫지 못하는 사이에 시들어 버리는 것이다.

"그리스도교가 멸망한 것은 그대가 생각하듯 금지시킨 탓도 박해의 탓도 아니다. 이 나라에는 아무리해도 그리스도교를 받아들일 수 없는 그 무언가가 있다."

페레이라의 말은 한마디 한마디, 신부의 귀를 바늘처럼 찌른다. 그대들이 믿고 있는 그 신은, 이 나라에서는 마치 거미줄에 매달린 벌레의 시체와 같이 외형만 유지하여 피도 실체도 잃고 있는 것이라고, 그때 페레이라는 눈을 벌겋게 번뜩이며 이야기했다. 그 표정에는 패자의 자기 기만이라고만 생각할 수 없는 진실성이 느껴졌다.

변소에 갔다 오는 파수꾼의 발소리가 안마당 쪽에서 희미하게 들린다. 그 소리가 사라지자 어둠 속에 들리는 것은 오직 땅벌레들의 기나긴 목쉰 울음소리뿐이다.

"그럴 리가 없다. 그런 일은 있을 수 없다."

신부는 물론 페레이라의 말을 부인할 수 있는 선교 경험을 하나도 갖고 있지 않았다. 그러나 그는 이것을 부정하지 않는다면 이 나라에 온 자기를 모두 잃는 것이다. 벽에다 머리를 부딪쳐 가면서 그는 단조롭게 계속 말했다.

"그럴 리가 없다. 그런 일은 있을 수 없다."

그런 일은 있을 수 없다. 사람은 거짓 신앙으로 자기를 희생시킬 수 없는 것이다. 자기가 직접 이 눈으로 본 농민들, 가난한 순교자들, 그 사람들에게 만약 구원이라는 것이 믿어지지 않는다면 어떻게 보슬비 내리는 바다 속에 그저 돌처럼 빠져들 수 있을 것인가? 그 사람들은 지금 이 순간 어느 쪽에서 보나 굳센 신자이며 그리스도인이었다. 그들의 신앙은 소박하긴 해도 그 신념을 불어넣은 것은 이 나라의 관리들이나 불교가 아니었다. 그것은 교회였다.

신부는 그때 페레이라의 슬픔을 알아차렸다. 페레이라는 그의 얘기 속에서 한 번도 일본의 가난한 순교자들에 대해서는 언급하려고 하지 않았다. 오히려 그 점은 의식적으로 피하려고까지 했다. 그는 자기하고는 다른 강했던 자, 고문이나 거꾸로 매다는 형벌에도 견딜 수 있었던 자를 무시하려고 했다. 페레이라가 자기와 동일한 약한 자를 한 사람이라도 늘리려고 한 것도, 고독과 약점을 나누어 가질 자가 필요했기 때문일 것이다.

어둠 속에서 그는 지금, 이 밤을 페레이라는 잠자고 있을 것인가 하고 생각해 본다. 아니, 잠자고 있지는 않을 것이다. 그 신부는 지금쯤 자기와 마찬가지로 이 거리 어디엔가 어둠 속에서 눈을 뜨고 고독의 깊이를 씹고 있을 것이다. 그 고독은 지금 자기가 옥사에서 겪지 않으면 안 될 쓸쓸함보다도 훨씬 냉혹하고 훨씬 무거운 것일 것이다. 그는 자기를 배반한 것에 그치지 않는다. 자기의 나약함 위에 나약함을 더욱 겹쳐놓기 위해 다른 인간을 그곳에 끌어들이려 하고 있다. 주님, 당신은 그를 구해 주지 않으시렵니까? 유다를 향해 당신은 말했습니다. "가라, 가서 네가 하려는 일을 어서 하여라." 버림받은 사람들 속에 당신은 그 사람까지도 집어넣을 셈이십니까?

페레이라의 고독과 자기의 적적함을 이와 같이 비교했을 때에야 그는 비로소 자존심이 만족되어 웃을 수 있었다. 그리고 딱딱한 마룻바닥에 몸을 눕혀 잠이 오기를 가만히 기다리고 있었다.

4

통역은 다음날 다시 이곳을 찾아왔다.

"어떻소, 좀 생각해 보았소?"

하고 언제나처럼 고양이가 쥐를 가지고 희롱하는 듯

한 말투가 아니라 딱딱한 표정을 짓고서 이야기를 계속한다.

"사와노 씨가 말한 대로 무익한 고집은 부리지 않는 게 좋소. 우리도 진심으로 배교하라고는 말하지 않소. 그저 겉으로만, 형식적으로 배교한다고 말해 주지 않겠소? 그러면 그 후는 좋도록 해주리다."

벽 한구석만 바라보고 신부는 계속 침묵하고 있었다. 통역의 수다는 무의미한 말처럼 귓전을 스쳐 지나갈 뿐이었다.

"자, 더 이상 애를 먹이지 말아주시오. 본심으로 이렇게 부탁하고 있는 거요. 솔직히 말해 나도 괴롭소."

"왜 구덩이 속에 거꾸로 매달지 않습니까?"

"도리로써 납득시킬 수만 있다면 어디까지나 가르치라고 나리께서는 언제나 말씀하고 계시오."

신부는 무릎 위에 두 손을 얹은 채 아이처럼 고개를 저었다. 통역은 깊은 한숨을 몰아쉬고 오랫동안 잠자코 있었다. 한 마리의 파리가 윙윙 소리 내며 날고 있었다.

"그래? …할 수 없지."

아직도 앉아 있는 신부의 귀에 자물쇠를 거는 소리가 둔중하게 들렸다. 그 둔중한 소리로 모든 설득이 이 순간에 끝났다는 것을 분명히 알 수 있었다.

자신이 고문에 어느 만큼 견딜 수 있을지 알 수 없

었다. 그러나 쇠약해진 심신에는 산속을 방황하고 있을 때 그렇게까지 두려웠던 고문도 웬일인지 실감이 나지 않는다. 모든 것이 이제는 귀찮은 기분이다. 지금은 하루속히 죽음이 찾아오는 것만이 이 괴로운 긴장의 연속에서 벗어날 수 있는 유일한 길처럼 느껴지기까지 한다. 이제는 살아가는 것도, 신이나 신앙에 대해 고민하는 것도 귀찮다. 이 몸과 마음의 피로가 자기에게 빨리 죽음을 가져다주기를 그는 원하고 있었다. 망막 속에, 바다에 빠져 죽은 가르페의 머리가 환상처럼 떠올랐다. 그 동료가 부러웠다. 이미 이러한 고통으로부터 해탈한 가르페가 부러웠다.

상상한 대로 다음날 우선 아침 식사가 나오지 않았다. 정오 가까이 자물쇠가 열렸다.

"나와!"

지금까지 얼굴을 보인 적 없는, 상반신을 벗어부친 거구의 사나이가 턱으로 가리켜 보였다.

방을 나오자 곧 이 사나이가 신부의 두 손을 뒤로 묶었다. 밧줄은 몸을 조금이라도 움직이면 저도 모르게 악문 입 사이로 신음소리가 날 만큼 손목에 조여들었다. 밧줄을 묶는 동안 이 사나이는 신부가 알아듣지 못할 욕설을 퍼붓고 있었다. 마침내 모든 결말의 시기가 왔구나 하는 감정이 신부의 심중을 스쳤는데 그것은 이상하게도 지금까지 맛본 적 없는 맑고 신선한 흥분이었다.

밖으로 끌려 나왔다. 햇빛이 내리쏟아지는 안마당에 관리 세 명, 파수꾼 네 명, 그리고 통역이 한 줄로 서서 이쪽을 바라보고 있었다. 신부는 그 방향으로—특히 통역을 향해 승리를 뽐내듯 미소를 지어 보였다. 미소를 지으면서 문득 인간이라는 것은 어떠한 사태가 되어도 허영심에서 벗어날 수 없다고 문득 생각했다. 그리고 자기에게 아직 이런 것까지 느낄 만한 여유가 있는 것을 기쁘게 생각했다.

거구의 사나이는 가볍게 신부의 몸을 안아 안장 없는 말 등에 올려놓았다. 그것은 말이라기보다 초라하게 여윈 나귀와 같았다. 말은 비실비실 걷기 시작하고 그 뒤를 관리, 파수꾼, 통역 들이 뒤따랐다.

이미 길에는 구경꾼들이 한데 몰려 일행이 지나가는 것을 기다리고 있었고, 마상의 신부는 미소를 지으면서 그들을 내려다보았다. 놀란 듯 입을 벌리고 있는 노인, 오이를 어적어적 깨물고 있는 어린이, 바보처럼 웃으면서 이쪽을 쳐다보고 있다가 막상 시선이 부딪치면 갑자기 두려운 듯 뒤로 꽁무니를 빼는 여인들, 그들 구경꾼 한 사람 한 사람의 얼굴에 햇빛이 갖가지 그림자를 만들고 있을 때 귓가에 무슨 갈색 덩어리가 날아왔다. 누군가가 던진 말똥이었다.

미소를 입가에서 지워버리지 않으려고 신부는 굳게

결심했다. 나귀에 태워져 자기는 지금 나가사키의 거리를 걷는다. 그분도 나귀에 태워져 예루살렘의 거리로 들어왔다. 욕설과 모멸에 견디는 얼굴이 인간의 표정 중에서 가장 고귀하다는 것을 그에게 가르쳐 준 것은 그분이다. 자기도 최후까지 이 표정을 짓고 싶다. 이 얼굴은 이방인 가운데서 그리스도교 신자들의 얼굴이라고 신부는 생각했다.

노골적으로 적의를 드러낸 승려들 한 떼가 커다란 녹나무 그늘에 모여 있다가 신부의 나귀가 가까이 다가왔을 때 막대기를 휘둘러 위협하는 태도를 보였다. 양쪽에 늘어서 있는 얼굴 속에서 신부는 비밀히 그리스도교 신자다운 사람의 표정을 찾았지만 허사였다. 누구나 적의, 아니면 증오 혹은 호기심밖에 갖고 있지 않았다. 그러므로 그 속에서 개처럼 애걸하고 있는 눈과 부딪쳤을 때 신부는 저도 모르게 몸을 비틀었다. 기치지로였다.

넝마를 몸에 걸친 기치지로는 맨 앞줄에서 일행을 기다리고 있었으나 신부와 시선이 부딪치자 황급히 눈을 깔고 사람들 틈으로 재빨리 몸을 감추었다. 그러나 신부는 비틀거리는 나귀 위에서, 그 사나이가 뒤를 따라오는 것을 알았다. 그는 이 이방인들 속에서 그가 알고 있는 오직 한 사람이었다.

'이제 괜찮다, 괜찮아. 나는 이제 노하지 않는다.

주님께서도 노하시지 않을 것이다.'

신부는 고해성사를 받는 신자들에게 하듯 기치지로에게 고개를 끄덕여 보였다.

기록에 의하면 이날 신부를 데리고 간 일행은 하카다초에서 가쓰야마초勝山町를 지나 고토초五島町를 통과했다고 한다. 선교사가 체포되면 처형 전날, 이처럼 본보기를 위해 나가사키 시내를 끌고 다니는 것이 관아의 관례다. 일행이 통과한 곳은 모두가 나가사키 나이초라 불리는 오래된 거리로, 인가도 많고 번잡한 장소였다. 시내를 끌고 다닌 다음날은 대체로 처형되는 것이 상례였다. 고토초는 나가사키가 오무라 스미타다 때 처음으로 개항되자 고토의 이민들이 모여 살던 구역으로, 여기서는 오후의 햇살을 받아 번쩍이는 나가사키 만灣이 한눈에 내려다보였다. 일행의 뒤를 따라온 군중들은 이곳까지 오자, 무슨 축제일처럼 서로 떠밀면서 기이한 외국인이 묶여 말에 태워진 것을 구경하려고 했다. 신부가 부자유스런 몸을 비틀 때마다 조소가 더한층 커졌다.

미소를 지으려 애써도 이미 얼굴은 딱딱하게 굳어 있었다. 이제는 그저 눈을 감고 자기를 조소하고 있는 얼굴, 으르렁거리는 얼굴을 보지 않으려고 노력하는 수밖에 없었다. 일찍이 빌라도의 저택을 에워싼 군중들의 고함소리와 욕설이 들렸을 때 그분은 부드럽게 미소를 짓고 있었을까? 그분 역시 그렇게는 하지 못했으리라 생각한다.

"Hoc Passionis tempore(이 수난의 때에)."

신부의 입술에서 작은 돌멩이처럼 기도의 말이 굴러 나왔지만 그 뒤는 한동안 이어지지 않다가 "dele crimina(죄를 없애주소서)." 하고 그는 간신히 다음 말을 중얼거렸다. 몸을 움직일 때마다 손목을 파고드는 밧줄의 아픔에는 좀 익숙해졌지만 그가 괴로운 것은, 자기를 향해 떠들어 대고 있는 군중을 그분처럼 사랑할 수 없다는 점이었다.

"신부, 어떤가. 아무도 구해 주러 오지 않는군."

어느새 통역이 말 옆으로 다가와 이쪽을 쳐다보며 외쳤다.

"좌우 어디를 둘러보나 그대를 비웃는 소리뿐. 그대는 저들을 위해 이 나라에 건너온 모양인데, 누구 한 사람 그대를 필요로 하지 않는다. 무익한 인간이란 바로 그대를 두고 하는 말이다."

"잠자코 기도드리고 있는 자가 저 속에 있을지도 모른다."

말 위에서 신부는 비로소 통역을 핏발 선 눈으로 노려보며 큰 소리로 대답했다.

"이제 와서 무슨 잠꼬대인가. 알겠나? 이 나가사키

에도 옛날엔 열한 개의 교회에 2만 명의 신자가 있었지. 그들이 지금은 어디로 자취를 감췄단 말인가. 저 군중들 속에도 신자였던 자가 있을지 모르지만 지금은 저렇게 욕을 함으로써 자기가 그리스도교 신자가 아니란 것을 주위 사람에게 보여주고 있다."

"나에게 아무리 굴욕을 가해도 도리어 용기만 더해줄 뿐인데…."

통역은 안장 없는 말의 복부를 철썩철썩 손바닥으로 때리면서 웃음 띤 얼굴로 말했다.

"오늘 밤, 알겠나? 오늘 밤 그대는 배교할 것이다. 이노우에 님께서 분명히 그렇게 말씀하셨다. 지금까지 이노우에 님이 신부들을 배교시킬 때 이렇게 미리 말씀하시고 틀려본 적이 한 번도 없다. 사와노 씨 때도… 그리고 그대도…."

통역은 자신이 있다는 듯 두 손을 꽉 잡고, 유유히 신부에게서 멀어져 갔다. 사와노 씨 때에도라는 마지막 말만이 신부의 귀에 뚜렷이 남았다. 말 위에서 신부는 몸을 부르르 떨며 그 말을 털어버렸다.

오후의 햇살을 받아 반짝이는 만灣 위에, 커다란 뭉게구름이 금빛으로 물들어 솟아오르고 있었다. 구름은 오늘따라 하늘의 궁전처럼 희고 거대했다. 신부는 지금까지 수없이 뭉게구름을 바라보았지만 이런 감정으로 바라본 적이 없었다. 비로소 이 땅의 신자들이 옛날에 부르던 그 노래가 얼마나 아름다운 것인지 이해하게 된다. "가자, 가자, 어서 가자. 하늘의 궁전으로, 어서 가자. 하늘의 천당은 멀다 하지만." 그분도 또한, 지금 자기가 겪고 있는 이 공포를 맛보셨다는 사실만이, 지금의 그에게는 둘도 없는 마음의 지주였다. 자기만이 아니라는 이 기쁨, 이 바다에서 말뚝에 묶인 두 명의 이 나라 농부가 하루 종일 똑같은 고통을 겪으면서 '머나먼 천국으로' 갔다. 자기가 가르페와 그들과 연결이 되고, 다시 십자가 위의 그분과 결합돼 있다는 기쁨이 갑자기 신부의 가슴을 아프게 했다. 그분의 얼굴은 이때, 일찍이 보지 못한 활기찬 모습으로 그에게 육박해 왔다. 고통을 느끼고 있는 그리스도, 견디고 있는 그리스도, 그 얼굴에 자기 얼굴이 진정으로 다가가도록 그는 충심으로 기도했다.

관리들이 채찍을 들어 군중들 일부를 양쪽으로 몰아냈다. 파리 떼처럼 모여 있던 그들은 얌전히 침묵을 지키며 불안스런 눈으로 귀로에 오르는 일행을 전송했다. 오후의 해는 거의 다 기울고 황혼의 노을빛과 융화되어, 언덕길 왼쪽에 있는 크고 붉은 절간의 지붕이 번쩍번쩍 빛났다. 거리 바로 저쪽에 보이는 산이 유난히 뚜렷하게 떠오른다. 이때도 말똥과 돌이 날아와 신부의 뺨에 맞았다.

말 옆에서 걸으면서 통역은 타이르듯 몇 번이고 되

풀이했다.

"자, 불리한 말은 안 하겠다. 배교하겠다고 단 한 마디만 말해 주게. 부탁이다. 이제 이 말은 그대가 있던 옥사로는 돌아가지 않는다."

"어디로 데려가는 겁니까?"

"관아로 가는 길이다. 나는 그대를 괴롭히고 싶지 않다. 부탁이다. 불리한 말은 안 하겠다. 한마디, 배교하겠다고 말해 주지 않겠나?"

신부는 입술을 깨문 채 말 위에서 잠자코 있었다. 뺨에서 흐르는 피가 턱으로 흘러내렸다. 통역은 고개를 숙이고, 한 손을 말 복부에 대고서 쓸쓸한 듯 계속 걸었다.

등을 밀리어 캄캄한 울안에 발을 들여놓으니 갑자기 악취가 코를 찔렀다. 오줌냄새다. 마루는 오줌으로 흥건하게 젖어 있어서, 한동안 구토증이 가라앉을 때까지 꾹 참고 있었다. 이윽고 벽과 마루가 어둠 속에서도 그럭저럭 분간할 수 있게 되어 그 벽에 손을 대고 걷기 시작하자 곧 다른 벽에 부딪혔다. 두 손을 펼쳐보니 양쪽의 벽이 동시에 손끝에 닿는다. 이렇게 해서 이 울안의 크기를 알 수 있었다.

귀를 기울였지만 애기소리는 들리지 않는다. 이곳이 관아 어디에 해당되는지 짐작조차 가지 않는다. 그러나 끽소리 하나 없는 것을 보면 근처에는 아무도 없는 것 같았다. 벽은 목재로 돼 있고, 그것을 만져보면 무엇인가 깊숙한 틈새 같은 것이 손끝에 느껴졌다. 처음엔 그것을 나무와 나무를 이은 자국으로만 알았는데, 사실은 그렇지 않고 무슨 무늬처럼 느껴졌다. 다시 그것을 더듬어 만져보는 동안 L자라는 것을 차차 알게 되었다. 다음에는 A라는 글씨도 있었다. 'LAUDATE EUM(주님을 찬미하라).' 신부는 장님처럼 그 주위를 손으로 더듬어 보았지만 그 글씨 이외에는 더 이상 아무것도 손끝에 닿지 않았다. 아마 어느 선교사가 이곳에 갇혀, 다음에 올 사람을 위해 라틴어로 벽에다 글씨를 새겨놓았을 것이다. 확실한 것은 그 선교사가 이곳에 있는 동안은 결코 배교도 안 하고 오직 신앙에 불타 있었다는 점이다. 이 사실은 어둠 속에 혼자 남은 신부를 갑자기 통곡할 만큼 감동시켰다. 최후까지 자기가 그 어떤 형태로 지켜지고 있는 듯한 기분이 들었던 것이다.

지금이 한밤중의 몇 시쯤인지도 모른다. 거리를 끌고 다니다가 관아로 돌아와 오랫동안 통역과 낯선 관리가 전과 똑같은 질문을 되풀이해서 물었다. 어디서 왔느냐? 소속돼 있는 회는 어디인가? 마카오에는 선교사가 몇 명 있던가? 그러나 그들은 더 이상 배교를 권하는 말은 하지 않았다. 통역까지도 조금 전과 아주 딴판으로 이미 표정 없는 사무적인 얼굴로 관리들이 하는 말을 통역했다. 그것을 다른 관리가 커다란 종이에 써넣는다. 그런 터무니없는 취조가 끝난 뒤 이곳으로 끌려온 것이다.

'LAUDATE EUM.'이라고 써 있는 벽에 얼굴을 대고 그는 언제나처럼 그분의 얼굴을 마음속에 그린다. 청년이 머나먼 타향에서 친구의 얼굴을 생각하듯, 신부는 예부터 고독한 순간이면 그리스도의 얼굴을 상상하는 버릇이 있었다. 하지만 체포된 뒤—특히 저 잡목림의 바람소리가 들리는 한밤의 옥사에서는 좀더 다른 욕망으로 그분의 얼굴을 망막 속에 새기고 있었다. 그 얼굴은 지금도 이 어둠 속에서 바로 그 가까이에 있으며, 침묵을 지키고는 있지만 다정한 눈으로 자기를 지켜보고 있다. 마치 그 얼굴은 이렇게 말하고 있는 것 같았다. '그대가 괴로워하고 있을 때 나도 곁에서 괴로워하고 있다. 끝까지 나는 그대 곁에 있겠다.'

신부는 이 얼굴과 함께 가르페를 생각했다. '머지 않아 곧 가르페와 다시 함께 있게 될 것이다.' 배를 쫓다가 바다 속에 가라앉은 그 까만 머리는 밤에 꿈속에서 가끔 보는 수가 있었다. 그럴 때마다 신자들을 버린 자기가 견딜 수 없이 부끄러웠다. 때로는 그 부끄러움에 못 이겨 가르페를 생각하지 않으려 하기도 했다.

멀리서 무슨 소리가 난다. 두 마리의 개가 서로 싸우고 있는 듯한 으르렁대는 소리에 가만히 귀를 기울이면 그 소리는 곧 사라지고, 얼마 후 또 길게 이어졌다. 신부는 저도 모르게 나직하게 소리 내어 웃었다. 누군가의 코 고는 소리라는 짐작이 갔기 때문이다.

'감방지기가 술을 먹고 잠들어 있구나.'

코 고는 소리는 한동안 이어졌다가 끊기고, 높아졌다 낮아졌다 가락이 잘 안 맞는 피리소리처럼 들렸다. 자기가 이 어두운 울안에서 죽음을 눈앞에 두고 가슴이 찢어지는 듯한 감정을 맛보고 있을 때, 다른 인간이 저렇게 태평스럽게 코를 골고 있다는 것이 웬일인지 몹시 우스웠다. 인생에는 어째서 이런 못된 장난이 허용되는 것일까, 하며 그는 또 작은 소리로 웃었다.

'통역은 내가 오늘 밤 배교한다고 단언했는데, 이런 내 마음의 여유를 안다면….'

이렇게 생각하자 신부는 벽에서 머리를 약간 떼고 저도 모르게 미소를 띠었다. 코를 골고 있는 감방지기의 근심 없는 얼굴이 눈앞에 보이는 것만 같다.

'저렇게 코를 고는 것을 보면 내가 도망치리라고는 꿈속에서도 생각지 않을 것이다.'

도망칠 생각은 이제 와서 티끌만치도 없었지만 그저 마음을 돌리기 위해 문을 두 손으로 밀어보니 빗장이 밖으로 꼭 질려 있어 꼼짝도 하지 않는다.

죽음이 눈앞에 닥쳐오고 있을지도 모른다는 것을
이치로는 잘 알고 있지만 묘하게도 감정이 거기에 따
르지 않았다.

아니, 죽음은 역시 눈앞에 닥쳐오고 있었다. 코 고
는 소리가 그치자 무서운 한밤의 고요가 신부 주위를
에워쌌다. 한밤의 정적이란 조그마한 무슨 소리도 나
지 않는 것이 아니었다. 어둠이 숲 속을 지나는 바람
처럼 갑자기 죽음의 두려움을 신부의 마음속에 날라
왔다. 두 손을 꼭 쥐고 그는 "아, 앗!" 하고 큰 소리로
외친다. 그러면 두려움은 썰물처럼 물러난다. 그러고
는 다시 밀려온다. 열심히 주님께 기도를 드리려고 했
지만 마음속을 띄엄띄엄 스쳐가는 것은 '피땀을 흘
린' 그분의 찡그린 얼굴이었다. 지금은 그분이 자기
와 마찬가지로 죽음의 공포를 맛보았다고 하는 사실
도 위로가 되지 못했다. 이마를 손으로 닦으면서 오직
마음을 돌리기 위해 신부는 좁은 울안을 서성거렸다.
몸을 움직이지 않고는 배겨날 수가 없었기 때문이다.
　겨우 사람소리가 멀리서 들렸다. 설혹 그 사람이 이
제부터 자기를 고문하려는 옥리일지라도, 이 비수같
이 차디찬 어둠보다는 그래도 나은 편이라고 생각되
었다. 조금이라도 그 목소리가 들리게끔 신부는 황급
히 문에 귀를 갖다 대었다.

목소리는 누군가를 욕하고 있는 것 같았다. 욕설 속에 애원하는 또 하나의 목소리가 섞인다. 멀리서 멈추어 서로 다투고, 그리고 나서 다시 이쪽으로 다가온다. 신부는 그러한 소리를 들으면서 아주 엉뚱한 일을 갑자기 생각했다. 어둠이 인간을 두렵게 만드는 것은 옛날 빛이 없던 시절 원시인들의 본능적인 공포가 우리에게 아직 남아 있기 때문이다, 라는 그런 터무니없는 생각이었다.

"저리 가라고 하지 않았나, 빨리 가지 못할까? 약을 올릴 참인가?"

한 사나이가 상대방을 야단치고 있었다.

그러자 야단맞고 있는 사나이가 울음 섞인 말로 외치고 있었다.

"난 그리스도교 신자란 말이오. 신부님을 뵙게 해주시오."

그 소리는 귀에 익은 소리였다. 기치지로의 목소리였다.

"신부님을 뵙게 해주시오."

"시끄럽다. 그렇게 귀찮게 굴면 혼내줄 테다."

"혼내줘요. 어서 때려주시오."

그 소리는 마치 노끈처럼 뒤엉키고, 다른 사나이가 여기에 가담한다.

"누구야?"

"몰라, 머리가 좀 이상한 모양이야. 어제부터 이곳에 찾아온 거러지인데, 자기가 그리스도교 신자라는 거야."

그러자 기치지로의 목소리가 갑자기 크게 울린다.

"신부님, 용서해 주셔요. 그 후부터 신부님께 고해성사를 받으려고 뒤쫓아 왔습니다. 용서해 주셔요."

"무슨 말을 하는 거야. 에잇, 누굴 약 올릴 셈인가."

기치지로가 옥리에게 얻어맞는 듯 나무가 부러지는 소리가 들렸다.

"신부님, 용서해 주셔요."

신부는 눈을 감고 고해성사의 기도문을 입속으로 외었다. 혀끝에 쓰디쓴 맛이 남았다.

"저는 원래가 마음이 약합니다. 마음 약한 자는 순교도 못 합니다. 어떻게 하면 좋습니까? 아, 어째서 저는 이런 세상에 태어났는지요?"

그 목소리는 바람에 끊어지듯 다시 멀어져 간다. 고토에 돌아왔을 때 신자들에게 인기가 있던 기치지로의 모습이 갑자기 머릿속에 떠올랐다. 박해 시대가 아니라면 그 사나이도 명랑하고 익살스런 신자로서 한평생을 보냈을지도 모르는 일이다. "이런 세상에… 이런 세상에." 신부는 손가락으로 귀를 막고, 강아지의 비명소리 같은 그 소리를 참는다.

자기는 조금 전에 기치지로를 위해 용서를 비는 기도를 바쳤지만 그 기도는 마음속에서 우러나온 것이 아니었다고 생각한다. 그것은 신부로서의 의무에서 바친 것이다. 그러므로 쓰디쓴 음식 찌꺼기처럼 아직 혀끝에 남아 있다. 기치지로에 대한 원한은 이미 사라졌지만 자기를 팔아넘기기 위해 그 사나이가 준 마른 생선냄새나 목이 타는 듯한 갈증의 기억은 아직도 깊이 마음속에 남아 있다. 노여움과 미움의 감정은 갖고 있지 않지만 경멸의 감정은 아무리 해도 씻어버릴 수 없다. 신부는 그리스도가 유다에게 말한 그 모멸적인 말을 다시금 되씹었다.

하지만 이 말이야말로 예부터 성경을 읽을 때마다 그의 마음에 납득할 수 없는 것으로 걸려 있었다. 이 말뿐 아니라 그분의 인생에서 유다의 역할을 그는 알 수 없었다. 왜 그분은 자기를 머지않아 배반할 사나이를 제자 가운데 넣었을까? 유다의 본심을 다 알고도, 어째서 오랫동안 모르는 척하고 있었을까? 그러고 보면 마치 유다는 그분의 십자가를 위한 꼭두각시 같은 존재가 아닌가.

게다가… 만약 그분이 사랑 그 자체라면 왜 유다를 최후에 가서 버리셨을까? 왜 유다가 피밭에서 목을 매달아 영원히 어둠 속에 빠져드는 대로 내버려 두셨을까?

이러한 의문은 신학교 때도, 신부가 된 후에도 늘 위에 떠오르는 아주 더러운 물거품처럼 의식 위로 떠올라 왔다. 그때마다 그는 마치 그 물거품이 그의 신앙에 그림자를 던지는 것처럼 여겨 생각하지 않으려 했다. 하지만 지금은 이미 씻어버릴 수 없는 절실함을 가지고 다가와 있다.

신부는 고개를 흔들며 한숨을 쉬었다. 최후의 심판은 머지않아 찾아온다. 사람은 성경 안에 쓰인 신비를 모두 이해할 수는 없다. 하지만 신부는 알고 싶었다. 하나도 빼놓지 않고 다 알고 싶었다. "오늘 밤 그대는 틀림없이 배교할 것이다." 하고 통역은 자신만만하게 말했다. 마치 베드로를 향해 그분이 말한 것처럼. "오늘 밤 닭이 울기 전에 너는 세 번이나 나를 모른다고 할 것이다." 여명은 아직 멀고 닭은 울 때가 아니다.

어? 코 고는 소리가 또 들리기 시작했다. 마치 그것은 바람개비가 도는 소리 같았다. 오줌에 젖어 있는 마룻바닥에 엉덩이를 붙이고 앉아, 신부는 바보처럼 웃었다. 인간이란 얼마나 우스운 존재인가. 저 높고 낮게 울리고 있는 우둔한 코 고는 소리. 무지한 자는 죽음의 공포를 느끼지 않는다. 저렇게 돼지같이 잘 자고, 커다란 입을 벌려 코를 골 수가 있다. 깊이 잠들어 있는 옥리의 얼굴이 눈앞에 보이는 듯하다. 그는 술에 절어 살이 찌고, 먹성도 좋고, 건강하고, 그러면서 희생자에게만은 몹시 잔인한 얼굴일 것이다. 귀족적인 잔인성이 아닌 하층 계급의 사나이들이 자기보다 못한 가축이나 동물에게 갖는 잔인성을 그 옥리도 갖고 있음이 분명하다. 자기는 그런 사나이들을 포르투갈 시골에서도 흔히 보아서 잘 알고 있다. 이 옥리도 자기가 이제부터 하는 행위가 어떤 괴로움을 남에게 주는가는 티끌만치도 생각하지 않을 것이다. 그분을─인간의 꿈속에서 가장 아름다운 것과 착한 것의 결정인 그분을 살육한 것도 이런 종류의 인간들이었다.

하지만 자기 인생에 있어서 가장 중요한 이날 밤, 이런 속된 불협화음이 섞여 있는 것에 갑자기 화가 났다. 마치 자기의 인생이 우롱당하고 있는 듯한 기분마저 들어, 웃기를 그치고 벽을 주먹으로 치기 시작했다. 옥리들은, 겟세마니 언덕에서 그분의 고뇌와는 아랑곳없이 깊이 잠들어 있는 제자들처럼 일어나지 않았다. 신부는 더욱 세게 벽을 치기 시작했다.

빗장을 벗기는 소리가 났다. 누군가가 멀리서 급히 이쪽으로 다가온 것 같았다.

"왜 그러나. 무슨 일이야, 신부?"

통역이었다. 생쥐를 가지고 희롱하는 듯한 고양이 목소리로.

"무서워진 게로군. 자, 자, 그렇게 고집부리지 않아도 좋지 않은가. 다만 배교하겠다고 한마디만 말하면 모든 게 편해지지. 긴장돼 있던 마음이 이렇게 바로 풀려가지고… 편하게… 편하게… 아주 편하게 되어간다."

"나는 다만 저 코 고는 소리를….'
하고 신부는 어둠 속에서 대답했다.

갑자기 통역은 놀란 듯이 입을 다물었다.

"저걸 코 고는 소리라고 들으셨소? 사와노 씨, 신부는 저것을 코 고는 소리라고 했소?"

신부는 페레이라가 통역 뒤에 서 있는 줄은 몰랐다.

"사와노 씨, 좀 가르쳐 주시오."

아주 먼 옛날, 신부가 매일 듣던 그 페레이라의 목소리가 조그맣고 슬프게 간신히 들렸다.

"저건 코 고는 소리가 아니오. 구덩이에 거꾸로 매달린 신자들이 신음하고 있는 소리요."

늙은 짐승처럼 페레이라는 웅크린 채 꼼짝도 않는다. 통역은 또 통역대로 빗장이 꼭 질려 있는 문에 귀를 갖다 대고 방 안 동태를 한참 동안 살피고 있다. 하지만 언제까지 기다려도 아무 소리도 들리지 않음을 깨닫자 불안스럽게 목쉰 소리로 말한다.

"설마 죽지는 않았겠지?"

그는 혀를 끌끌 차면서 계속 이야기한다.

"아니, 아니, 그리스도교 신자는 신에게서 받은 목

숨을 자기 손으로 끊지 못하게 돼 있지 아마. 사와노 씨, 이제부터는 당신이 나설 때요."

통역은 뒤로 돌아서서 발소리를 내며 어둠 속으로 사라져 갔다. 그 발소리가 완전히 사라진 뒤에도 페레이라는 입을 다문 채 웅크리고 앉아 움직이지 않았다. 페레이라의 몸이 유령처럼 떠 있다. 그 몸은 마치 종이처럼 얇고 어린애처럼 조그맣게 보였다. 손으로 주물러 터뜨릴 수 있을 것 같았다.

"자, 보게나."

하고 그는 문에다 입을 대고 말했다.

"자아, 듣고 있는가?"

대답이 없으므로 페레이라는 다시 한 번 같은 말을 되풀이했다.

"그 벽 어디엔가… 내가 파놓은 글씨가 있을 텐데. 'LAUDATE EUM(주님을 찬미하라).' 그것이 지워지지 않았다면 오른쪽 벽… 그렇지 한가운데쯤에 손을 대보지 않겠나?"

하지만 방 안에서는 아무 응답도 없었다. 신부가 갇혀 있는 방 안에는 꿰뚫을 수 없는 캄캄한 어둠이 담겨 있는 것 같았다.

"나도 이곳에 그대와 마찬가지로 갇힌 그날 밤은 다른 어떠한 밤보다도 춥고 어둡고…"

하고 페레이라는 한마디 한마디 끊어가며 말했다.

신부는 신부대로 판자벽에 머리를 꼭 댄 채 노인의 고백을 멍하니 듣고 있었다. 노인이 말하지 않더라도 그날 밤이 얼마나 캄캄했는가는 이미 알 만큼 알고 있다. 그보다도 그는 페레이라의 유혹에—자기와 마찬가지로 이 어둠 속에 갇혀 있었다는 것을 강조해서 공감을 사려 하는 페레이라의 유혹에 져서는 안 된다.

"나도 저 소리를 들었다. 구덩이에 거꾸로 매달린 사람들의 신음소리를 말이다."

그 말이 그치자 다시금 코 고는 소리가 높게 낮게 귀에 들려왔다. 아니, 그것은 이미 코 고는 소리가 아니라, 구덩이에 거꾸로 매달린 사람들의 지쳐 떨어진 숨이 끊길 듯 끊길 듯한 신음소리라는 것이 신부에게도 지금은 뚜렷이 느껴졌다.

자기가 이 어둠 속에 웅크리고 있는 동안 누군가가 코와 입에서 피를 흘리며 신음하고 있었다. 자기는 그것도 모르고, 기도도 드리지 않고 웃고 있었던 것이다. 그렇게 생각하자 신부의 머리는 이제 뭐가 뭔지 알 수 없게 되었다. 자기는 그 소리를 우스꽝스럽다고 소리 내어 웃기까지 했다. 자기만이 이 밤 그분과 마찬가지로 괴로워하고 있다고 오만하게도 믿고 있었다. 하지만 자기보다도 더욱 그분을 위해 고통을 받고 있는 자가 바로 곁에 있었던 것이다. '어찌하여 이런 터무니없는 일이….' 머릿속에서 자기 목소리가 아닌

딴 목소리가 계속 중얼거리고 있다. '그래 가지고도 너는 신부인가? 남의 고통을 대신 떠맡는 신부인가?' 주님, 왜 이 순간까지 당신은 저를 놀리십니까? 하고 그는 외치고 싶었다.

"LAUDATE EUM(주님을 찬미하라). 나는 그 글씨를 벽에 파놓았다."

하고 페레이라는 되풀이했다.

"그 글씨를 찾지 못했나? 찾아보게."

"알고 있소."

노여움을 이기지 못해 신부는 비로소 외쳤다.

"잠자코 계시오. 당신에겐 그런 말을 할 권리가 없소."

"권리는 없다. 확실히 권리는 없지. 나는 저 소리를 밤새도록 들으면서 이미 주님을 찬미할 수 없었다. 내가 배교한 것은 구덩이에 거꾸로 매달렸기 때문이 아니다. 사흘 동안… 나는 오물로 가득한 구덩이 속에 거꾸로 매달렸지만 한마디도 하느님을 배반하는 말은 하지 않았다."

페레이라는 마치 포효하듯 고함을 쳤다.

"내가 배교한 것은 말이다, 잘 듣게나. 그 뒤 이곳에 갇혀서 들은 저 소리에도 하느님께서 아무것도 하시지 않았기 때문이다. 나는 필사적으로 기도를 드렸지만 하느님은 아무 일도 하시지 않았기 때문이다."

"입을 닥치시오."

"그럼 그대는 기도를 드리게. 저 신자들은 지금 그대가 알지 못하는 견딜 수 없는 고통을 겪고 있다. 어제부터, 조금 전에도, 지금 이때도, 왜 그들이 저렇게까지 고통을 느끼지 않으면 안 되는가? 그런데도 그대는 아무 일도 해주지 못한다. 하느님도 아무 일을 하지 않으신다."

신부는 미친 듯이 고개를 흔들며 두 귀를 손으로 막았다. 그러나 페레이라의 목소리, 신자들의 신음소리는 그의 귀에 사정없이 들려왔다. 그만 해주시오. 그만 해주시오. 주님, 당신은 이제야말로 침묵을 깨셔야 합니다. 이제는 더 이상 잠자코 계셔서는 안 됩니다. 당신이 옳고, 선하고, 사랑의 존재라는 것을 증명하고 당신이 엄연히 있다는 것을 이 지상과 인간들에게 명시하기 위해서라도 무슨 말씀이든 하시지 않으면 안 됩니다.

돛대를 스치는 새의 날개 같은 커다란 그림자가 마음속을 가로질렀다. 새의 날개는 이제 몇 가지 추억을, 신자들의 여러 가지 죽음을 날라 왔다. 그때도 하느님은 잠자코 계셨다. 부슬비 내리는 바다에서도 침묵을 지키고 계셨다. 햇볕이 내리쬐는 마당에서 애꾸눈 사나이가 목을 잘렸을 때도 아무 말 없었다. 그러나 그때 자기는 아직 참을 수 있었다. 참는다기보다

이 무서운 의문을 되도록 멀리 밀어내어 똑바로 보지 않으려고 했다. 하지만 지금은 이미 다르다. 이 신음 소리는 지금, 왜 당신은 언제나 잠자코 계시느냐고 호소하고 있다.

"이 안마당에 지금 불쌍한 농부 세 명이 거꾸로 매달려 있다. 모두 그대가 여기 온 후로 매달리게 된 것인데…."
하고 페레이라는 슬프게 말했다.

노인은 거짓말을 하고 있는 것이 아니었다. 귀를 기울이니, 하나처럼 들리던 그 신음소리가 갑자기 따로따로 떨어졌다. 하나의 소리가 높아지고 낮아지는 것이 아니라, 낮은 소리와 높은 소리는 서로 뒤섞여 있긴 해도 다른 방향에서 흘러왔다.

"내가 이곳에 있던 밤에는 다섯 명이 매달려 있었다. 다섯 개의 소리가 바람 속에서 뒤엉켜 귀에 들려왔다. 관리는 이렇게 말했다. 그대가 배교하면 저 사람들을 곧 구덩이에서 끌어올려, 밧줄도 풀고 약도 발라주겠다고. 나는 대답했다. 저 사람들은 왜 배교하지 않느냐고. 관리는 웃으며 가르쳐 주었다. 그들은 벌써 몇 번이고 배교하겠다고 실토했다. 하지만 그대가 배교하지 않는 한 저 농부들을 살려줄 수는 없노라고."

"당신은 기도를 드렸어야 했을 텐데."
신부는 울음 섞인 소리로 말했다.

"기도를 드리고말고. 나는 계속 기도를 드렸다. 하지만 기도도 그 사람들의 고통을 덜어주지는 못했다. 저 사람들의 귀 뒤에는 조그마한 구멍이 뚫려 있다. 그 구멍과 코와 입에서 피가 조금씩 흘러나온다. 그 고통을 나는 내 몸으로 겪었기 때문에 잘 알고 있다. 기도는 그 고통을 덜어주지 못한다."

신부는 기억하고 있었다. 사이쇼지西勝寺라는 절에서 처음 만난 페레이라의 귀 뒤에 오그라든 화상 흉터 같은 상처가 있었던 것을 똑똑히 기억하고 있었다. 그 상처의 갈색 빛깔까지 지금 눈앞에 되살아났다. 그 영상을 쫓아버리려는 듯 그는 벽에다 머리를 계속 부딪쳤다.

"저 사람들은 지상의 고통 대신에 영원한 기쁨을 얻을 것입니다."

"속여서는 안 된다. 그대는 자기의 약함을 그런 아름다운 말로 속여서는 안 된다."

페레이라는 조용히 대답했다.

"나의 약함, 그렇지 않소. 나는 저 사람들의 구원을 믿고 있기 때문이오."

신부는 고개를 저었지만 자신이 없었다.

"그대는 그들보다 자기가 더 소중한 모양이지. 적어도 자기의 구원이 더 중요한 모양이지. 그대가 배교한다고 하면 저 사람들은 구덩이에서 끌어올려진다. 고통에서 구출된다. 그런데도 그대는 배교하려 하지 않는다. 그대는 그들을 위해 교회를 배반하는 것이 무섭기 때문이다. 나같이 교회의 오점이 되는 것이 두렵기 때문이다."

거기까지 노한 듯 단숨에 말한 페레이라의 목소리가 차츰 약해졌다.

"나 역시 마찬가지였다. 저 캄캄하고 차디찬 밤, 나역시 지금의 그대와 마찬가지였다. 하지만 그것이 사랑의 행위인가? 신부는 그리스도를 본받아 살아야 한다. 만약 그리스도가 이곳에 계시다면…."

페레이라는 순간 침묵을 지키다가 곧 명백하고 힘차게 말했다.

"분명히 그리스도는 그들을 위해 배교했을 것이다."

밤이 조금씩 밝기 시작했다. 지금까지 어둠의 덩어리였던 이 울안에도 희뿌연 빛이 가늘게 비치기 시작했다.

"그리스도는 사람들을 위해 확실히 배교했을 것이다."

"그럴 리가 없다."

신부는 손으로 얼굴을 싸쥐고, 그 손가락 사이에서 잡아당기는 듯한 소리를 냈다.

"그럴 리가 없다."

"그리스도는 배교했을 것이다. 사랑을 위해서, 자기

의 모든 것을 희생시키더라도."

"더 이상 나를 괴롭히지 말아주시오. 어서 저리 가주시오. 멀리 가주시오."

신부는 큰 소리로 울고 있었다. 빗장이 둔중한 소리를 내며 벗겨지고 문이 열렸다. 그리고 열린 문으로 하얀 아침 햇살이 흘러들었다.

"자! 지금까지 아무도 하지 못한 가장 괴로운 사랑의 행위를 하는 것이다."

페레이라는 부드럽게 신부의 어깨에 손을 얹으며 말했다.

비틀거리며 신부는 다리를 끌었다. 무거운 납덩이 차꼬가 채워진 듯 한 걸음 한 걸음 걸어가는 그를 페레이라가 뒤에서 받쳐준다. 새벽 어스름 속에 그가 걸어가는 복도는 어디까지나 똑바로 뻗어 있었다. 그리고 그 막다른 곳에 두 명의 관리와 통역이 검은 세 개의 인형처럼 서 있었다.

"사와노 씨. 다 끝났소? 그래, 성화를 밟을 준비를 시켜도 좋단 말이지요? 뭐, 지쿠고노가미 님께는 나중에 말씀드려도 좋소."

통역은 양팔에 안고 있던 상자를 마루에 놓고 뚜껑을 열어 안에서 커다란 나무판을 꺼냈다.

"그대는 지금까지 아무도 하지 못한 가장 큰 사랑의 행위를 하는 것이니까…."

다시금 페레이라는 조금 전과 똑같은 말을 신부 귓가에 달콤하게 속삭였다.

"교회 성직자들은 그대를 재판할 것이다. 나를 재판했듯이 그대는 그들한테 쫓겨날 것이다. 하지만 교회보다도, 선교보다도 더욱 큰 것이 있다. 그대가 지금 하려는 행위는…."

성화가 있는 나무판은 이제 그의 발 가까이에 있었다. 물결 같은 무늬가 나 있는 약간 더럽혀진 목판에 조잡한 구리로 된 메달이 박혀 있었다. 그것은 가느다란 팔을 벌리고 가시관을 쓴 그리스도의 흉한 얼굴이었다. 신부는 희미해진 혼탁한 눈으로 이 나라에 와서 처음 접하는 그분의 얼굴을 잠자코 내려다보았다.

"자아, 용기를 내서…."
하고 페레이라가 말했다.

'주님, 오랫동안 저는 헤아릴 수 없을 만큼 당신의 얼굴을 생각했습니다. 특히 이 나라에 온 후로 몇십 번 그렇게 했는지 모릅니다. 도모기 산속에 숨어 있었을 때, 바다를 작은 배로 건널 때, 산속을 헤맬 때, 저 옥사에서의 밤, 당신의 기도하는 얼굴을 기도드릴 때마다 생각하고, 당신이 축복하고 있는 얼굴을 고독할 때 떠올리고, 당신이 십자가를 지신 때의 얼굴을 붙잡힌 날에 되새기고, 그리고 그 얼굴은 저의 영혼 속에 깊이 새겨져, 이 세상에서 가장 아름다운 것, 가장 고

귀한 것이 되어 저의 마음속에 살아 있습니다. 그것을
이제 저는 이 발로 밟으려고 합니다.'

새벽의 희미한 빛. 빛은 노출된 신부의 닭처럼 가느
다란 목과 쇄골이 드러난 어깨에 비쳤다. 신부는 두
손으로 성화를 들어 올려 얼굴에 갖다 댔다. 수많은
사람들의 발에 짓밟힌 그 얼굴에 자기 얼굴을 대고 싶
었다. 목판 속의 그분은 수많은 사람들에게 짓밟힌 까
닭에 마멸되고 오그라든 채 신부를 슬픈 눈초리로 바
라보고 있었다. 그 눈에서는 진정 한 방울의 눈물이
흘러 떨어질 것만 같았다.

"아, 아프다."

하고 신부는 떨었다.

"그냥 형식뿐이다. 형식 따위는 아무래도 좋은 일
아닌가. 겉으로 밟기만 하면 된다."

통역은 흥분하여 서둘러 댔다.

신부는 발을 올렸다. 발에 둔중한 아픔을 느꼈다.
그것은 형식이 아니었다. 자기는 지금 자기 생애 가운
데서 가장 아름답다고 여겨온 것, 가장 성스럽다고 여
겨온 것, 인간의 가장 높은 이상과 꿈으로 가득 차 있
는 것을 밟는 것이었다. 이 발의 아픔. 이때 밟아도 좋
다고 목판 속의 그분은 신부를 향해 말했다. 밟아도
좋다. 나는 너희들에게 밟히기 위해 이 세상에 태어
나, 너희들의 아픔을 나누어 갖기 위해 십자가를 짊어

졌다.

이렇게 해서 신부가 성화에다 발을 올려놓았을 때, 아침이 왔다. 닭이 먼 곳에서 울었다.

5

이해의 여름은 비가 적었다.

바람 없는 잔잔한 저녁에는 나가사키 거리 전체가 한증막같이 된다. 황혼이 되면 바다에서 반사되는 빛이 더욱 무더위를 느끼게 했다. 교외에서 나이초로 들어오는 짐을 실은 우차 바퀴가 반짝이고 흰 먼지가 피어오른다. 이즈음 어딜 가나 소똥냄새가 풍겨 왔다.

중순 무렵, 집집마다 처마 끝에 초롱이 매달렸다. 커다란 상가에서는 같은 초롱이라도 꽃나무나 새, 곤충 등을 그린 각이 진 초롱을 단다. 아직 해가 저물지도 않았는데 성급한 아이들이 줄을 지어 노래를 부르고 있다.

"초롱불아, 바이바이바이, 돌을 던진 사람은 손이 썩는다.

초롱불아, 바이바이바이, 돌을 던진 사람은 손이 썩

는다."

그는 창가에 기대어 그 노래를 중얼거렸다. 아이들의 노래는 뜻은 알 수 없어도 어딘지 모르게 서글픈 가락이 있다. 그것은 노래 탓인지 아니면 그것을 듣는 마음 탓인지 알 수 없다. 건너편 집에서 머리를 늘어뜨린 여인이 억새풀을 깐 선반 위에 복숭아와 대추, 콩 등을 차려놓고 있다. 정령精靈 선반이라 하여 보름날 밤, 각자의 집에 돌아오는 조상들의 혼령을 위로하기 위해 이 나라에서 행하는 행사의 하나인데, 지금 그에게는 이미 신기한 것이 아니었다. 페레이라한테서 받은 것이지만, 일포사전日葡辭典에서는 이 우란분재를 het-sterffest라 번역한 것이 갑자기 생각난다.

줄을 지어 놀고 있던 아이들은 미닫이 창에 기댄 그를 보고 '배교자 바오로'라고 저마다 한마디씩 떠들어 댄다. 그중에는 돌을 던지려고 하는 아이들까지 있었다.

"나쁜 애들이구나!"

머리를 늘어뜨린 여인이 이쪽을 향해 야단을 치자, 아이들은 모두 도망쳐 갔다. 그것을 그는 쓸쓸히 미소를 지으며 바라보았다.

신부는 문득 그리스도교의 위령慰靈의 날 밤을 생각한다. 위령의 날은 소위 그리스도교의 우란분재 같은 것으로 특히 밤이 되면 리스본 거리의 모든 집 창마다 촛불을 켜는 것이 바로 이 나라의 우란분재와 아주 비슷했다.

그의 집은 소토우라초外浦町에 있었다. 나가사키에 흔히 있는 좁은 언덕길의 하나로 양쪽에는 집들이 들어차 있었다. 바로 뒤는 오케야초桶屋町라는 나무통 만드는 사람들이 사는 거리였으므로 종일 나무 두드리는 소리가 들려왔다. 염색업자들의 거리도 반대쪽에 있으며, 갠 날에는 깃발처럼 남색 천이 바람에 날렸다. 지붕은 모두 판자 아니면 초가집으로, 마루야마丸山 부근의 번화한 거리에 있는 기와지붕의 상가 같은 것은 없었다.

허가 없이 자유롭게 외출하는 것은 관아에서 허락하지 않았다. 한가한 때는 그저 창에 기대어 길 가는 사람들을 바라보는 것이 유일한 위안이다. 아침에는 머리에 야채 광주리를 인 여인들이 오무라나 이사하야에서 이곳을 지나 거리로 들어간다. 낮에는 말에다 짐을 실은 벌거벗은 사나이들이 큰 소리로 노래 부르며 지나간다. 저녁에는 스님이 방울소리를 내며 언덕을 내려간다. 이러한 고장의 풍경 하나하나를 그는 마치 언젠가 고국 사람에게 알려줄 기회가 있다고 믿기라도 하는 듯 자상한 눈으로 바라본다. 하지만 이미 다시는 그 고국에 돌아갈 수 없는 자기를 깨닫자, 쓰디쓴 체념의 미소가 천천히 여윈 볼에 떠오른다.

그와 동시에 그것이 어쨌단 말이냐 하는 자포자기의 감정이 가슴에서 솟아난다. 마카오나 고아의 선교사들이 이미 그가 배교한 것을 알았는지 어떤지는 알 수 없다. 그러나 나가사키 데지마出島 거류를 허락받은 네덜란드 무역상인들에 의해 얘기의 대강이 아마 마카오에도 전해져, 그는 이미 선교회에서 추방되어 있을 것이다.

그는 선교회에서 추방되었을 뿐만 아니라 신부로서의 모든 권리를 박탈당하고 성직자들로부터는 부끄러운 오점으로 간주되고 있을지도 모른다. 하지만 그게 어쨌다는 거냐? 그게 뭐냐? 나의 마음을 재판하는 것은 그 사람들이 아니라 주님뿐이라고 그는 입술을 꼭 깨물면서 고개를 흔든다.

하지만 한밤중 그런 상상이 갑자기 그의 눈을 뜨게 하고, 날카로운 손톱 끝으로 가슴 한복판을 마구 후벼내곤 하는 것이다. 그때마다 자기도 모르게 신음하며 이불 속에서 벌떡 일어난다. 눈앞으로는 교회 재판의 상황이 마치 묵시록에 나오는 최후의 심판처럼 다가온다.

'뭘 안단 말인가, 당신네들이⋯.'

'유럽에 있는 마카오의 장상들이여,' 그 사람들을 향해 그는 어둠 속에서 항변한다. '당신네들은 평온무사한 장소, 박해와 고문의 폭풍이 휘몰아치지 않는 장소에서 마음 편히 살면서 선교하고 있다. 당신네들은 강 건너 피안에 있기 때문에 훌륭한 성직자로 존경받는다. 격렬한 전쟁터에 병사를 보내고 막사 안에서 불이나 쬐고 있는 장군들, 그 장군들이 포로가 된 병사를 어찌 책할 수 있는가.'

'아니, 이것은 변명이다. 나는 나를 속이고 있다.' 신부는 고개를 힘없이 흔들었다. '왜 구차스런 항변을 이제 와서 하려는 것인가? 나는 배교했다. 그러나 주님, 제가 배교하지 않은 것을 당신만이 아십니다. 왜 배교했느냐고 성직자들은 나를 심문할 것이다. 구덩이 속에 거꾸로 매다는 것이 두려웠기 때문인가? 그렇다. 저 구덩이 속에 거꾸로 매달린 농부들의 신음 소리를 들을 수가 없어서였던가? 그렇다. 그리고 페레이라가 유혹한 것처럼 자기가 배교하면 저 불쌍한 농부들이 구출된다고 생각한 때문이냐? 그렇다. 하지만 어쩌면 그 사랑의 행위를 구실 삼아 자기의 약함을 정당화시켰는지도 모른다.

그 모든 점을 나는 인정한다. 이제는 나의 모든 약점을 감추지 않는다. 저 기치지로와 나와 어느만큼의 차이가 있는 것일까? 하지만 그보다도 나는 성직자들이 교회에서 가르치고 있는 신과 나의 주님이 다름을 알았다.'

성화를 밟던 기억은 신부의 망막 속에 깊이 새겨져

있었다. 통역이 자기 발치에 갖다 놓은 목판, 그곳에 동판이 박혀 있고, 동판에는 일본인 세공사가 만든 그 분의 얼굴이 서툴게 새겨져 있었다.

그것은 신부가 오늘날까지 포르투갈이나 로마, 고 아, 마카오에서 수없이 보아온 그리스도의 얼굴과는 전혀 다른 것이었다. 그것은 위엄과 자랑스러움을 지 닌 그리스도의 얼굴이 아니었다. 아름답게 고통을 견 디는 얼굴도 아니었다. 유혹을 물리친 강한 의지의 힘 을 보여주는 얼굴도 아니었다. 그의 발치에 놓인 그분 의 얼굴은 바싹 마르고 지쳐 빠져 있었다.

많은 사람들이 밟은 탓으로, 동판이 박힌 판대기에 는 거무스레한 엄지발가락 자국이 남아 있었다. 그리 고 그 얼굴도 너무나 밟힌 탓에 움푹 파이고 마멸돼 있었다. 움푹 파인 그 얼굴은 고통스럽게 신부를 쳐다 보며 호소하고 있었다. '밟아도 좋다. 밟아도 괜찮다. 너희들에게 짓밟히기 위해 나는 존재하고 있다.'

매일 그는 마을의 어른이나 반장에 의해 감시를 받 고 있었다. 마을의 어른은 그 마을의 대표를 가리킨 다. 마을의 어른은 그에게 한 달에 한 번 의복을 새로 해 입히고는 그를 데리고 관아에 문안을 드리러 간다.

때로는 관아에서 어른을 통해 호출하는 수도 있었 다. 관아에서 관리들이 감별 못 하는 물건들을 그리스도교에 관계된 물건인지 아닌지 가르쳐 주는 것이 그의 일이다. 마카오에서 오는 중국 사람들의 물품 가운데에는 여러 가지 신기한 것들이 있었으므로 그것이 금지된 그리스도교의 물건인지 아닌지를 당장 구별할 수 있는 사람은 페레이라가 아니면 그였기 때문이다. 이런 일이 끝나면 관아에서 사례로 과자나 금품을 내려주었다.

혼하카다초의 관아로 갈 때마다 통역이나 관리들은 정중하게 그를 맞이했다. 욕을 뵈거나 죄인 취급하는 일은 한 번도 없었다. 통역은 마치 그의 과거는 전혀 기억에도 없는 듯한 태도를 보인다. 이쪽도 또 이쪽대로 무슨 일이건 자기에겐 일어나지 않았던 것처럼 미소를 지어 보인다. 하지만 양자가 서로 언급하는 것을 피하고 있는 추억은, 관아에 발을 들여놓는 순간부터 불에 단 인두로 지지는 듯한 아픔을 준다. 특히 그는 대기실로 안내받는 것이 싫었다. 이곳에서는 안마당을 거쳐 어두운 복도가 보이기 때문이다. 그곳에서 자기는 저 희뿌연 새벽, 페레이라에게 안기다시피 하면서 배교를 했던 것이다. 그러므로 그는 황급히 눈길을 돌린다.

그 페레이라하고도 자유롭게 만나는 것은 금지되고 있었다. 페레이라가 사이쇼지西勝寺에서 가까운 데라마치에 살고 있다는 것은 알고 있지만 방문하는 것도 또 방문을 받는 것도 허락되지 않고 있었다. 얼굴을 대하는 것은 오직 어른에게 끌려서 관아에 찾아갈 때뿐이었다. 이쪽과 마찬가지로 저쪽도 어른에게 끌려서 온다. 그도 페레이라도 관아에서 보내준 옷을 입고, 어른도 알아듣도록 어색한 일본말로 짤막한 인사를 할 뿐이었다.

관아에서 표면적으로는 서로 아무 감정 없는 사이처럼 대하고는 있지만, 사실 페레이라에 대한 감정은 입으로 표현할 수 없었다. 그것은 인간이 다른 한 인간에게 갖는 모든 감정을 내포하고 있었다. 증오감과 모멸감을 저쪽도 이쪽도 서로 품고 있었다. 적어도 그가 페레이라를 증오하고 있다면 그것은 이 사나이의 유혹에 의해 배교해서가 아니고(그런 것은 이미 조금도 원망하거나 분노하고 있지 않았다), 페레이라 안에서 자기의 깊은 상처를 그대로 볼 수 있기 때문이다. 거울 속에 비치는 자기의 추한 얼굴을 보기가 딱한 것처럼 눈앞에 앉아 있는 페레이라가 자기와 마찬가지로 이 나라 옷을 입고 이 나라 말을 하고 자기와 마찬가지로 교회로부터 추방당한 사람이라는 것이 역겹기까지 한 것이다.

"하하하하!"

페레이라는 관리를 향해 늘 비굴한 웃음소리를 내고 있었다.

"네덜란드 상사商社의 루콕크가 벌써 에도에 갔는지요. 지난달 데지마에 갔을 때 그렇게 말했는데…."

그는 페레이라의 목쉰 소리와 움푹 파인 눈과 살이 빠진 어깨를 묵묵히 바라본다. 그 어깨에 햇살이 떨어지고 있었다. 사이쇼지에서 그와 처음 만났을 때도 이 어깨에 햇살이 비치고 있었다.

페레이라에 대한 기분은 모멸과 증오뿐이 아니다. 거기에는 동일한 운명을 공유하고 있다는 연대감과 자기 연민을 포함한 동정의 감정도 섞여 있었다. 자기네들은 추한 쌍둥이와 비슷하다고, 페레이라의 등을 바라보면서 문득 생각한다. 서로가 그 추함을 미워하고 서로 경멸하고, 그러나 떨어지지 못하는 쌍둥이, 그것이 그와 나인 것이다.

관아에서의 일이 끝나는 것은 대개 황혼 무렵이었다. 박쥐가 문과 나무 사이를 스쳐 물기 어린 보라색 하늘을 빗겨 간다. 어른들은 눈짓을 서로 주고받으며 자기네들이 책임지고 있는 이 외국인을 데리고 좌우로 헤어져 간다. 걸으면서 그는 가만히 페레이라를 돌아본다. 페레이라도 이쪽을 돌아보고 있다. 다음 달까지 두 사람은 서로 만나지 못한다. 또 만난다 하더라도 서로의 고독을 살필 길이 없다.

네덜란드 상인
우나센의 일기에서

네덜란드 상인 우나셴의 일기에서

1644년 7월(정보正保 원년 6월)

7월 3일. 중국 정크 세 척 출범. 5일에 리로를 출항시킬 허가를 얻었으므로 내일은 은銀, 군수품, 기타 잡품을 배에 싣는 준비 일체를 끝내지 않으면 안 된다.

7월 8일. 상인이며, 금전 감정인인 집주인 시로에몬씨와 마지막 결산을 하고, 네덜란드, 코로만델 해안과 샴(오늘의 태국)으로 향하는 물건을 다음 승선 때까지 마련하기 위한 주문서를 지점장의 명령으로 쓰다.

7월 9일. 이곳 어떤 민가에서 성모상이 발견되었기 때문에 그 집 사람들은 즉각 투옥되고 취조를 받았다. 그 결과 그 물건을 판 사람이 색출되어 조사를 받았다. 그 조사에는 배교한 신부 사와노와 같은 배교자인 포르투갈 신부 로드리고도 입회했다는 것이다.

3개월 전, 이곳의 한 민가에서 성인聖人의 상像이 새겨진 동전이 발견되어 그 가족은 모두 체포되고 배교하도록 고문을 받았는데, 배교를 거절했다고 한다. 입회했던 포르투갈의 배교자 신부 로드리고는 그들의 구명을 관아에 열심히 청했지만 받아들여지지 않고, 사형이 선고되어 부부와 아들 둘은 머리를 반쯤 깎인 채 말에 태워져 욧카마초로 끌려다녔다는 것이다. 부부는 지난달 거꾸로 매다는 형벌에 처해지고, 아들들에게 이것을 보게 한 후 다시 감옥에 넣어졌다고 한다.

저녁 무렵 중국 정크 한 척 입항. 배에 실은 짐은 설탕, 도자기, 약간의 견직물이다.

8월 1일. 중국 정크 한 척이 잡화를 싣고 푸저우福州로부터 도착. 열 시경 파수 보던 사람이 나가사키 앞바다 약 6마일 지점에 범선 한 척이 있음을 발견했다.

8월 2일. 아침에 그 배의 짐을 내리기 시작하여 일이 잘 진행되었다. 정오쯤 관아의 서기관과 차석次席들이 통역 일동과 내 방에 와서 두 시간에 걸쳐 신문을 했다. 그것은 나가사키에 있는 배교자 사와노 추안과 포르투갈의 배교자 신부 로드리고가, 네덜란드 배로 인도로부터 일본에 신부를 보내는 것을 마카오에서 결정했다고 얘기했기 때문이다. 사와노에 의하면 신부들은 네덜란드 상사의 인부로 고용되어 일본에 잠입할 방법을 강구하고 있다는 것이다. 만약 이 같은 사태가 일어나면 상사는 대단한 곤경에 빠질 것이라고 서기관은 우리에게 경고하며 주의를 촉구했다. 또한 앞으로 신부가 우리 배를 이용하여 일본에 왔다가 엄중한 경계 때문에 잠입하지 못하고 다시 돌아가려다가 붙잡히는 일이 생길 경우에도 네덜란드 사람에게는 파멸을 초래할 것이라고 했다. 네덜란드 사람은 스스로 일본과 일본 왕의 신하라고 칭하고 있으므로 일본인과 동일한 형벌을 받게 될 것임을 경고하면서 관아로부터 교부된 다음과 같은 일본어 각서를 건네주었다.

각서의 번역문

작년, 하카타의 영주가 체포한 신부 사와노는 에도에서 최고 관헌에게 네덜란드인 중에도 많은 그리스도교 신자가 있다는 것을 언명했다. 또한 캄보디아에서 네덜란드인들이 신부에게 가서 같은 종파라는 고백을 했고, 신부들은 유럽에서 상사의 고용인 또는 선원이 되어 배를 타고 일본 나가사키에 도항할 결의를 했다고 한다. 관아에서는 포르투갈인과 에스파냐인은 네덜란드인과 적대 관계이므로 상대방을 불리한 입장에 몰아넣으려는 것이라고 의심했으나, 사와노는 단연코 거짓이 아니라 사실이라고 대답했다. 위와 같은 이유로 관아에서는 승무원 중에 그리스도교 신자가 있는지 분명히 밝힐 것을 선장에게 엄명한다. 만약 있다는 것이 밝혀졌을 때는 보고하라. 앞으로 네덜란드 배로 그리스도교 신자가 일본에 건너올 때 이를 관아에 보고치 않았다는 사실이 판명된다면 선장은 엄한 벌을 받게 될 것이다.

8월 3일. 배의 하역 작업은 저녁에 모두 마쳤다. 오늘 관아에서 이 배에 구포日砲를 조종할 줄 아는 포술사는 없느냐고 물어 와서, 상사의 직원 바오로 페르를 배에 보내 조사케 했는데 한 사람도 없음이 판명되어 이를 보고한다. 관아에서는 앞으로 올 배에도 없는지 묻고, 만약 있다면 보고하도록 명령했다.

8월 4일. 아침에 관아의 상급 무사인 혼쇼 씨가 배에 가서 구석구석까지 모든 상자를 엄중히 조사했다. 이번에 이처럼 엄중히 조사한 것은 나가사키에 있는 배교한 신부들이 네덜란드인 중에 그리스도교 신자가 있어 네덜란드 배에 승선했다는 정보를 일본의 최고 관헌에게 보고했기 때문이다. 관리들은 만약 이와 같은 정보가 없었다면 작년보다 조사를 완화했을 것이라고 배의 사관士官들에게 설명했다. 나는 그들이 청하는 대로 배에 가서 그들의 입회 아래 승무원들에게 그리스도교에 관련된 물건을 지닌 자가 있다면 문책하지 않을 것이니 모두 내놓으라고 했다. 일동은 아무 것도 없다고 하므로 선원이 꼭 지켜야 할 법령을 읽어 들려주었다. 혼쇼 씨가 내 발언의 내용을 알고 싶다 하여 상세히 얘기하자 그들은 이것을 관아에 보고하여 안심시키겠다고 말하며 돌아갔다.

저녁 무렵 취안저우泉州에서 중국의 정크가 도착. 배에 실은 짐은 주로 비단과 기타 직물로 80관 정도로 평가되었다. 기타는 설탕과 잡화.

8월 7일. 앞에서 말한 사형에 처한 부부의 두 아들은 다른 한 사람과 함께 포박되어 말에 태워져 형장으로 끌려가 참수당했다.

1645년(정보正保 2년 11월 · 12월)

11월 19일. 중국의 정크 한 척이 흰 생사, 비단, 끈 등 800 내지 900관의 상품을 싣고 난징南京으로부터 와, 한 달 반 아니면 두 달 후에 짐을 더 많이 실은 정크가 3, 4척 온다고 하며, 이곳에서는 대관大官에게, 짐에 따라 100 내지 600테일을 납부하면 자유로이 일본 도항을 허락한다고 했다.

11월 26일. 작은 정크 한 척이 장저우漳州로부터 마포麻布, 명반明礬, 항아리 등 두 상자 이상의 짐을 싣고 내항했다.

11월 29일(3월 2일). 아침에 통역 두 사람이 관아의 부탁으로 내사來社하여 마리아 그림 밑에 네덜란드 글로 "은총이 가득한 이여, 기뻐하여라. 주님께서 너와 함께 계시다."(루카 1,28)라고 씌어 있는 것을 보이며, 시모노세키 부근의 스님한테서 얻은 것인데, 이것은 어느 나라 말인지 또 그 뜻은 무엇인지 물었다. 배교한 포르투갈 신부 로드리고와 사와노는 라틴어, 포르투갈어, 이탈리아어도 아니므로 잘 모르겠다고 했다. 이것은 네덜란드어 성모송으로, 같은 말을 사용하고 있는 플랑드르 사람이 인쇄한 것이다. 이 그림은 우리 배로 온 것이 틀림없지만 다시 물어 올 때까지 침묵을 지키기로 하고, 숫자에 대해서는 신부 로드리고와 사와노가 설명했으리라 생각되므로 진실한 답변을 해두었다.

11월 30일. 쾌청. 이른 아침 화약을 배에 싣고, 나머지 짐을 다 실었다. 정오에 배에 가서 점호를 마치고 서류를 건네준 뒤 상사로 돌아왔다. 일꾼들을 술로 대접했다. 저녁 전에 바람이 서북풍이 되어 오페르스히호는 출범하지 않았다.

12월 5일. 정오쯤 통역이 와서 우리 수입품 거래처를 물어 오므로, 중국과 네덜란드가 대부분의 공급지라고 대답했다. 이는 중국인의 내항이 끊겨도 지장이 없는지 조사한 것이다.

나는 일본에 왔을 때부터 배교한 신부들에 대해 알려고 노력했다. 아라키荒木 도마라는 일본인은 오래 로마에 머물러 교황의 시종으로 있었던 일도 있고, 전에 몇 차례 그리스도교 신자라는 것을 스스로 호소했는데, 관아에서는 그가 늙은 탓으로 정신 착란에 빠진 것이라 생각하고 그냥 방치했다. 그 후 하루 종일 구덩이에 거꾸로 매달린 뒤에 배교를 했는데, 마음속으로는 신앙을 버리지 않고 사망했다. 지금은 두 사람만 생존하고 있는데 한 사람은 사와노라는 포르투갈 사람으로, 전에 이곳 예수회 관구장이었는데, 그의 속셈은 컴컴하다. 다른 한 사람은 포르투갈 리스본 태생의 신부 로드리고로, 이 사람도 관아에서 성화를 밟았다. 두 사람 모두 현재 나가사키에 살고 있다.

12월 9일. 일본 왕과 지쿠고노가미 앞으로 보내는 물건과 똑같은 각종 유약油藥, 기타 약품이 든 작은 상자를 사브로자에몬 씨에게 바쳤는데 기꺼이 수납되었다. 첨부된 목록에는 일일이 효능을 일본 말로 써놓아 관아에서는 대단히 기뻐했다고 한다. 저녁에 푸저우福州에서 온 배 한 척이 입항.

12월 15일. 중국의 정크 다섯 척 출범.

12월 18일. 중국의 정크 네 척 출범. 난징南京의 정크 승무원 중 4, 5명이 중국 정크를 타고 통킹 혹은 교지交趾로 가고자 했는데, 관아에서는 허락하지 않았다.

 섬의 영주 한 사람은, 배교자 사와노가 네덜란드인이나 포르투갈인에 대해 여러 가지 일을 서면으로 써서 가까운 시일에 궁정宮廷으로 발송하려고 마음먹고 있다는 것을 들었다 한다. 회사 측에서는 피해를 입지 않으려고 이 신을 잊어버린 악한의 죽음을 바랄 정도이지만, 신은 우리를 어려움에서 보호해 주실 것이다. 오후에 일본 배 두 척이 상사 앞에 도착했다. 한 척에는 우리가 타고 다른 한 척에는 낙타를 태워가지고 출범하기 위해서이다. 저녁 무렵 통역 등이 교토 지방에 동행하고자 우리와 함께 내사來社. 그중 한 사람은 약간 네덜란드 말을 할 줄 아는 세탁부로서 나는 그와 동행할 것을 희망했지만 덴베에와 요시베에는, 관아의 수령이 네덜란드 말을 할 줄 아는 사람의 동행을 금지시켰노라고 말했다. 나는 그 말을 믿을 수 없었고 그들이 자기 마음대로 일을 처리하기 위해 반대하는 것이라 생각되어, 우리는 일본 말과 네덜란드 말만으로 족하며, 국어 중에서 기피해야 할 것은 포르투갈 말이지 결코 네덜란드 말이 아니다, 네덜란드 말을 쓰는 그리스도교 신자는 한 사람도 없지만 포르투갈 말을 하는 그리스도교 신자는 언제든지 수십 명씩 들 수 있다고 말했다.

12월 23일. 푸저우福州에서 온 작은 정크 한 척 출범. 저녁에 중국의 큰 정크 한 척이 만灣 앞에 도착했으나 역풍 때문에 한밤중 많은 조선漕船이 나가 나가사키까지 끌고 왔다. 북, 차르멜라 등으로 요란한 소리를 내며 깃발을 무수히 날리고 많은 사람들이 타고 있었다.

맺음말

정월 초하루. 나가사키의 거리에서는 남자가 차르멜라를 불고, 징을 치고, 북을 울리면서 집집마다 돌아다닌다. 여자와 아이들은 문 앞에서 그 사나이에게 동전을 던져준다.

후나쓰船津와 가구이바라蚊喰原 근처의 거지들이 두서넛씩 짝을 지어 삿갓을 눌러쓰고 문 앞에서 〈야아라〉라는 노래를 부르면서 다니는 것도 이날이다.

정월 초이틀. 상점에서는 상점 개시라 하여 새벽부터 상점 안을 화려하게 꾸미고 새로운 발을 건다. 도라고俵子 장수라 불리는 해삼 파는 행상인이 그들 상점을 한 집 한 집 거쳐서 지나간다.

정월 초사흘. 각 동리의 원로들이 관아로 성화판을

신청하러 찾아간다.

성화 밟는 행사가 시민들에게 행해지는 것은 나흘날부터이다. 이날 에도초江戶町, 이마우오초今魚町, 후나쓰초船津町, 후쿠로마치袋町 등의 동장이나 반장이 관아로부터 성화판을 각각 받아 들고 집집마다 돌아다니며 종지성화판장宗旨聖畵板帳을 들추며 조회한다. 집집마다 길을 청소하고 조용히 동장과 반장이 오는 것을 기다리고 있다. 이윽고 멀리서 "납시오—." 하는 노랫가락 같은 외침이 들리면, 모든 집집마다 문전 가까운 방에 가족들이 한 줄로 나와 서서 이 행사가 행해지는 것을 조용히 기다렸다.

성화판은 대개 길이 7푼에서 8푼, 너비는 4푼서부터 6푼까지의 널판에다, 성모나 예수상을 박아 놓았다. 우선 집주인이 밟고, 그다음에 아내가, 그러고 나서 아이들이 밟는다. 젖먹이는 어머니가 안고 밟게 했다. 병자가 있으면 관리 입회 하에 누운 채로 성화판에 발이 닿게 했다.

이 나흘날에 신부는 갑자기 관아로부터 호출을 받았다. 통역이 가마를 앞세우고 찾아온 것이다. 바람은 없지만 하늘은 무겁게 구름이 끼고, 추위도 꽤 심한 날로 언덕길은 성화판 밟는 행사가 있어서인지 어제와는 아주 딴판으로 죽은 듯 고요하다. 혼하카다초本博多町에 있는 관아에서도 썰렁한 마루방에 예복을 입은 관리 한 사람이 그를 기다리고 있었다.

"원님이 기다리고 계시오."

늦화로가 하나 놓여 있는 방에 지쿠고노가미가 단정히 앉아 있었다. 발소리를 듣자 이쪽으로 그 귀가 큰 얼굴을 돌리고 신부를 가만히 바라보았다. 뺨과 입술 근처에 미소가 떠올랐는데, 눈은 조금도 웃고 있지 않았다.

"새해를 잘 맞으셨소?"

지쿠고노가미는 조용히 말했다.

배교한 뒤 그가 관아의 수령과 대면하는 것은 이것이 처음이었다. 그러나 지금의 그는 이 사나이에게 이미 굴욕감 같은 것을 느끼지 않았다. 자기가 싸운 것은 지쿠고노가미를 중심으로 한 일본인이 아니었다. 자기가 싸운 것은 자기 자신의 신앙에 대해서였음을 차츰 알게 된 것이다. 그러나 그 점을 지쿠고노가미는 결코 이해하지 못할 것이다.

"오래간만이군요. 이제는 나가사키에도 정이 드셨겠지요?"

화로에 손을 쬐면서 지쿠고노가미는 고개를 끄덕이며 말했다.

수령은 신부에게 무슨 불편한 점은 없는가 묻고, 불편한 것이 있으면 사양 말고 관아에 알리라고 말했다. 상대방은 자기가 배교한 것을 화제에 올리지 않으려고 마음을 쓰고 있다는 것을 짐작할 수 있었다. 그것이 동정에서 나온 것인지 아니면 승자의 자신감에서 나온 것인지 알 수 없어 신부는 내리깐 눈을 가끔 들어 상대편 얼굴을 살핀다. 하지만 표정 없는 노인의 얼굴에서는 아무것도 알 수 없다.

"한 달쯤 지나면 에도에 가서 사셔도 좋소. 신부를 위해 저택도 준비해 두었소. 전에 내가 살고 있던 고비나타초小日向町의 저택인데…."

지쿠고노가미는 의식해서인지 신부란 말을 썼는데, 이 말은 신부의 폐부를 날카롭게 찔렀다.

"게다가 또 이 땅에서 한평생을 보내게 된 이상 앞으로 일본 이름을 쓰시는 게 좋을 것이오. 다행히 죽은 사람 중에 오카다산우에몬岡田三右衛門이라는 사람이 있소. 에도에 가시거든 그대로 이 이름을 쓰시는 게 좋겠소."

이 말도 그는 화로에 양손을 쬐면서 단숨에 말했다.

"죽은 그 사나이에겐 부인이 있소. 신부도 언제까지 홀몸으로만 있으면 불편한 것이니 그 부인을 맞이하는 게 어떻겠소?"

신부는 이런 말들을 고개를 숙인 채 듣고 있었다. 망막 속에 경사傾斜가 떠오른다. 그 경사를 지금 자기는 어디까지든 미끄러져 내려간다. 반항해도 거절해도 이제는 아무 소용 없다. 일본 사람의 이름을 사용하는 것은 또 몰라도 그 아내를 맞아들여야 될 줄이야 꿈에도 생각지 못했다.

"어떨까?"

"좋겠습니다."

그는 어깨를 움츠리며 고개를 끄덕였다. 피로인지 체념인지도 모르는 감정이 지금의 그를 지배하고 있다. '당신은 모든 굴욕을 받으셨으니 당신만이 지금 나의 마음을 알아주시면 됩니다. 설혹 신자나 성직자들이 나를 선교사의 오점으로 간주하더라도 그런 것은 아무래도 상관없습니다.'

"언젠가 이렇게 말한 적이 있었지요? 이 나라는 그리스도교에 맞지 않는 나라라고요. 그리스도교의 가르침은 결코 뿌리를 내리지 못한다고요…."

신부는 사이쇼지에서 페레이라가 말한 같은 말을 기억해 내고 있었다.

"신부는 결코 나에게 진 것이 아니오. 이 일본이라는 늪지대에 패한 것이오."

지쿠고노가미는 화로의 재를 가만히 바라보면서 말했다.

"아닙니다. 제가 싸운 것은 내 마음속에 있는 그리스도의 가르침이었습니다."

신부는 저도 모르게 소리를 질렀다.

"그럴까? 그대는 배교한 뒤, 페레이라에게 성화판

속의 그리스도가 배교하라 해서 배교했다고 말한 것 같은데, 그것은 자기의 약함을 속이기 위한 말이 아닌가? 그 말을 진정한 그리스도인으로서 한 말이라고는 난 생각지 않소."

지쿠고노가미는 야유하는 듯한 웃음을 띠었다.

"나리께서 어떻게 생각하시건 상관없습니다."

신부는 두 손을 무릎 위에 올려놓고 고개를 숙였다.

"다른 자는 속일 수 있어도 나는 속이지 못할걸?"

지쿠고노가미는 냉랭한 목소리로 말했다.

"일찍이 나는 그대와 똑같은 그리스도교 신부에게 물어본 적이 있지. 부처의 자비와 그리스도의 자비는 어떻게 다르냐고. 어쩔 수 없는 자기의 약함에 중생이 의지하는 부처의 자비, 이것을 구원이라고 이 땅에서는 가르치고 있소. 하지만 그 신부는 명백히 말했소. 그리스도교에서 말하는 구원은 그것과 다르다고. 그리스도교의 구원이란 신에게 의지하는 것만이 아니라 신자가 가능한 한 지켜야 할 마음의 강함이 거기에 따르지 않으면 안 된다고. 그러고 보니 그대는 역시 그리스도교를 이 일본이라는 늪지대 속에서 어느새 왜곡되게 만들어 놓은 것이오."

그리스도교란 당신이 말하는 그런 것이 아니오, 하고 신부는 외치려 했다. 그러나 무슨 말을 하더라도 누구도―이 이노우에도 통역도 자기의 마음을 이해해 주지 못할 것이라는 기분이, 막 나오려던 말을 목구멍 안으로 밀어 넣었다. 무릎 위에 손을 얹고, 그는 눈을 깜박이면서 그의 얘기를 잠자코 듣고 있었다.

"신부는 모르겠지만 고토나 이키쓰키生月에는 아직껏 그리스도교 신자라고 칭하는 농민들이 많이 남아 있소. 그러나 관아에서는 이제 그들을 체포할 생각이 없소."

"어째서입니까?"

하고 통역이 물었다.

"그들은 이미 뿌리가 뽑혀 있소. 만약 서방국에서 신부 같은 분이 또 찾아온다면 우리는 신자들을 체포하지 않으면 안 되게 될 테지만…."

하고 수령은 웃었다.

"그러나 그럴 염려도 없소. 뿌리가 뽑히면 줄기도 잎도 썩는 것이 당연한 이치. 그 증거로 고토나 이키쓰키 농민들이 남몰래 받들고 있는 신은 그리스도교의 신에서부터 점차 얼토당토않은 것으로 변하고 있소."

머리를 들어 신부는 지쿠고노가미의 얼굴을 보았다. 미소는 볼과 입언저리에 보였지만 눈은 웃고 있지 않았다.

"머지않아 신부들이 가져온 그리스도교는 그 뿌리를 떠나 괴상한 것으로 변해 갈 테지."

그리고 지쿠고노가미는 가슴속에서 토해 내듯 한숨을 내쉬었다.

"일본이라는 나라는 이런 나라요, 어쩔 수가 없소. 안 그러오, 신부?"

그의 한숨에는 진실과 고통스런 체념의 소리가 있었다.

과자를 하사받고, 답례를 하고 나서 통역과 함께 물러 나왔다. 하늘은 여전히 구름이 끼고 길은 춥다. 가마에 흔들리면서 그 짙은 회색 하늘 아래 똑같은 빛깔로 펼쳐져 있는 바다를 멍하니 바라보았다. 자기는 곧 에도로 보내진다. 저택을 받게 된다고 지쿠고노가미는 말했지만 그것은 전부터 들어오던, 그리스도인을 감옥에 넣는 것을 말하는 것일 게다. 그리고 그 감옥에서 자기는 일생을 보내게 될 것이다. 이제는 저 회색의 바다를 건너 고국으로 돌아갈 수도 없게 된다. 선교란 아주 그 나라 사람으로 되어버리는 것이라고 포르투갈에 있었을 때부터 생각하고 있었다. 자기는 일본에 가서 일본인 신자와 동일한 생활을 할 작정이었다. 그것이 지금은 어떤가. 오카다산우에몬이란 이름을 얻고, 일본인이 되어….

'오카다산우에몬이라.'

그는 나직한 소리로 웃었다. 운명은 그가 표면적으로 바라고 있던 것을 모두 가져다주었다. 종신토록 독

신으로 살겠다고 맹세한 신부였던 자기가 아내를 맞는다. '나는 당신을 원망하고 있는 것이 아닙니다. 나는 인간의 운명에 대해 웃고 있을 뿐입니다. 당신에 대한 신앙은 옛날의 그것과는 다릅니다만 역시 나는 당신을 사랑하고 있습니다.'

황혼이 올 때까지 창가에 기대어 그는 아이들을 바라보고 있었다. 아이들은 연을 날리며 언덕을 뛰어다니고 있는데 바람이 없어서 연은 그저 땅에 질질 끌리기만 한다.

황혼이 되어 구름이 약간 벗겨지고 약하디약한 햇살이 비쳤다. 연날리기에 지친 아이들은 가도마쓰門松에 세웠던 대나무를 손에 들고 집집마다 문을 두드리며 노래를 부르고 있다.

"두더지는 때려도 죄 없네, 죄 없네.

'보오'의 눈, '보오'의 눈, 축하 세 번.

'이치마쓰 보오' '니이마쓰 보오'

'산마쓰 보오' '욘마쓰 보오.'"

그는 작은 소리로 그 아이들의 노래를 흉내 내어 보았다. 잘 불러지지 않아 좀 서글펐다. "두더지는 때려도 죄 없네." 눈이 보이지 않으면서도 땅 위에 기어다니는 저 어리석은 동물이 자기와 비슷하다는 느낌이 든다. 건너편 집에서 노파가 아이를 야단치고 있다. 이 노파가 매일 두 번 식사를 날라다 준다.

밤에 바람이 불었다. 귀를 기울이고 있자니, 언젠가 감옥에 갇혀 있었을 때 잡목림을 흔들고 있던 바람이 생각난다. 그 바람소리를 들으면서 그는 언제나처럼 그분의 얼굴을 머릿속에 떠올렸다. 자기가 발로 밟던 그분의 얼굴을 머릿속에 떠올렸다. 자기가 발로 밟았던 그분의 얼굴을.

"신부님, 신부님."

움푹 파인 눈으로 기억에 있는 소리가 들리는 문 쪽을 바라보니,

"신부님, 기치지로입니다."

"이제는 신부가 아니다. 빨리 돌아가는 게 좋다. 동장에게 들키면 귀찮아진다."

신부는 무릎을 팔로 껴안으면서 작은 소리로 대답했다.

"하지만 당신에게는 아직도 고해성사를 줄 힘이 있습니다."

"글쎄, 나는 배교한 신부인데…."

그는 고개를 숙이고 말했다.

"나가사키에서는 당신을 배교자 바오로라 부르고 있습니다. 이 이름을 모르는 사람은 없습니다."

무릎을 껴안은 채 신부는 쓸쓸히 웃었다. 이제 와서 가르쳐 주지 않더라도 그런 별명이 자기에게 붙었다는 것은 전부터 듣고 있었다. 페레이라는 '배교자 베

드로'라 불리고 자기는 '배교자 바오로'라 불리고 있다. 아이들이 가끔 문전에 와서 큰 소리로 그 이름을 불러대는 때도 있었다.

"좀 들어주십시오. 아무리 배교자 바오로라도 고해성사를 줄 힘이 있다면 저의 죄를 용서해 주십시오."

'재판하는 것은 사람이 아니다…. 그리고 우리의 약점을 가장 잘 알고 계시는 것은 주님뿐인데….'

그는 잠자코 있었다.

"저는 신부님을 팔아넘겼습니다. 성화판에도 발을 올려놓았습니다."

기치지로의 울음 섞인 목소리가 계속된다.

"이 세상에는 약자가 있습니다. 강자는 그 어떤 고통에도 굽히지 않고 천당에 갈 수 있겠지만 저 같은, 태어나면서부터 약자는 성화판을 밟으라고 관리들이 고문하면…."

그 성화판에 나도 발을 얹었다. 그때 이 다리는 움푹 파인 그분의 얼굴 위에 있었다. 내가 수백 번도 더 머리에 떠올린 얼굴 위에, 산속에서 방랑할 때, 또 옥사에서 한시도 잊지 않고 있었던 그 얼굴 위에, 인간 중에 가장 착하고 아름다운 그 얼굴 위에, 그리고 한평생 사랑하려 했던 분의 얼굴 위에. 그 얼굴은 지금 성화판 나무 판대기 속에서 마멸되고, 움푹 파여, 슬픈 듯한 눈을 하고서 이쪽을 보고 있다. '밟아도 괜찮다.' 하고 슬픈 듯한 눈초리는 내게 말했다.

'밟아도 괜찮다. 너의 발은 지금 아플 테지. 오늘날까지 나의 얼굴을 밟은 인간들과 마찬가지로 아플 것이다. 하지만 그 발의 아픔만으로 이제는 충분하다. 나는 너희들의 그 아픔과 고통을 나누어 갖겠다. 그 때문에 나는 존재하니까.'

'주님, 당신이 언제나 침묵하고 계시는 것을 원망하고 있었습니다.'

'나는 침묵하고 있었던 게 아니다, 함께 괴로워하고 있었는데….'

'그러나 당신은 유다에게 가라고 말씀하셨습니다. 가서 네가 하려는 일을 하라고 하셨습니다. 유다는 어떻게 되는 것입니까?'

'나는 그렇게 말하지 않았다. 지금 너에게 성화판을 밟아도 괜찮다고 말한 거와 같이 유다에게도 그렇게 하라고 말한 것이다. 너의 발이 아픈 것처럼 유다의 마음도 아팠으니까.'

그때 그는 성화판에 피와 먼지로 더럽혀진 발을 올려놓았다. 다섯 발가락은 사랑하는 분의 얼굴 바로 위를 덮었다. 그 치열한 기쁨과 감정을 기치지로에게 설명할 도리가 없다.

"강한 자도 약한 자도 없다. 강한 자보다 약한 자가 괴로워하지 않았다고 그 누가 단언할 수 있을까."

신부는 문 쪽을 향해 재빨리 말했다.

"이 나라에는 이미 너의 고백을 들을 신부가 없으니 내가 외우겠다. 모든 고해성사 끝에 외우는 기도를… 안심하고 돌아가라."

기치지로는 소리를 죽여 울다가, 이윽고 몸을 돌려 그곳을 떠나갔다. 자기는 불손하게도 성직자만 할 수 있는 성사를 그 사나이에게 주었다. 성직자들은 모독적인 행위를 몹시 책할 테지만, 나는 그들을 배반했을지 모르나 결코 그분을 배반하지 않았다. 지금까지와는 아주 다른 형태로 그분을 사랑하고 있다. 내가 그 사랑을 알기 위해서 지금까지의 모든 것이 필요했던 것이다. 나는 이 나라에서 지금도 최후의 그리스도교 신부다. 그리고 그분은 침묵하고 있었던 게 아니다. 설령 그분은 침묵하고 있었다 해도 나의 오늘날까지의 인생이 그분에 대해 얘기하고 있으니까.

침묵

1973년 5월 5일 교회인가
1973년 7월 5일 1판 1쇄 발행
1989년 3월 30일 1판 16쇄 발행
1991년 7월 15일 2판 1쇄 발행
2008년 7월 5일 2판 23쇄 발행
2009년 1월 25일 3판 1쇄 인쇄
2009년 1월 30일 3판 1쇄 발행

지은이 | 엔도 슈사쿠
옮긴이 | 김윤성
펴낸이 | 이순규
펴낸곳 | 바오로딸

142 - 704 서울 강북구 미아동 103
등록 | 제7 - 5호 1964. 10. 15.
전화 | 02) 944 - 0800   팩스 | 984 - 3612

취급처 | 중앙보급소
전화 | 02) 984 - 3611   팩스 | 984 - 3612
ⓒ 바오로딸 · 2009 FSP 1133

값 9,000원

이메일 | edit@pauline. or. kr
인터넷 서점 | http : // www. pauline. or. kr
통신판매 | 944 - 0944 ~ 5
ISBN 978 - 89 - 331 - 0955 - 7 04800
ISBN 978 - 89 - 331 - 0908 - 3 04800(세트)